花千樹

健身×營養指南

增肌減脂的科學與實踐

曾熙 JACLYN TSANG　著

健身╳營養指南

目　錄

第一章
由基本學起：均衡飲食篇

第二章
你要先知道的：增肌規劃篇

●**巨量營養素與增肌**

第三章
疑難解答：增肌減脂迷思篇

●增肌減脂規劃

第四章
日常飲食以外：補充劑篇

附錄

代序

擁有健美身型、健康體魄，由你掌握。好開心這麼仔細的一本健身營養書誕生了！無論是增肌、減脂、塑形或健美，均十分適合。

2023 年 10 月，在香港營養學會（HKNA）學術研討會和 Jaclyn 認識，當時我們均是以演講者的身份出席，記得她演講內容的封面就吸引了觀眾，因為是她自己做大力量訓練的照片，Jaclyn 是一位身體力行科學的學者。

懶病是萬病之源，良好的生活習慣可以令你免除很多生病的困擾。肌少症的危害非常大，並已是在現代人群中常見的疾病，足以令人必須盡快重視，以避免引起更多的社會及經濟問題。如果身體肌肉量足夠，好線條、防跌倒、代謝強均是其好處。而做肌力訓練，亦有效保留骨質，預防骨質疏鬆症。

Jaclyn 把艱深專業的科學變成為通俗的科普，除了對增肌規劃寫的相當仔細，同時分享給讀者增肌減脂迷思篇及 TDEE 等專業知識，加上很多各國外食低脂高蛋白選擇提示，專業、健康又國際化。同樣身為女性，書中我特別重視「長期熱量不足對身體的危害」，因為這的確是時下年輕女性常產生的問題，希望此書可以為更多人修正錯誤觀念。

身型和健康由有知識的你任意控制，再次預祝 Jaclyn 書大賣！

郭婕博士

營養學博士
大學助理教授
香港體育學院運動營養及監控經理
國際健美健身 A 級裁判

代序

　　「健身」與「營養」兩者緊密互扣，均是達到理想健康、體態和運動表現不可或缺的基石。《健身營養指南》是一本難得的佳作，將深奧的營養學知識與實際的健身訓練完美結合。我很榮幸能為 Jaclyn 這書撰寫推薦序，並藉此分享我與她多年來一起的經歷。

　　Jaclyn 是我在香港大學食物及營養系的同學，我們十多年前在運動生理學課堂上認識。她學業成績優異，性格活潑開朗，並熱衷於推廣營養資訊，早給我留下深刻印象。在那個尚未流行社交媒體的年代，她已經創立自家的 YouTube 營養頻道。還記得那時候每逢週末空堂，我們經常一起走訪街頭的店舖和超級市場，搜羅各式各樣「邪惡」的食物、新推出的營養食品和補充劑等等。一有空餘時間，她便會整合資料製作影片，分享詳盡而實用的貼地資訊，打破社會上種種不盡不實的營養迷思。

　　大學畢業後，我倆選擇了不同的進修之路。她遠赴英國考取註冊營養師資格，而我則留港攻讀博士學位。我們彼此的工作均接觸到海量的學術文獻，但裏頭的理論往往繁複艱深，一般普羅大眾未必容易解讀。然而，Jaclyn 日常的營養師工作是以「人」為本，她尤其擅長將複雜的學術理論轉化為普通人易於理解和實踐的知識。她經常與我分享前線工作的體會和困難，也讓我更容易從大眾和執行者角度，了解到社會上與運動營養相關的問題。這亦有助我反思如何將學術研究的知識，更有效地實踐至社區每個角落中。

　　除了註冊營養師工作外，Jaclyn 也是一位精英健力運動員和專業教練。還記得有一年，我身兼體適能教學工作，有次無意間發現 Jaclyn 日常健身所使用的重量，竟比大部分有訓練經驗的男士還要厲害。自此，她便開始認真鑽研健身訓練學，對各項動作細節的學習一絲不苟。她本身對健身營養的

熟悉，亦大大優化了訓練效果。結果，她在短短數年間已接連打破香港、甚至全國健力紀錄。她親身的成功經歷，充分說明了正確營養和訓練相結合的重要性。

　　直至近年，Jaclyn 辭去了穩定的公立醫院工作，創立了自己的健身營養及訓練中心，毅然向理想邁進。她在社交媒體上累積了數以萬計的追隨者，繼續運用自己的豐富創意、專業知識和實踐經驗，為對健身運動和營養有興趣的人提供幫助。此外，她最近還獲甄選為大學教育資助委員會的「香港博士研究生獎學金計劃」得獎人，將在接下來的數年間在本地大學開展運動營養科研工作。我和身邊一眾大學同工也十分期待 Jaclyn 的加入，未來一起從更深層、更廣泛的角度，讓更多市民大眾認識正確而有效的健身與營養策略，創造社會效益，惠澤社群。

　　翻閱書中每頁，就像回顧過去十多年的青蔥歲月間，與 Jaclyn 談論過的所有大大小小健身營養課題。每個章節背後，皆蘊含着彼此成長的印記。昔日在大學講堂坐在我身旁的營養女生，如今已成為獨當一面的健身營養師，亦是我的太太，我將給予她無條件的最大支持和肯定。

　　在此，我誠邀各位讀者一起細閱此書，重新認識「健身」與「營養」結合的奧妙。

潘梓竣博士

香港中文大學體育運動科學系助理教授
美國運動醫學學院認可運動生理學家（ACSM-EPC）
美國國家肌力與體能協會認可體能訓練專家（NSCA-CSCS）

自序

在英國修讀成為註冊營養師的路途當中，我接觸了健身這個運動，並瞬間愛上了。回港工作後，基本上一星期六天都到健身室，甚至到後來成為了香港隊健力運動員，並打破了香港及全國紀錄。那段時間的我一直想進步得更多，並發現自己本身擁有的營養知識能夠配合健身訓練，兩者相輔相成。就這樣我開始深入鑽研「健身營養」，開設了分享科學化健身營養知識的平台，同時成立了「健身營養及訓練中心」，把營養及健身訓練徹底地融為一體。

由醫院營養師搖身一變成為健身營養師的這些年，我見了不下幾百個有健身目標的客人，而有不少是跟了我好幾年的客人。當中不乏青年人、老年人，亦有中學生甚至小學生。他們有的是希望增肌減脂，有的是改善健康，亦有的是運動表現提升。當中我深深體會到於實踐健身營養時緊扣背後科學理論的重要性，同時領略到每個客人的不同需要不只是運用理論便能夠涵蓋所有情況，更多是溝通及了解才能達致一個切實可行的營養方案。因此健身營養不只是紙上談兵，而是經驗和實踐之談。

本書分四章，內容深入淺出，由營養學的基本概念開始探討，再深入解構蛋白質及各營養素對增肌的重要性，並提及到林林種種的運動補充劑的正確選擇和應用。書中亦詳細解答一些增肌減脂時常遇到的難題，當中我加插了工作上遇到的實例分享，盼令讀者更容易掌握及增添閱讀趣味性。內容皆根據本地及外國最新科研成果撰寫，每篇末亦附有相關文獻作參考，為讀者提供理論及實踐並重的信息。此外，我特意在書末加入了香港常見外出飲食菜式的卡路里及巨量營養素表，內容針對香港人經常外出進食各地不同菜式的習慣而設，使本書內容更「貼地」。

　　由 2022 年年尾開始動筆到 2024 年年中這段時間在繁忙的工作日子中度過。工餘時間除了兼顧訓練和比賽外便是整夜的埋頭苦幹寫書。在此我衷心感謝我先生一直在我身邊默默支持我走健身營養這條路，在寫書的途中給予我很多靈感及方向。我亦感激我的父母由我決定從醫院工作走出來追夢創業成為健身營養師，他們給予我無限的支持並從來沒有質疑過我的決定。此外，感謝我兩位要好的註冊營養師朋友 Carman Wong 和 Ceci Yip 為本書內容提供非常寶貴的意見。感謝我的營養助理 Heidi Wong 這兩年來為我處理不少瑣碎文書工作，同時幫忙為本書作資料整合。此外亦感謝一眾實習學生 Woody、Ivy、Rachel、Hendry、Cindy、Rolf 在我百忙之中的幫忙。最後，衷心感謝花千樹的編輯團隊這幾個月來繁重的校對及整合工作，本書才能面世。

　　兩年來的心血，寫此書盼為一眾對健身有興趣的讀者帶來理論與實踐並重的健身營養知識。現今網上健身營養資訊繁多，很多缺乏科學根據，不知真假。望大家喜愛此書並把知識帶給身邊更多的人，令他們少走一點冤枉路。未來在這個領域上的科研成果將會有更多突破，我亦很高興能夠積極參與其中，為健身營養的科研出一分力，期盼往後於社交平台繼續跟讀者分享最新的科研發展資訊。如對書中內容有任何疑問或建議，歡迎電郵聯絡，不吝賜教。最後，祝願各位在增肌減脂的路途上百尺竿頭，更進一步！

曾熙
2024 年 夏

第一章

由基本學起：
均衡飲食篇

1.1

你懂均衡營養嗎？
——大眾都要知道的健康基本步

我在每一次的健身營養課程之始都會先講均衡營養，提及香港衛生署的健康飲食金字塔。每次一講到這個課題，我看在座不少一看就知道是很勤到健身室、身型蠻壯的年輕人都一臉不屑，他們必定心想：我來上健身營養課學計蛋白質需求，可不是來學小學常識。我就會笑著說：「你們以為自己很懂這個小學生都會的健康飲食金字塔嗎？我會說來找我的新客人當中十個有九個都不懂這個金字塔呢！」是的，在健身圈子裡一段時間，我發現很多健身人士對營養的認知都比較片面。很多人很會計算每天要吃多少克蛋白質，多少卡路里，但缺乏營養的基礎知識。

均衡飲食對增肌而言很重要？

我會說均衡營養對每個人來說都是必需的，因為它是維持正常身體機能和健康最重要的一環。它是營養學的根基，任何年齡層包括小孩、成年人、長者，以至運動員、病患等，都以它為基礎飲食原則。這不是說每個人劃一需要同樣分量的營養，而是說每個人的營養需求都是由一個包含所有必需營養素的基本框架組成，再在這個框架以內因應不同需求調整各項營養素的攝取量。以一些腎病病人為例子，他們可能需要限制每天蛋白質攝取以避免腎功能持續惡化，但這並不是指不吃蛋白質。蛋白質是很多身體組織的組成成

分，用以維持身體機能正常運作，只是在患病的情況下病人需攝取較少的蛋白質，攝取量因而減少而已。又以一些希望增肌的健身人士為例子，若只注重吃大量蛋白質食物卻不吃蔬菜和水果，很可能影響肌肉復原以及肌肥大進度，同時影響腸道健康。試問身體不處於健康的狀態，又如何有效增肌？如果一棟大廈的地基不穩，裡面裝修再漂亮也好，大廈也不會安全穩妥。長期營養不均輕則可造成脫髮、皮膚乾燥、疲勞、免疫力及運動表現下降等問題，重則亦可能導致各種疾病如高血壓、心臟病、腦血管病、糖尿病，及增加患癌風險等。

認識均衡營養

均衡營養包含三大概念，首先是進食所有食物類別（即健康飲食金字塔提到的六大類別，詳見下文），其次是從不同食物攝取營養素，最後是多選含高營養素的食物。

健康飲食金字塔的原理

健康飲食金字塔（見圖 1.1.1）把我們每天會吃的食物分作不同類別，一共分成六大類，共四層。由於沒有單一食物能夠提供所有必需的營養，我們每天應從各個類別的食物攝取足夠的巨量營養素（詳見本章 1.5〈認識三大巨量營養素——那些我們身體不可或缺的元素〉）以及微量營養素。金字塔每層及每一格的大小代表著各食物組別的建議攝取量。

首先看看穀物類，常見種類有粥、粉、麵、飯、麵包，這些澱粉質食物佔金字塔底部一大塊，因為澱粉質為身體主要的能量來源，應吃最多。其次是在穀物類上一層的蔬菜及水果，它們都含豐富的膳食纖維、維生素及礦物質，應多吃一點。但不同蔬菜跟水果所含的營養素不一樣，不應只吃水果而

不吃蔬菜，因此分為兩個並列的獨立組別，並各有建議攝取量。再上一層是一些高蛋白質食物，即肉、魚、蛋及代替品和奶類及代替品，這些應適量進食（當然健身人士的蛋白質需求量會比一般人高，這點會於本書較後位置提及到）。奶類會跟肉類分開而不能互相取替的原因，是奶類食物除了含蛋白質以外還含鈣質，有助維持骨骼健康。

最頂層為油、鹽、糖，這三類應吃最少。油如煮食時下的油、動物脂肪等，糖分如砂糖、高糖飲品、零食等，以上兩項過量攝取容易增加體重及患心血管疾病風險；鹽分如煮食時下的高鹽分調味料、醃製食物等，過量攝取則可增加患高血壓風險。但這並不代表我們完全不需要這些食物，油、鹽、糖也有它們的重要性，例如適量的油分攝取是維持身體健康的必需品。所以我們不是不吃，而是在眾多食物組別的比較下於比例上吃最少。

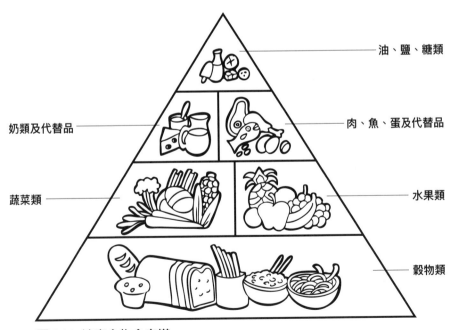

圖 1.1.1 健康食物金字塔
(資料參考：香港衛生署)

食物類別	主要功能及營養素	食物來源
穀物類	位於金字塔底部，是主要的能量來源，更為人體提供豐富的維生素 B 雜及膳食纖維。 ● 碳水化合物：人體主要的能量來源。 ● 維生素 B 雜：幫助維持身體機能正常運作。	粥、粉、麵、飯、麵包和穀物等
蔬菜及水果類	主要的膳食纖維來源，亦為人體提供豐富的維生素及礦物質。 ● 膳食纖維：有助預防便秘、促進腸道健康、控制體重和穩定血糖。 ● 維生素 A：對維持視力及皮膚健康很重要。 ● 維生素 C：為抗氧化物，有助促進免疫健康、降低血壓以及減低患心血管病的風險。	各種蔬菜、瓜類、豆類、菇菌類和水果等
肉、魚、蛋及代替品	肉、魚、蛋及代替品是優質的蛋白質來源，亦含有豐富的鐵質和維生素 B12。 ● 蛋白質：有助修復身體組織及增長肌肉。 ● 鐵質：幫助製造紅血球，可預防貧血。 ● 維生素 B12：有助維持腦部及神經系統健康。	● 肉類：豬、牛、雞 ● 魚類及海鮮 ● 豆類及黃豆製品：豆腐、紅豆等 ● 果仁 ● 蛋類
奶類及代替品	奶類及代替品含豐富的鈣質、蛋白質和維生素 B2。 ● 鈣質：有助維持骨骼健康，減低患骨質疏鬆的風險。 ● 維生素 B2：有助維持皮膚、頭髮及指甲健康。	● 奶類：牛奶、羊奶 ● 代替品：加鈣豆漿、芝士、乳酪等
油、鹽、糖類	油、鹽、糖類位於金字塔頂部，應盡量減少攝取。	● 調味：煮食油、鹽、砂糖、糖漿等 ● 零食：糖果、蛋糕、汽水等

各食物類別及其營養與來源

不同年齡層各有營養需求

　　以健康飲食金字塔為框架，香港衞生署為兒童、青少年、成年人及長者提出飲食建議。他們需要進食同樣類別的食物，但各食物組別的建議食用分量會因應不同年齡層的需要而有所不同。例如因奶類所含的鈣質對年輕人的骨骼生長非常重要，所以建議兒童及青少年每天攝取兩份奶類，成年人則建議每天攝取一至兩份奶類，並從奶類以外鈣質豐富的食物例如有骨魚類等攝取足夠鈣質。

　　根據香港衞生署衞生防護中心網頁，他們針對身體健康的人士提出以下飲食建議：

	兒童 (2至5歲)	兒童 (6至11歲)	青少年 (12至17歲)	成年人 (18至64歲)	長者 (65歲或以上)
穀物類	1.5至3碗	3至4碗	4至6碗	3至8碗	3至5碗
蔬菜類	最少1.5份	最少2份	最少3份	最少3份	最少3份
水果類	最少1份	最少2份	最少2份	最少2份	最少2份
肉、魚、蛋及代替品	1.5至3兩	3至5兩	4至6兩	5至8兩	5至6兩
奶類及代替品	2份			1至2份	1至2份
油、鹽、糖類	吃最少				
流質飲品	4至5杯	6至8杯	6至8杯	6至8杯	6至8杯

　　以上一碗約250至300毫升，一杯約240毫升。食物示例見下表。

一碗穀物	<ul><li>一碗飯</li><li>一碗麵</li><li>兩片麵包</li></ul>
一份蔬菜	<ul><li>半碗煮熟瓜菜</li><li>一碗沙律菜</li></ul>
一份水果	<ul><li>一個中型蘋果</li><li>兩個奇異果</li><li>半碗切粒水果</li></ul>
一兩肉	<ul><li>四片熟肉</li><li>一隻雞蛋</li><li>一磚水豆腐</li></ul>
一份奶類及代替品	<ul><li>一杯牛奶</li><li>一杯加鈣豆奶</li><li>兩片芝士</li><li>一小盒（150克）乳酪</li></ul>

進食多元化食物攝取營養素

當問及一些已有不少健身年資的客人的飲食習慣時，所得答案都是「每天吃差不多的食物」：不是飯就是番薯，不是雞胸就是瘦牛肉配西蘭花。他們亦認為這樣便是清淡及健康。當我解釋說「每天吃同樣的東西的話，其實較容易缺少某些營養素」，他們便會匆忙的補上一句：「我還未提到平時有吃的補充劑呢！我的補充劑有……（下刪一百字）」，然後從背包中掏出十瓶八瓶各式各樣的膠瓶。我笑說：「選擇食物時就不懂多元化，補充劑怎麼這麼懂要多元化的？為什麼就不能選擇在日常飲食上攝取足夠的營養素？」

事實上，補充劑的作用便如其名，用以「補充」飲食上營養素的不足。補充劑是人工製造出來的，怎樣也比不上天然食物所含的營養素，不然我們每天只吃補充品過活就好了（關於補充劑功用及結構，在第四章會有詳細說

明）。多元化的食物攝取即選擇不同的蛋白質來源，可以選焓雞胸，亦可以是蒸魚、焗三文魚柳、蝦仁炒蛋等；又比如是不同蔬菜來源，可以是西蘭花，亦可以是羽衣甘藍、大啡菇、燈籠椒、茄子等。這樣的話可以從不同食物攝取不同的營養素，減少營養素缺乏的風險，同時增加進食的趣味及享受度。

多選高營養素食物

曾經有一位非常愛吃巧克力的女客人問我：「如果五條巧克力含約1,200 卡路里（俗稱卡，能量單位為千卡，kilocalories），那麼我一天只吃五條巧克力也不會增重嗎？反正沒有超出我的卡路里限額呢。」的確，在數學層面來說她沒有錯。當所有食物的營養素都轉換成能量單位，它們的價值就只在於卡路里的高與低。可是食物不是數字，除了提供能量以外不同食物還有各種不同的營養素。一碟雞胸紅米飯為 600 卡，一碗午餐肉公仔麵同樣也是 600 卡，它們的營養價值卻截然不同：前者油分較少，纖維較多，後者則油分較多，纖維較少。所以在一天的飲食當中，我們應盡量以營養價值高的食物填滿卡路里攝取，少選營養價值低的食物，這樣才能令身體得到最好的營養。

均衡飲食已經過時？

在言談間，我曾經聽過一些朋友討論說：「均衡飲食已經過時了，還談這些幹什麼？現在流行的生酮飲食、低碳飲食才是王道。碳水（碳水化合物之簡稱）不重要，蛋白質及脂肪才最重要！」這我並不能苟同。生酮飲食、低碳飲食都有它們的原理及用處（詳見第三章〈疑難解答：增肌減脂迷思篇〉），但它們的飲食方法要求大幅減少甚至戒掉一些食物組別而難以長時間進行，亦可能帶來營養不均的問題。

事實上不只香港有這樣的一個均衡飲食原則，世界各地亦有類似的圖表，但表達方式、食物類別的區分和比例可能略有不同。例如過往在英國醫院工作時，我們常用到的是「Eatwell Guide」，它以一個大食物碟將飲食原則呈現出來，並把大碟分割成不同大小來代表每一類食物組別所佔的比例。他們亦會加入一些較普遍的當地食物，讓均衡飲食的概念更加容易被大眾應用。其他國家如新加坡、加拿大等，它們的均衡飲食概念圖表更加強調多選全穀物，少選精製穀物，並恆常進食蔬菜和水果這些信息。

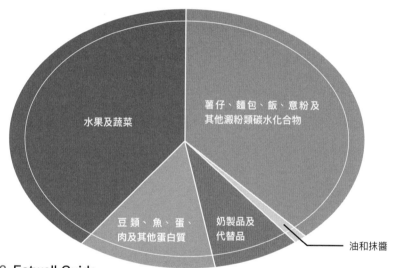

圖 1.1.2 Eatwell Guide
資料參考：英國公共衛生局（Public Health England）

因此無論是什麼人，有著什麼樣的營養需要，我們都必先以均衡飲食為基礎，再加以調整去符合不同人的需求。沒有均衡飲食，我們很可能會缺少某些營養素，長遠來說可能對健康帶來負面影響。

參考資料

Office for Health Improvement and Disparities. (2024, January 2). The Eatwell Guide. GOV.UK. https://www.gov.uk/government/publications/the-eatwell-guide

衛生署衛生防護中心：〈健康飲食金字塔 均衡營養好體格〉。取自 https://www.chp.gov.hk/tc/static/90017.html。

1.2
如何實踐均衡飲食？
——令你的飲食變得更健康

上一篇提到均衡飲食的一堆理論，卻該如何在每天飲食當中實踐出來？要把健康飲食金字塔的食物種類都包含在一天的飲食裡，可以用以下有系統的方法把食物種類平均分佈於三個正餐以及餐與餐之間的小食當中。

一天的食物種類分佈

早餐的話我們有五穀類（即碳水化合物食物）和肉或代替品或奶製品（即蛋白質食物）。例如芝士火腿三文治、早餐穀片加奶、麥皮加雞蛋都是營養均衡的選擇。可是不少客人的早餐可能只是一個提子麥包，沒有蛋白質食物；又或者是白粥加齋腸粉，全都是碳水，依然沒有蛋白質。其實提子麥包加上一包豆奶，白粥換成牛肉粥已經可令早餐變得更加均衡。

另外，以午餐及晚餐來說，我們有五穀類、肉或代替品以及蔬菜。以家常便飯作例子的話就是說有飯、肉和菜。聽起來很容易辦到，但我見過不少客人的飲食都沒有做到以上要求。例如到茶餐廳點一個切雞飯，有飯有肉，卻只有一兩條菜；或者一些人會煮雞胸再加一大碗菜，他們認為這就是健康的飲食，但其實缺乏五穀類食物也不算是飲食均衡。若切雞飯走汁兼走皮再加上一碟油菜，或者雞胸和菜之外加上藜麥已能令午餐和晚餐變得更均衡。

　　至於餐與餐之間的小食選擇方面，我們可以水果及奶製品為首選來達到健康飲食金字塔的要求，並少選其他高糖高脂的零食例如薯片、雪糕等。

圖 1.2.1　一天的飲食安排

挑選水果的注意事項

　　可以按照不同年齡層的建議分量選擇水果。一般來說一份水果約為一個拳頭大的分量，比如說一條中型香蕉、三分之二個芒果、一小盒藍莓等。有些人認為一些味道很甜的水果就代表糖分很高，應盡量避免。有一次我主持小組討論的時候一名參加者說：「香蕉很甜，我現在都不敢吃了。」我反問：「如果香蕉在還沒有熟的時候味道不甜，甚至有一點酸，那麼香蕉算高糖嗎？」他帶疑惑地說：「那可能沒那麼高糖？」我再問：「那麼同一條香蕉熟透的時候比生的時候甜，變熟期間它有長出新的糖嗎？」事實上並沒有。簡單來說香蕉在成熟的過程中，裡面的糖會由沒有甜味的澱粉質分解成有甜味的果糖，澱粉質與果糖同屬碳水，所以碳水的含量是一樣，但甜度不一而已。水果的甜度跟真正所含的糖分未必成正比，不要因應水果的甜度去斷定它含多少糖分。當然有一些水果的升糖指數（即糖分分解令體內血糖上升的速度）會較高，但控制升糖負荷（即總糖分攝取量）更為重要，尤其是糖尿

病患者需多加留意水果的升糖負荷。另外，每一種水果有著不同的維生素及礦物質，相比起吃單一的水果，只要計算好分量，多元化的來源會令飲食更均衡。下表列出常見水果每半份的分量換算，方便讀者安排水果。半份水果含 10 克碳水。

水果	分量	水果	分量
蘋果（中型）	半個	火龍果	四分之一個
香蕉	半條	提子	八粒
橙（中型）	半個	雪梨	半個
車厘子	六粒	士多啤梨	六粒

牛奶、植物奶，營養一樣？

奶類方面，牛奶和羊奶都含豐富鈣質，但有不少人喝了牛奶後會出現腹脹、肚瀉、胃氣等徵狀。這些人很有可能患有乳糖不耐（lactose intolerance），即身體缺乏了消化牛奶中乳糖的酶素，導致喝牛奶後出現腸胃不適。一般來說，乳糖不耐人士對奶類食物有一定耐受度，例如半杯奶的分量是沒有問題，喝太多才會出現不適。所以可以根據自己的耐受程度去衡量進食分量，不一定要完全戒掉。當然，也可以選擇喝不含乳糖的牛奶（但這在超市不太常見），或植物奶（包括豆奶、燕麥奶、杏仁奶及米奶）。需注意的是植物奶本身的鈣含量不高，即是就算在家裡用黃豆自製的豆奶所含鈣質也不多。在超市購買植物奶的時候亦最好先看清楚營養標籤，建議選擇有額外添加鈣的產品。另外，牛奶含豐富的蛋白質，相反植物奶的蛋白質含量較為參差，因此除了留意鈣質以外，蛋白質含量也是要注意的，尤其有增肌目標人士。

　　除了奶類以外，奶製品如芝士、乳酪等也是補充鈣質以及蛋白質的食物來源。它們可成為餐與餐之間的一些美味小食。有位年紀較大的客人在講座時間：「為什麼你們營養師介紹的小食不是梳打餅就是純乳酪？天天吃梳打餅很無趣，純乳酪又很酸，一點也不好吃。」我告訴她反正每天要吃兩份水果，不如就把其中一份切粒配上純乳酪，其實蠻好吃的；餅乾的話也加上芝士片，沒那麼沉悶之餘亦同時增加蛋白質及鈣質攝取呢。

我的理想餐單

　　若你去問營養師拿一份「餐單」，餐單的結構就大概是以下的樣子。餐單基本上涵蓋了各食物種類，食物分量及食物選擇則是個人化的：

早餐	方包：兩片 焓蛋：一隻 牛奶：一杯
午餐	飯：一碗 肉：二兩 菜：大半碗
下午茶	水果：一份 乳酪：一杯
晚餐	飯：一碗 肉：二兩 菜：大半碗 湯（少油）：一碗
睡前	水果：一份

理想與現實

理想的飲食方式就像上述餐單，但實際飲食又是怎麼樣呢？讓我分享兩個截然不同的飲食例子。

例子一：

	原有飲食習慣	建議餐單
早餐	腸仔包	火腿蛋三文治
午餐	漢堡包拼薯條	漢堡包（走醬）拼沙律（醬另上）
下午茶	燒賣	水果
晚餐	• 飯 • 瑞士雞腿 • 菜心兩條	• 飯 • 瑞士雞腿（去皮） • 菜心大半碗
宵夜	雪糕	乳酪拼水果

例子一的原有飲食習慣通常來自一些甚少控制自己飲食的人士，他們對食物營養的了解亦不深，而且對自己的體形以及身體健康沒有太多的追求。他們作出的食物選擇大多基於食物的味道、方便度以及價錢，並沒有以均衡飲食原則作出考慮。因此最終他們的選擇都非常高糖、高鹽、高脂，即是大量進食健康飲食金字塔的頂層食物，而蔬菜及水果的食物類別近乎從飲食習慣中消失。那該怎樣改善呢？我在給建議時通常會因應客人本身的飲食習慣作調整，若一下子改動太多客人未必能夠完全跟從。上表右方的建議以均衡飲食的原則為基礎，減少脂肪攝取，以及增加蔬菜、水果、奶類攝取。雖然在營養配置上還沒有達到理想的程度，但已經踏出了改善身體健康的第一步。

例子二：

	原有飲食習慣	建議餐單
早餐	水果	乳酪拼水果
午餐	• 田園沙律 • 水果	雞肉藜麥沙律
下午茶	• 蛋糕半件 • 巧克力三粒	• 水果 • 巧克力一至兩顆
晚餐	• 蒸魚 • 肉餅 • 菜兩碗	• 蒸魚 • 肉餅 • 菜一碗 • 飯半碗

　　例子二跟例子一剛好相反，通常例子二來自一些經常控制飲食及體重的人士，自覺對食物營養有一些了解，而且對自己的體形以及身體健康有一定要求。他們很多時候會過分注重於蔬菜及水果的攝取，卻忽略了其他營養素的攝取，特別是五穀類。五穀類位於健康飲食金字塔的底部，然而在他們的正餐中接近消失。與此同時，估計因為正餐沒有澱粉質，感到飢餓時便在下午茶期間吃比較多高糖高脂零食。那該怎麼樣去改善呢？這次我建議在早餐加入奶類，午餐和晚餐則加上適量五穀類食物，以及減少下午茶的零食分量和調整選擇。這樣的調整使營養比較均衡之餘，亦沒有增加卡路里攝取。雖然與例子一一樣，調整過後還不夠理想，但是能夠在控制體重的時候更均衡地攝取營養素，能減少出現營養不均的問題。

　　均衡飲食除了著重食物選擇以攝取足夠營養素外，亦著重自己本身的飲食習慣。當為自己的飲食作出改變的時候，應衡量自己的意願並循序漸進地調整，慢慢將新的飲食習慣融入生活當中，這樣才能夠持之以恆。

1.3

何謂健身營養？
——營養學與健身的關連

了解均衡營養為營養學的根基過後，我們可以開始探討營養學的不同範疇。接下來我會詳細說明其中四個常見營養範疇，當中包括健身營養學（fitness nutrition）。健身營養學在外國愈趨普及，近年有眾多著名學者發表了相關研究，並寫了一些關於健身營養的書籍以及開設相關課程，令健身營養知識的發展更上一層樓。但它與其他營養範疇，尤其運動營養（sports nutrition）有什麼分別？

四個常見營養範疇

1. 大眾營養（public health nutrition）

大眾營養指為不同年齡層的健康人士及特殊群組給予均衡營養建議以維持健康體態及預防疾病，當中包括小孩、青少年、成年人、長者、孕婦、素食者等。一般來說可以一對一營養諮詢、小組討論或講座的形式與他們互動。課堂的內容旨在增加他們對食物營養的認識及實踐，如了解外出飲食的選擇、提升對食物營養標籤的理解、學會節日飲食控制等。

我不時會收到不同機構的邀請舉辦各式各樣的營養相關活動。有到過社區中心主持關於長者飲食的講座、帶領傷殘人士及他們的照顧者到超市實地

講解健康食物選擇、到學校跟家長們分享兒童飲食知識，以及到一些私人機構舉行給員工的辦公室飲食講座。這些都是給予大眾一些生活化及實用的營養知識。

2. 臨床營養（clinical nutrition）

另一方面，臨床營養則是為病人提供適切的營養治療。營養師會因應病人所患的疾病、醫生建議的治療方案、療程進度、驗血報告等給予能配合患者醫療需要的營養方案。很多人會以為在醫院工作的營養師都只需要照顧患「三高」如糖尿或高膽固醇的病人，但其實除了三高病患之外亦有其他病人需要營養治療，例如患腎病、癌症、中風、肌少症、腸易激綜合症等病人。

我曾在英國及香港醫院的不同專科病房工作過。比如說在外科病房工作的時候有胃癌患者需要把胃內腫瘤切除，病人手術後未能立刻恢復正常飲食，醫生建議管飼營養，即放一條由鼻子延伸到胃部或腸道的喉管，藉以提供營養。於是我就根據病人的血指標、身體狀況、炎症指數等計算營養需求，再決定合適的管飼營養液方案（tube feeding regimen）為病人提供全面均衡營養。所以臨床營養絕對是一個很大很廣的範疇，當中牽涉不同專科營養師給予適切的治療。

3. 運動營養（sports nutrition）

運動營養指為職業或業餘運動員制訂適切的營養策略以提升運動表現。不同運動項目如馬拉松、游泳、推鉛球等所需的營養調配截然不同。比如說馬拉松，一項長距離的耐力運動，其補碳及補水的重要性較推鉛球這項短時間的力量運動更為重要。運動員在賽季以及非賽季亦有不同的營養及訓練目標。運動營養師會因應運動員的需要給予適切營養建議，當中包括訓練前後飲食、運動中途補充、醣原負荷、補充劑應用等。

　　同時為健力教練的我亦不時會為運動員作備賽的飲食調配。一些健力運動員需要於比賽前「造磅」來符合比賽重量級別門檻，當中方法包括於賽前24小時控制鹽分、水分及纖維攝取，令身體在短時間內流失大量水分（俗稱「甩水」）以達至體重級別要求。運動員需於過磅後盡快補充足夠能量、電解質及水分以在過磅後兩小時進行的比賽中得以發揮最佳表現。過磅後的營養策略非常重要，若未能充分補充流失了的水分，會直接影響運動員的表現，所以運動營養師的配合扮演著重要的角色。

4. 健身營養（fitness nutrition）

　　運動營養跟健身營養的範疇比較相近，兩者都跟運動有關，但健身人士跟運動員的目標不一。大多數去健身室的人主要希望擁有理想身型及健康體態，而追求重量訓練表現的提升大多是為了更有效達到增肌減脂的效果。當然也有一些人，尤其是老年及中年人到健身室為想要改善健康、預防骨質疏鬆和肌少症等。亦有一些運動員和運動愛好者會恆常到健身室做一些肌力與體能訓練（strength and conditioning），目的是增強本身運動主項的表現。例如有羽毛球運動員會到健身室做一些增強肌力和爆發力的訓練以提升羽毛球項目的表現。當然也有些人去健身是綜合各種原因的，例如三十來歲人士希望改善膽固醇問題而開始健身，同時增肌減脂改善身型；也由於開始培養跑步興趣，為了參加長跑賽事而在本身重量訓練（俗稱「重訓」）中加入一些提升跑步表現的肌力訓練。

　　無論出於哪個原因健身，也少不了幫助增肌的營養調配。健身營養旨在給予有恆常重量訓練人士關於增肌的飲食建議，當中包括為不同重訓年資人士計劃減重和增重的營養方案，就重訓前、中、後的食物選擇，蛋白質攝取量、來源及分佈等提出建議以促進肌肥大和減少肌肉流失。

圖 1.3.1 **重訓的三大目標**

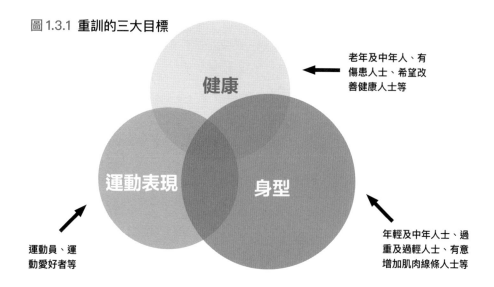

身為健身營養師，我的工作就是把健身訓練和營養學結合，令兩者相輔相成便能事半功倍。曾有一個有恆常健身習慣的客人在減脂增肌的路上遇到平台期，作詳細諮詢了解過日常的飲食以及訓練模式後，便發現他的卡路里攝取過低，全日的蛋白質分佈不平均，重訓量足夠但表現欠佳，以致減重同時掉了不少肌肉，體脂率卻沒有下降多少。我建議他不要攝取太少卡路里及平均分佈蛋白質攝取，再配合重訓課表制訂營養計劃，提升重訓表現以及肌肉合成，更有效達到健身目標。

健身營養金字塔

健身營養金字塔出自於美國著名健身學者 Dr. Eric Helms 寫的一本書《肌肉與力量金字塔》(*The Muscle and Strength Pyramids*)。這個金字塔涵蓋了健身營養的基礎概念。以下這個新的倒金字塔（圖 1.3.2）是我以營養師的角度修訂了小部分內容。了解這個倒金字塔便能有系統地理解健身營養是什麼一回事。

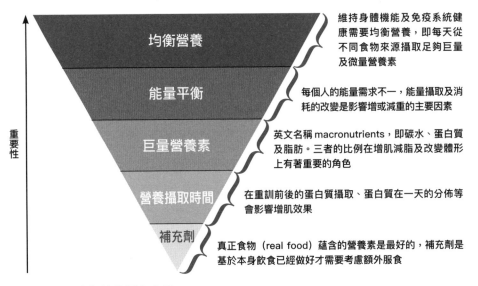

均衡營養 — 維持身體機能及免疫系統健康需要均衡營養，即每天從不同食物來源攝取足夠巨量及微量營養素

能量平衡 — 每個人的能量需求不一，能量攝取及消耗的改變是影響增重或減重的主要因素

巨量營養素 — 英文名稱 macronutrients，即碳水、蛋白質及脂肪。三者的比例在增肌減脂及改變體形上有著重要的角色

營養攝取時間 — 在重訓前後的蛋白質攝取、蛋白質在一天的分佈等會影響增肌效果

補充劑 — 真正食物（real food）蘊含的營養素是最好的，補充劑是基於本身飲食已經做好才需要考慮額外服食

重要性

圖 1.3.2　健身營養倒金字塔

頂層：均衡營養

　　均衡營養是營養學的基礎。基本上每一個人都需要均衡營養才能維持身體機能正常運作。營養不均容易造成某些營養素的缺乏，影響身體健康。試問身體不在理想狀態的話又如何有效增肌？所以在訂立更多身型上或運動表現的目標前，大前提是要確保飲食均衡和有健康的體魄。

第二層：能量平衡

　　如果我們希望作出身型上的改變，例如減重或增重，便需要知道我們每天需攝取多少卡路里去維持體重。可以先找出自己每天總能量消耗（Total Daily Energy Expenditure, TDEE；詳見本章 1.4〈TDEE 是什麼？——知道了，便能有效管理體重〉），再因應目標調整每天攝取多少卡路里。比如說要減重的話，可以每天攝取 TDEE 減 500 卡路里來達到卡路里赤字。

第三層：巨量營養素

　　找到了卡路里需求便可計算並從中找出個別巨量營養素攝取量。巨量營養素指碳水化合物、蛋白質和脂肪。它們佔總卡路里攝取的比例視乎目標及需要。例如健身人士希望增肌的話會比一般人需要攝取更多蛋白質。又例如一些長跑運動員需要足夠碳水來進行長跑訓練的話，他們所需的碳水亦會較多。

第四層：營養攝取時間

　　知道了全日的總巨量營養素攝取量後，便要考慮營養素在一天的分佈，以及運動前、中、後所攝取的分量。例如健身人士在重訓前後需進食一定分量的蛋白質以促進肌肥大。

底層：補充劑

　　補充劑出現在金字塔的最底層是因為它的重要性為最低。「補充劑」正如其名，就是補充飲食所缺乏的營養素，或是在已經非常理想的飲食習慣之上加入補充劑以進一步提升訓練效果。但一些剛開始健身的人士沒有考慮到本身的飲食是否理想，卻進食林林總總的補充劑，這樣是本末倒置的。營養學裡常提到「以食物為先」（Food First Approach）的概念，就是先做好本身飲食，再考慮使用補充品。

　　以上就是健身營養的基本概念。接下來我們可以深入探討上文所提及的每天總能量消耗和巨量營養素是什麼。

TDEE 是什麼？
——知道了，便能有效管理體重

TDEE 的組成

每天總能量消耗，常稱 TDEE，即每日身體所需的卡路里。找到了這個數字後便能知道每天進食多少卡路里才能維持現時體重。吃得比這個數值多體重便會上升，吃得比這個數值少體重便會下降。每人的卡路里消耗都不一樣，這是因為每個人本身的體形、活動量及運動量都有所不同。TDEE 一般由以下四個範疇組成：

1. 基礎代謝率

首先是基礎代謝率（basal metabolic rate, BMR），佔總卡路里消耗的六至七成，我形容它為維持身體機能所需的卡路里。過去舉辦工作坊的時候我曾問同學們：「當人在睡覺時身體有在消耗能量嗎？」他們都一臉困惑，有些覺得身體在運動時才會消耗卡路里。事實上身體在靜態時候器官也在活動，呼吸也需要能量呢！最實際的例子便是過往我在深切治療部工作，一些病人處於不清醒的狀態，但營養師還是要為他們計算卡路里消耗，從而決定以胃喉或靜脈輸注方式輸送多少營養液來為他們提供能量。

基礎代謝率的高低會被不少因素影響，當中包括性別、身高、體重、

肌肉量、脂肪量、年齡等。一般來說體重愈高，消耗的卡路里愈多。但若有兩個人體重相同，其中一個人體脂率較低而肌肉量較高，他的代謝率亦會較高。這是因為肌肉比脂肪消耗較多的卡路里。每公斤肌肉每天消耗約 13 卡，每公斤脂肪每天則消耗約 4.5 卡。年齡方面，不少三十來歲的客人跟我說年紀大了導致代謝減慢，所以減不了體重。事實上研究顯示，一般人到了 60 歲以上代謝速度才會明顯下降，未能減少體重則有很多原因，本書稍後會有詳細講解。

2. 消化代謝

其次是消化代謝（thermic effect of food, TEF），這是進食後消化食物所需的能量，佔 TDEE 約 8% 至 15%。有人對於需要頗多能量以消化食物這點感到好奇。事實上，尤其是消化蛋白質的時候需要更多能量呢。蛋白質的消化代謝比起其他巨量營養素為高，用作消化蛋白質的能量佔攝取能量的 25% 至 30%，消化碳水則只是 6% 至 8%，而脂肪的消化代謝最低，只是 2% 至 3%。亦即是說，飲食裡的蛋白質攝取愈高，消化代謝亦愈高。另一方面，因為我們以較少能量去消化脂肪，變相大大提高了脂肪中卡路里的攝取量。

3. 運動消耗

接下來便是我們熟悉的運動消耗（exercise activity thermogenesis, EAT）。基本上運動必然增加我們的卡路里消耗，一般佔 TDEE 的 15% 至 30%。卡路里消耗視乎運動類型、時長及強度。耐力運動如跑步一小時一般比負重運動如重訓的一小時消耗得多。現今很多電子手錶已可估算運動期間所消耗的卡路里。我們亦可以參考以下公式及圖表，以代謝等值（metabolic equivalents, METs）即不同體能活動的強度指標、體重及活動時長計算不同運動的卡路里消耗。

圖 1.4.1 代謝等值參考圖
(資料參考：American College of Sports Medicine, 2018)

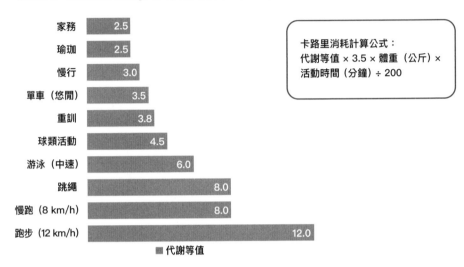

卡路里消耗計算公式：
代謝等值 × 3.5 × 體重（公斤）×
活動時間（分鐘）÷ 200

家務 2.5
瑜珈 2.5
慢行 3.0
單車（悠閒） 3.5
重訓 3.8
球類活動 4.5
游泳（中速） 6.0
跳繩 8.0
慢跑（8 km/h） 8.0
跑步（12 km/h） 12.0

■ 代謝等值

例子一：體重 70 公斤的人士重訓一小時消耗為 (3.8×3.5×70×60) ÷ 200 = 約 279 卡

例子二：體重 70 公斤的人士慢跑一小時消耗為 (8.0×3.5×70×60) ÷ 200 = 588 卡

4. 非運動消耗

最後就是非運動消耗 (non-exercise activity thermogenesis, NEAT)，佔 TDEE 的 15% 至 50%。NEAT 的定義為有意識的運動以外的身體活動所消耗的卡路里，例如走路上班、用電話、看書，甚至很微小的身體動作如聽歌時頭的擺動、眨眼等。NEAT 的消耗可以佔 TDEE 很大的比重，因為它涵蓋了一天中身體活動的消耗；而它的計算範圍亦很廣泛，因為每個人的活動量視乎於職業、生活方式等而有所不同。同時減重和增重也會影響到 NEAT，減重的時候身體希望盡量保留更多能量，因此透過改變身體荷爾

蒙來減少 NEAT 的消耗。比如說在很餓的時候坐地鐵，會變得想要坐下、聽歌時會發現頭不再跟著節奏擺動以省下能量等。這點在本書後面的部分會作深入探討。

圖 1.4.2 每日總能量消耗的組成

找出個人專屬 TDEE

如何找到自己的 TDEE 呢？簡單地在網上使用任何一個 TDEE 計算器不就可以了嗎？但可能你會發現不同計算器算出來的 TDEE 都不一樣，那麼應該相信哪一個計算器算出來的數字？

先找出基礎代謝率

坊間有數十條公式可以計算基礎代謝率，不同計算器使用的公式有別，因此計算出來的數值都不一樣。比較常用的公式有五條，五條公式之間最大的分別就是用於計算的資料不一。比如說 Mifflin–St Jeor equation 和 Harris Benedict equation 需要運用身高、體重、年齡來計算，而 Katch–McArdle equation 和 Muller equation 則不只看體重，還會考慮到肌肉量及脂肪量。所以若一些健身人士肌肉量非常高，體脂率非常低，例如只有 5% 體脂的話，基於肌肉的消耗比脂肪高，使用以肌肉量及脂肪量為計算準則的公式會更為準確。相反一名體形中等，例如體脂為 20% 的成年人，基本上以任何公式計算出來的代謝率都不會相差太遠。下表最後一條公式 Liu's equation 是以亞洲人姓氏命名的公式，因為這條公式是以二百多名中國成年人的體形及代謝率研究出來的，所以或許這條公式更適合亞洲人使用。

公式	男	女
Mifflin–St Jeor	(10×BW) + (6.25×BH) – (5×age) +5	(10×BW) + (6.25×BH) – (5×age) – 161
Katch–McArdle	21.6 × LBM + 370	
Harris Benedict	66.5 + (13.8×BW) + (5.0×BH) – (6.8×age)	655.1 + (9.6×BW) + (1.8×BH) – (4.7× age)
Muller	(13.587×LBM) + (9.613×FM) + 198 – (3.351×age) + 674	(13.587×LBM) + (9.613×FM) – (3.351×age) + 674
Liu's	(13.88×BW) + (4.16×BH) – (3.43×age) +54.34	(13.88×BW) + (4.16×BH) – (3.43×age) – 112.40 + 54.34

＊ BW：體重（公斤）；BH：身高（厘米）；age：年齡；LBM：肌肉重①（公斤）；FM：脂肪重②（公斤）
　① 肌肉重（即非脂肪重）的計算公式：體重（公斤）– 脂肪重（公斤）
　② 脂肪重的計算公式：體重（公斤）× 體脂率

　　我們可以看看以下的例子。首先左邊那名男士的數據，體脂15%屬於較理想的範圍，所以基本上以任何一條公式計算出來的代謝率都相若。再對比另一名男子，他的體脂為40%，超出了理想範圍。兩者擁有相同的體重、身高及年齡的情況下，用不考慮體脂的Mifflin–St Joer、Harris Benedict和Liu's公式計算的話他們的代謝率都是相近的。但事實上這兩名男士的體脂相差非常遠，右欄男士的體脂非處於理想範圍，需以Katch–Mcardle和Muller公式計算才能反映真實代謝率。

	32 歲男士、身高 180 厘米、體重 76 公斤、體脂 15%	32 歲男士、身高 180 厘米、體重 76 公斤、體脂 40%
Mifflin–St Jeor	1730 卡	1730 卡
Katch–McArdle	1765 卡	1355 卡
Harris Benedict	1795 卡	1795 卡
Muller	1752 卡	1677 卡
Liu's	1748 卡	1748 卡

別忘了計算活動量因子

當我請學生嘗試為自己計算 TDEE，有不少人用公式找到基礎代謝就以為那就是 TDEE 了。別忘了基礎代謝是一天中沒有任何活動的情況下所消耗的卡路里。找到基礎代謝率後要乘以一個活動量因子（包含上述提到的 EAT 和 NEAT）才是真正的 TDEE。活動量因子綜合日常工作的活動量以及運動量。輕量工作活動量的工作主要是指文書類的，一天裡坐著的時間較多；中量代表工作多需要走動，比如說健身教練或護士一類工作；大量代表工作以體力勞動為主，比如搬運。至於運動量方面，小量的話代表沒有運動或一星期作輕量運動一到兩次；中量代表一星期有三至四次運動；大量代表一星期運動五次或以上。

我們可以參考以下的表格找出活動量因子。例如一名男士任職文員，每星期重訓四次。那麼他的活動量屬於輕量，運動量為中量，所以活動量因子是 1.5。把基礎代謝率乘以 1.5 才是他的 TDEE。

工作活動量 運動量	輕量		中量		大量	
	男	女	男	女	男	女
沒有 / 小量	1.4	1.4	1.6	1.5	1.7	1.5
中量	1.5	1.5	1.7	1.6	1.8	1.6
大量	1.6	1.6	1.8	1.7	1.9	1.7

(資料參考：Department of Health of United Kingdom, 1991)

令 TDEE 更準確的試誤法

如果我算出自己的 TDEE 為 2,082 卡,那麼我每天吃 2,082 卡,體重就會不變?未必。一篇來自新加坡的研究對比不同代謝公式的準繩度,發現準繩度只有約六至七成。若要更準確地找到 TDEE 的話需要到實驗室量度。較常見用於研究方面的儀器是間接熱量測試儀 (indirect calorimetry),測試者需要靜止並躺在實驗床上,透過代謝測試儀器測量吸入的氧氣量以及呼出的二氧化碳量評估代謝率。但是這個未必是一般人可以容易接觸到的測試。

一般來說我會建議使用一個試誤法,不用科研設備亦能較準確地找出 TDEE。首先按照以上提及的公式計算出 TDEE,並攝取這個卡路里一到兩星期,期間每天需要量體重。這是因為體重會隨體內水分變化,可能有一定的浮動。每天量重的話可以找出平均體重,更能反映水分以外真實的體脂和肌肉量變化。如果公式計算出來的數字是準確的話,那麼照理平均體重應該不變;但若兩星期後發現平均體重上升了兩公斤,那很有可能算出來的 TDEE 高估了真實卡路里消耗。何謂「高估」?高估的程度視乎於體重上升的幅度,如果兩星期後平均體重只上升了半公斤,計算所得的數字距離真實 TDEE 應該相差不太遠,只要微調就可以了。這是一個既簡單又相對準確的方法去確認計算出來的 TDEE。

配合 TDEE 計劃飲食

比如說計算出來的 TDEE 是約 2,000 卡,這只是一個數字,實質應該怎樣吃才能達到這個目標?一個很典型的 2,000 卡餐單範例:假設一天吃三餐正餐,每餐進食約 600 卡,餐與餐之間的小食約 200 卡,加起來便已經是 2,000 卡。那麼,正餐進食 600 卡是一個怎麼樣的概念?

首先我們要搞懂一些常見食物的卡路里。比如說一碗飯大約 220 卡，若果一餐可以吃 600 卡，飯佔一半卡路里的話，可以吃約一碗半飯，餘下的卡路里留給其他餸菜便可。若果午餐點了一碟乾炒牛河，其卡路里約 1,000 卡，這已遠超一餐的卡路里目標，到了晚餐便沒有剩餘的卡路里限額。有一些增重客人的卡路里需求為每天 4,000 卡，那麼來一碟乾炒牛河的確能輕易符合卡路里目標的（不過如此一來脂肪攝取非常高，我也不會建議他們以高脂飲食達到卡路里需求呢）。言歸正傳，若點一碗約 500 卡的雞肉米線，這可以輕易達到一餐的卡路里目標。以下是一個符合一天 2,000 卡的飲食餐單：

早餐	方包：三片 蛋：一隻 奶：一杯	600 卡
午餐	飯：一碗半 肉：三兩 菜：大半碗	600 卡
下午茶	水果：一份	100 卡
晚餐	飯：一碗半 肉：三兩 菜：大半碗	600 卡
睡前	水果：一份	100 卡

雖然為了符合飲食要求要搞懂常見食物的卡路里，但並不代表需要每天鉅細無遺地計算卡路里攝取或背誦所有食物的卡路里。只是當知道自己的 TDEE，同時認識到一些常見食物的卡路里後，便能大概預算日常的飲食是否與目標卡路里攝取相對，從而作適切的體重管理。

參考資料

American College of Sports Medicine. (2018). *Benefits and risks associated with physical activity*. Guidelines for Exercise Testing. https://www.acsm.org/docs/default-source/publications-files/acsm-guidelines-download-10th-edabf32a97415a400e9b3be594a6cd7fbf.pdf?sfvrsn=aaa6d2b2_0

Aragon, A. A., Schoenfeld, B. J., Wildman, R., Kleiner, S., VanDusseldorp, T., Taylor, L., Earnest, C. P., Arciero, P. J., Wilborn, C., Kalman, D. S., Stout, J. R., Willoughby, D. S., Campbell, B., Arent, S. M., Bannock, L., Smith-Ryan, A. E., & Antonio, J. (2017). International society of sports nutrition position stand: diets and body composition. *Journal of the International Society of Sports Nutrition, 14*, 16.

Department of Health of United Kingdom. (1991). Dietary Reference Values for Food Energy and Nutrients for the United Kingdom. Her Majesty's Stationery Office. https://assets.publishing.service.gov.uk/media/5bab98f7ed915d2bb2f56367/Dietary_Reference_Values_for_Food_Energy_and_Nutrients_for_the_United_Kingdom__1991_.pdf

Jéquier E. (2002). Pathways to obesity. *International Journal of Obesity and Related Metabolic Disorders: Journal of the International Association for the Study of Obesity, 26*, Suppl 2, S12–S17. https://doi.org/10.1038/sj.ijo.0802123

Levine J. A. (2002). Non-exercise activity thermogenesis (NEAT). Best practice & research. *Clinical Endocrinology & Metabolism, 16*(4), 679–702. https://doi.org/10.1053/beem.2002.0227

Liu, H. Y., Lu, Y. F., & Chen, W. J. (1995). Predictive equations for basal metabolic rate in Chinese adults: a cross-validation study. *Journal of the American Dietetic Association, 95*(12), 1403–1408. https://doi.org/10.1016/S0002-8223(95)00369-X

Pontzer, H., Yamada, Y., Sagayama, H., Ainslie, P. N., Andersen, L. F., Anderson, L. J., Arab, L., Baddou, I., Bedu-Addo, K., Blaak, E. E., Blanc, S., Bonomi, A. G., Bouten, C. V. C., Bovet, P., Buchowski, M. S., Butte, N. F., Camps, S. G., Close, G. L., Cooper, J. A., Cooper, R., … IAEA DLW Database Consortium (2021). Daily energy expenditure through the human life course. *Science (New York, N.Y.), 373*(6556), 808–812. https://doi.org/10.1126/science.abe5017

Song, T., Venkataraman, K., Gluckman, P., Seng, C. Y., Meng, K. C., Khoo, E. Y., Leow, M. K., Seng, L. Y., & Shyong, T. E. (2014). Validation of prediction equations for resting energy expenditure in Singaporean Chinese men. *Obesity Research & Clinical Practice, 8*(3), e201–e298. https://doi.org/10.1016/j.orcp.2013.05.002

1.5
認識三大巨量營養素——
那些我們身體不可或缺的元素

　　巨量營養素是指一些我們需要在日常大量攝取來補充能量的營養素。三大營養素分別是碳水化合物、蛋白質及脂肪。碳水化合物及蛋白質每克提供4卡，而脂肪每克提供9卡。事實上還有一個提供能量的營養素，那就是酒精，每克提供7卡。但酒精是非必要的營養素，下一章會提及到酒精的攝取對身體健康及增肌的影響。這裡我先主要講述三大巨量營養素。

碳水化合物

　　碳水化合物（carbohydrate），簡稱「碳水」，是由碳、氧及氫原子組成，主要功能是為身體提供能量。進食碳水後身體會將碳水轉化為醣原並儲存在肌肉和肝臟，或轉化為脂肪存於體內，當身體需要能量時便會使用體內儲備的醣原。

　　在工作中發現不少人普遍誤會只有澱粉食物才是碳水，而甜食不是碳水，水果也不是碳水。事實上碳水有分三類：單醣（monosaccharide）、雙醣（disaccharide）及多醣（polysaccharide）。單醣是指由單一分子而成的醣類，最常見的例子為葡萄糖（glucose）；而雙醣是指由兩個單醣結合而成的醣類，常見的有蔗糖（sucrose）。我通常形容單醣及雙醣為吃下去有甜味的食物，例如糖果、水果等，因為它們的分子結構較小，所以比較容易在味

蕾受體激活甜味感應，同時亦可以被人體快速吸收令血糖上升，為身體提供能量。而多醣的常見例子就是澱粉，即飯、粉麵、薯仔等，由多個單醣結合而成。它的分子結構較大，所以限制了與味蕾受體的互動，因此人會覺得食物沒有甜味。進食澱粉後需經過身體分解及消化後才會釋放出單醣去提供能量。

最常見含單醣及雙醣的食物例子便是糖果、汽水等不太健康的食物。以健康飲食金字塔的原則來說，一般健康人士應盡量減少攝取這些高糖食物及飲料。但是以運動角度來說，這些能被快速吸收的食物非常適合用作在運動中途以補充碳水。因此市面上的運動能量啫喱（energy gel）大多以葡萄糖、果糖、蔗糖這些單或雙醣作主材料。另一常見成分麥芽糊精（maltodextrin）是一種多醣食物，但因為它的吸收速度接近單醣，而與葡萄糖或果糖相比亦相對較少引致腸胃不適，所以是非常理想的運動中途補充選擇。相反，一般多醣食物例如飯和麵包在進食後需要時間去分解及吸收，所以比較適合用於運動前或後作醣原補充。不論是哪一種碳水，糖果、水果還是麵包，在運動應用方面都有著不同的角色去為身體提供能量。

蛋白質

對健身有少許認識的人都會知道蛋白質（protein）對增肌很重要。因為每次做運動時都會造成肌肉撕裂，而蛋白質則有助修補肌肉，促進肌肉合成。但蛋白質除了幫助增肌以外，也是身體組織——包括骨骼、內臟、皮膚、指甲等——的主要構成物；此外白血球和抗體等細胞和物質也是由蛋白質構成的，所以蛋白質對於免疫系統的正常運作也很重要。因此增肌以外，蛋白質對維持身體機能擔當著非常重要的角色，是生存的必需營養素。

蛋白質是由多個單一分子氨基酸（amino acid）組成。人體的蛋白質由

20 種氨基酸組成，當中有九種屬於必需氨基酸（essential amino acid），其他為非必需氨基酸（non-essential amino acid）。名字有「必需」的氨基酸是指身體不能自行製造，而需要通過食物攝取的氨基酸。而稱「非必需」是因為那些氨基酸可以通過人體自身合成或從其他氨基酸轉化而成來滿足身體所需。蛋白質來源所含的必需氨基酸愈齊全，最終蛋白質的質素會愈高，而愈多攝取高質素的蛋白質愈有效增肌。一般來說，含動物性蛋白質的食物例如牛肉、魚、牛奶等，由於含有所有必需氨基酸，因此被視為完全蛋白質。而含植物性蛋白質的食物如果仁、豆類等，除大豆蛋白質外，均缺少一種或以上必需氨基酸，質素因此比較低。本書後面的部分會詳細討論不同蛋白質的質素對增肌的影響。

脂肪

部分人為了減重會「食清啲」，煮食時完全不加油，覺得「零脂肪」就是最好。事實上足夠的油分對維持身體健康是必需的，長時間滴油不沾反而不得其所。我們需要脂肪（fat）去維持身體機能正常運作。它的功用除了包括儲存能量於皮下為身體保暖外，也幫助人體傳送及吸收脂溶性維生素 A、D、E 和 K，協助製造膽固醇、維生素 D、膽汁酸及荷爾蒙，以及使神經系統和皮膚處於正常狀態。所以不論我們要減重還是要實行健康飲食也要攝取足夠脂肪。另一方面，部分人為了增重而進食大量高脂食物，如漢堡包、薯條等。攝取過量脂肪尤其是不健康的脂肪（即飽和脂肪及反式脂肪）可能增加患高血脂或高膽固醇的風險。增重應特別注意脂肪攝取量及多選含健康的脂肪（即不飽和脂肪）的食物。

不少健身人士會有一些針對巨量營養素的數字目標，比如說追求每天要攝取到多少克的碳水、蛋白質和脂肪。有時候他們只求達到目標數字，卻忽略了食物本身的營養價值。舉一個例子，炸雞還是牛油果，不論選哪一個也

能達到脂肪攝取量目標，但其實兩者的營養價值很不一樣。可看以下的詳細脂肪分類：

類別	飽和脂肪	不飽和脂肪			反式脂肪
		單元不飽和脂肪	多元不飽和脂肪		
			奧米加 6 脂肪酸	奧米加 3 脂肪酸	
概述	增加低密度脂蛋白膽固醇（壞膽固醇）以及增加患血管硬化、中風、心臟病等疾病的風險。	有助降低壞膽固醇及三酸甘油酯水平，維持心血管健康。	人體無法自行合成，因此必需經由食物攝取。有助降低總膽固醇水平，並維持高密度脂蛋白膽固醇（好膽固醇）在高水平。	人體無法自行合成，因此必需經由食物攝取。有助降低三酸甘油酯水平，維持心血管健康。攝取不足有可能引致皮膚問題和發炎等症狀。	增加壞膽固醇並降低好膽固醇，增加患心臟病及心血管疾病的風險。
例子	● 牛油 ● 豬油 ● 棕櫚油 ● 芝士 ● 忌廉 ● 淡奶 ● 椰汁 ● 鵝油	● 橄欖油 ● 花生油 ● 芝麻油 ● 芥花籽油 ● 米糠油 ● 牛油果	● 粟米油 ● 紅花油 ● 葵花籽油 ● 大麻籽油 ● 葡萄籽油 ● 核桃 ● 杏仁 ● 腰果	● 亞麻籽油 ● 三文魚 ● 吞拿魚 ● 沙甸魚 ● 鯖魚 ● 核桃 ● 奇亞籽	● 酥皮 ● 蛋糕 ● 曲奇 ● 雪糕 ● 炸薯條 ● 沙律醬

膽固醇、脂肪，和飲食

壞膽固醇過高會導致什麼問題？

壞膽固醇能積聚在血管壁，使血管變窄，嚴重的話會形成血管閉塞。如果堵塞了連接心臟的動脈，那就可能造成心臟病；若是堵塞了連接腦部的血管，就可能導致中風。相反好膽固醇能清理積在血管的壞膽固醇。有客人

問：「不是攝取太多食物裡的膽固醇（即膳食膽固醇）才會使血液中壞膽固醇水平上升嗎？」事實上，在半個世紀前科學家確是這樣認為的。但近幾十年的研究發現對人體來說食物中的膽固醇未必是導致壞膽固醇上升的主因，反而脂肪攝取量以及脂肪種類選擇更會影響血液膽固醇的水平。這意味著不需要完全戒掉高膽固醇食物例如雞蛋、魷魚、內臟等，同時需要留意含高飽和脂肪及反式脂肪例如肥肉、蛋糕、牛油、曲奇等食物的攝取。也曾經有人問我說：「橄欖油含高不飽和脂肪，我們吃很多也不會影響膽固醇吧？」這倒也不是，因為脂肪的攝取量亦會令壞膽固醇及血脂上升，所以我們盡可能適量攝取油分，而在進食的油分當中集中選一些健康的油分。每星期進食兩次含高奧米加3的魚類如三文魚、鯖魚等更能維持心血管健康。

跟年輕健碩的客人提到有關選擇好的脂肪對身體健康的重要性，他的表情已經告訴我他覺得高膽固醇之類的心血管疾病與他無關呢！在平日的工作上我接觸到不少二十後半至三十來歲的客人，當中發現有一部分第一次做身體檢查的年輕人有膽固醇偏高的問題。於是我決定在自己的診所引入膽固醇測試儀，為每位初次到訪的客人都作測試，不出所料，年紀較大、一向有做身體檢查的人已經清楚知道自己的身體狀況，反觀一些年紀較輕的在測試後才發現有高膽固醇問題。所以學會適量攝取油分（緊記不用戒掉但亦不要過量），維持適當體重，這些都不是等到上了年紀才需要注意的。

參考資料

Carson, J. A. S., Lichtenstein, A. H., Anderson, C. A. M., Appel, L. J., Kris-Etherton, P. M., Meyer, K. A., Petersen, K., Polonsky, T., Van Horn, L., & American Heart Association Nutrition Committee of the Council on Lifestyle and Cardiometabolic Health; Council on Arteriosclerosis, Thrombosis and Vascular Biology; Council on Cardiovascular and Stroke Nursing; Council on Clinical Cardiology; Council on Peripheral Vascular Disease; and Stroke Council (2020). Dietary Cholesterol and Cardiovascular Risk: A Science Advisory From the American Heart Association. *Circulation*, *141*(3), e39–e53. https://doi.org/10.1161/CIR.0000000000000743

衛生署衛生防護中心：〈認識脂肪一族〉。取自 https://www.chp.gov.hk/tc/static/100023.html。

1.6
營養標籤與食物選擇──
讀懂標籤，掌握你吃進肚子裡的

當我們認識了三大巨量營養素，到超級市場選購食物產品的時候，究竟要怎麼看營養標籤去選擇適合自己的食物來達到營養需求？

能讀懂營養標籤的好處

我曾帶一群殘障人士及他們的照顧者到超級市場作營養講座。比起在課室以文字及圖片去解釋營養標籤，實地講解更來得實際。我們一群人在超市的各個分區逐一看不同食品的營養標籤，考究參加者常吃的食品並比較不同牌子的營養成分，比如說哪個牌子的包裝檸檬茶糖分含量比較低。他們亦學會釐清一些包裝上的宣傳字句，慎防被誤導。就如我們走到「油類」分區，有一名參加者問：「這瓶油寫上不含膽固醇就代表比較好嗎？」事實上油一向都不含膽固醇，這是廠商的一些銷售伎倆罷了。一路走過不同食物通道，他們都踴躍發問，他們當中有些患有三高，有人患腎病，也有人是吃素的。他們看營養標籤的著眼點都不一樣。例如吃素的參加者會看什麼素食食物的蛋白質含量會高一點，某些腎病患者看的是低蛋白質的食物選擇。參加者們靠著學懂看不同食物的營養標籤來幫助他們選擇適合自己的食物產品。

三大識別要點

1. 食物成分表

　　把食物產品翻到後面或側面就能看到食物成分表。食物成分表是根據食材分量由多至少排列，這能讓我們了解產品所含的主要食材，同時幫助識別有可能引起過敏的成分。若想知道一款食物是否高糖，在看營養素表之前只要簡單看成分表中有沒有把「糖」放在首幾位便已可大概估計食物是否含較高糖分。但需注意的是「糖」的另一些常見材料名稱可以是高果糖粟米糖漿（high fructose corn syrup）或黃蔗方糖（brown cane sugar cube）等。同樣，想知道食物會否含高油分亦可留意食物成分表的「油」會否排在較前的位置。以下比較不同麵條：

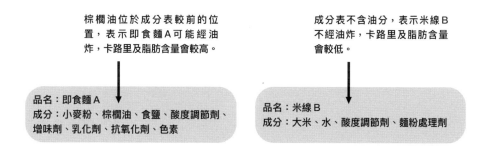

棕櫚油位於成分表較前的位置，表示即食麵A可能經油炸，卡路里及脂肪含量會較高。

成分表不含油分，表示米線B不經油炸，卡路里及脂肪含量會較低。

品名：即食麵A
成分：小麥粉、棕櫚油、食鹽、酸度調節劑、增味劑、乳化劑、抗氧化劑、色素

品名：米線B
成分：大米、水、酸度調節劑、麵粉處理劑

2. 能量及各種營養素的含量

　　食物成分表給我們的資料有限，要了解食物含多少克糖或脂肪等需要細看營養標籤。根據香港的食物及藥品規定（《2008年食物及藥物（成分組合及標籤）（修訂：關於營養標籤及營養聲稱的規定）規例》，於2010年7月1日生效），預先包裝食物必須貼上營養標籤，並列出能量及七種營養

素，包括蛋白質、總脂肪、飽和脂肪、反式脂肪、碳水化合物、糖及鈉的含量。有一些營養標籤會列出七種營養素以外的營養素，例如膳食纖維、礦物質和維生素。以一些豆奶為例，因為它們添加了鈣質，所以亦標示了鈣質含量，但這樣的標示不是必需的。食物包裝上若寫有「低糖」、「低脂」、「低鈉」等字眼，該產品必須符合下表內的定義。

	低		不含
	每 100 克（不超過）	每 100 毫升（不超過）	每 100 克／毫升
糖	5 克		0.5 克
總脂肪	3 克	1.5 克	0.5 克
鈉	120 毫克		5 毫克

另一邊廂，香港的食物安全中心亦推出指引，提倡市民避選高脂肪、高糖以及高鈉的食品：

	高	
	按每 100 克計 （超過）	按每 100 毫升計 （超過）
糖	15 克	7.5 克
總脂肪	20 克	
鈉	600 毫克	300 毫克

不少食物廠商會以「較低糖」、「減少脂肪」等字句去吸引消費者，但需留意營養含量其實並沒有因此達到低糖或低脂定義。比如說曾在超市看到某牌子的花生醬推出了新的「減少 25% 脂肪」版本，比起原本的花生醬每食用分量少 4 克脂肪，碳水卻多了一倍，卡路里沒變。因此「減少 25% 脂肪」的版本仍是屬高脂肪，即每 100 克有多於 20 克脂肪。如果我們一不小心只看包裝上的宣傳字句而忽略了營養標籤，便容易墮入廠商的圈套。

例子分析：

餅乾 A

Nutrition Information 營養資料	
Serving size/食用分量：20g/克	
	per serving/ 每食用分量
Energy/能量	100kcal/千卡
Protein/蛋白質	3g/克
Total fat/總脂肪	6g/克
– Saturated fat/飽和脂肪	2g/克
– Trans fat/反式脂肪	0g/克
Carbohydrate/碳水化合物	8g/克
–Sugar/糖	0.8g/克
Sodium/鈉	150mg/毫克

每 20 克含 6 克脂肪，即每 100 克含 30 克脂肪，屬於「高脂」。

每 20 克含 0.8 克糖，即每 100 克含 4 克糖，屬於「低糖」。

每 20 克含 150 毫克鈉，即每 100 克含 750 毫克鈉，屬於「高鈉」。

3. 每 100 克及每食用分量

營養標籤可以以每 100 克（per 100g）或每食用分量（per serving）為單位顯示所含營養素的分量。兩者有各自的用處，對消費者來說可應用的情況也不一樣。若看每 100 克的營養標籤，可以方便了解食物是否屬於低糖或低脂等定義。同時以相同的重量單位（即每 100 克）亦較容易比較不同產品牌子的營養素。每食用分量則由廠商釐定，有時會以「每包裝」、「每件」、「每杯」等單位標示。一些產品如燕麥脆片（granola）會以每 30 克，即大概三分之一碗為每食用分量，所顯示的卡路里只有約一百多卡。但事實上不少人的食用分量是半碗甚至一整碗，攝取的卡路里便遠超營養標籤上的數字。市面上亦有獨立包裝巧克力條的食用分量是以半條來顯示，所以我們需要小心看標籤，不要以為寫著每食用分量便理所當然地覺得等於一碗或整個包裝包含的全部分量。

例子分析：

　　若要選購卡路里較低的餅乾，可以把不同牌子的食物以 100 克重量作比較。

<table>
<tr><th colspan="2">餅乾 A</th></tr>
<tr><th colspan="2">Nutrition Information 營養資料</th></tr>
<tr><td colspan="2">Serving size/食用分量：20g/克
per serving/每食用分量</td></tr>
<tr><td>Energy/能量</td><td>100kcal/千卡</td></tr>
<tr><td>Protein/蛋白質</td><td>3g/克</td></tr>
<tr><td>Total fat/總脂肪</td><td>6g/克</td></tr>
<tr><td>– Saturated fat/飽和脂肪</td><td>2g/克</td></tr>
<tr><td>– Trans fat/反式脂肪</td><td>0g/克</td></tr>
<tr><td>Carbohydrate/碳水化合物</td><td>8g/克</td></tr>
<tr><td>– Sugar/糖</td><td>0.8g/克</td></tr>
<tr><td>Sodium/鈉</td><td>150mg/毫克</td></tr>
</table>

<table>
<tr><th colspan="2">餅乾 B</th></tr>
<tr><th colspan="2">Nutrition Information 營養資料</th></tr>
<tr><td colspan="2">per 100g/每 100 克</td></tr>
<tr><td>Energy/能量</td><td>534kcal/千卡</td></tr>
<tr><td>Protein/蛋白質</td><td>9g/克</td></tr>
<tr><td>Total fat/總脂肪</td><td>22g/克</td></tr>
<tr><td>– Saturated fat/飽和脂肪</td><td>10g/克</td></tr>
<tr><td>– Trans fat/反式脂肪</td><td>0g/克</td></tr>
<tr><td>Carbohydrate/碳水化合物</td><td>75g/克</td></tr>
<tr><td>– Sugar/糖</td><td>7g/克</td></tr>
<tr><td>Sodium/鈉</td><td>550mg/毫克</td></tr>
</table>

　　餅乾 A：每 20 克含 100 千卡，即每 100 克含 500 千卡。

　　餅乾 B：每 100 克含 534 千卡。

　　結論：餅乾 A 較餅乾 B 低卡路里。

「無糖」與「淨碳水化合物」

　　市面上有不少飲料和食物都標榜「無糖」，但為什麼喝下去有甜味呢？因為食物加入了代糖，亦稱為甜味劑。代糖的卡路里比一般食用糖低很多，有的甚至是零卡路里。代糖甜度達一般糖的幾十倍至幾百倍，其中糖精（saccharin）的甜度更是蔗糖的三百倍，所以成為了很多無糖或低卡食物的常用食材。不少人認為所有代糖都是人工化學物，事實上有一些天然代糖提煉自植物，例如羅漢果苷取自於羅漢果，不過在提煉過程仍需經一些化學步驟。

一直以來代糖的安全性都非常有爭議，2023 年年中世界衛生組織旗下的國際癌症研究機構（International Agency for Research on Cancer, IARC）將其中一種常用代糖阿斯巴甜（aspartame）列為可致癌物質。但需注意不少常見食物同樣被列為致癌物質，例如加工肉、超過 65 度的熱飲等，IARC 卻沒有說明可致癌的攝取分量。美國食品及藥物管理局（United States Food and Drug Administration, FDA）則建議每天阿斯巴甜攝取上限為每人每公斤體重 50 毫克，這大概相當於每天喝十多罐無糖汽水所含的代糖分量，基本上很難會在一天內攝取到這個分量的代糖。不過進食大量代糖食物的其中一個副作用是可能導致胃氣和腹瀉。曾有客人告訴我她整個星期很多胃氣和常常放屁，我問過了她的日常飲食後發現她在嘗試多種不同牌子的乳清蛋白粉和蛋白條。蛋白補充品通常都會以代糖取代一般糖以減少產品的卡路里含量，因此客人很可能是攝取過多代糖導致腸胃不適。同樣整天吃香口膠和零卡糖果也可能會出現類似腸胃問題，所以選擇進食無糖食品時要注意攝取量。

除了「無糖」，「淨碳水化合物」（net carb）的字句也常出現在一些高蛋白食物的宣傳，如蛋白條、高蛋白早餐穀物等。這是因為它們加入了一些不能被消化的碳水（non-digestible carbohydrates），即膳食纖維，如果膠（pectin）、關華豆膠（guar gum）等。這些膳食纖維屬於碳水的一種，所以計算在營養標籤的「碳水化合物」內。而淨碳水化合物是指不包括膳食纖維在內的碳水總和，故不少廠商希望使用膳食纖維為食材，以低淨碳水化合物如「只含 5 克淨碳水化合物」的宣傳字句去吸引人們，尤其是正在減重的人士購買。不過實際上這些不能被消化的碳水含卡路里嗎？雖然它們不能被分解及吸收，有一些纖維卻能夠因腸道細菌而發酵，形成短鏈脂肪酸（short chain fatty acids），再被人體吸收而成為能量。因此膳食纖維雖比一般碳水含較少卡路里，但仍含有約每克 2 卡。

評估食物的蛋白質含量

糖、脂肪、鈉質有高和低的定義，那麼蛋白質呢？《食物及藥物（成分組合及標籤）規例》說明若要符合「高／含豐富蛋白質」的定義，每 100 卡的食物需含不少於蛋白質營養素參考值 10% 的蛋白質，在本港流通的蛋白質營養素參考值為 60 克，換言之需含不少於 6 克蛋白質，即至少佔每 100 卡食物的 24%。

以一般分離乳清蛋白粉為例，一匙約 110 卡，內約含 20 克蛋白質。因每克蛋白質含 4 卡，所以 110 卡裡有 80 卡來自蛋白質，即食物的七成卡路里來自蛋白質，這就算是非常高蛋白質比例的食物了。普遍蛋白條每條約 200 卡，含 20 克蛋白質，蛋白質即佔約四成卡路里，比例上只有乳清蛋白粉的一半，但也算是高蛋白食物。需注意的是一些宣稱含蛋白來源的食品產品，比如市面上的一些穀物條，一條有 200 卡卻只有 10 克蛋白質，蛋白質只佔卡路里的兩成。這代表若要藉此攝取蛋白質的話同時會攝取更多碳水及脂肪。又例如兩匙花生醬含約 200 卡但當中只有 7 克蛋白質，蛋白質佔卡路里約 15%；若要從花生醬攝取共 20 克的蛋白質，便需要攝取約 600 卡的花生醬，攝取的卡路里來自於脂肪多於蛋白質。

不少客人會問該怎樣選擇高蛋白的奶類製品例如乳酪、豆奶等。首先希臘乳酪通常比一般乳酪含較高蛋白質，因為在生產希臘乳酪過程當中會除去多餘的水分、乳糖及脂肪，令蛋白質更加濃縮。每 100 克希臘乳酪含約 10 克蛋白質。但一些坊間的非希臘乳酪的蛋白質含量亦不低，所以建議看營養標籤，假如每 100 克含 7 至 10 克蛋白質的話已算很不錯的選擇。然而，若選擇脫脂純乳酪，即不含蜜糖或水果味道的脫脂乳酪，碳水及脂肪含量會更低，蛋白質佔卡路里的比重亦會因此而提高，更容易達到以每 100 卡為準則的「高蛋白質」定義。

另一方面，牛奶每 100 毫升含約 3 克蛋白質，所以一杯 300 毫升左右的牛奶含約 10 克蛋白質。植物奶的蛋白質含量則相對參差，消費者委員會探討過市場上不同植物奶的營養素，發現豆奶樣本平均蛋白質含量為 3.26 克，與牛奶不相伯仲。不過我在超市亦不時會看到每 100 毫升少於 2 克蛋白質的豆奶，所以選豆奶時還是需先看營養標籤。其他植物奶如椰子奶產品平均每 100 毫升含約 0.1 克蛋白質、米奶含 0.19 克、燕麥奶及杏仁奶均含 0.66 克，同時蛋白質質素亦不及牛奶及豆奶。因此以上植物奶未必是補充蛋白質的最佳之選，選擇奶類飲品尤其是植物奶最好先看營養標籤。

這一章我們認識到均衡營養以及巨量營養素的基本概念，亦把這些概念帶到日常生活的應用層面上，釐清一些大眾對食物選擇的疑惑。下一章我們將進入增肌減脂的營養課題，深入探討合適營養調配對增肌的重要性。

參考資料

消費者委員會《選擇》月刊 (2023, October). 哪款植物奶有「營」又抵飲？更勝低脂奶？https://www.consumer.org.hk/tc/article/564-plant-milk/564-plant-milk-samples-and-test-items。

食物安全中心：《食物及藥物（成分組合及標籤）規例》。取自 https://www.cfs.gov.hk/tc_chi/food_leg/food_leg_cl.html 。

第二章

你要先知道的：
增肌規劃篇

2.1

如何計劃每天巨量營養素攝取？

在上一章已經明白了什麼是三大巨量營養素，而接下來我們會深入探討究竟應該怎樣安排這些營養素的分佈。眾所周知健身人士需要更多的蛋白質去增肌，那麼蛋白質的分佈又該是怎麼樣呢？

巨量營養素的比例分佈原則

根據美國國家醫學院（National Academy of Medicine, NAM）的建議，一般健康人士的巨量營養素佔總卡路里攝取比例為：碳水化合物佔總卡路里攝取的 45% 至 65%，蛋白質佔 10% 至 35%，最後脂肪佔 20% 至 35%。若以每公斤體重來算，文獻顯示每天的碳水化合物總量攝取應為 3 至 5 克，蛋白質攝取應為 0.8 至 1 克，脂肪攝取則應為 0.5 至 1 克。以下是一個常見的巨量營養素分佈：

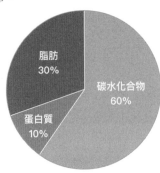

我們以一個實例來看。假設一名體重 70 公斤的健康男士的 TDEE 為 2,300 卡，那麼他的巨量營養素分佈該是怎樣的？首先我們重溫各巨量營養素的卡路里。在上一章亦有提及，每克碳水含 4 卡，每克蛋白質含 4 卡，每克脂肪含 9 卡。有了這些資料後便可以開始計算。計算次序為先找出蛋白質需求，之後再找出脂肪攝取量，最後才找出碳水攝取量。

蛋白質需求會以每公斤體重計算。一般健康成年人的蛋白質建議攝取量為每公斤體重 1 克。70 公斤的男士便需要 70×1=70 克蛋白質。得出所需蛋白質後，便要計算該蛋白質分量等同多少卡路里。每克蛋白質含 4 卡，所以 70 克蛋白質含 70×4=280 卡。如此一來，來自蛋白質的卡路里就佔 TDEE 的 280÷2300×100%=12%，餘下 88% 則由脂肪及碳水瓜分。因為脂肪對身體健康來說是必需，不能攝取過少，所以會先從之前提及的 20% 至 35% 框架裡決定 TDEE 中脂肪的比例，再決定碳水的比例。若果我們選擇脂肪佔 TDEE 的 25%，那麼剩下的 63% 便是碳水；若果脂肪佔 30%，碳水便佔 58%，如此類推。每克脂肪含 9 卡，所以脂肪佔 30% 的情況下脂肪攝取量為 30%×2300÷9=77 克。最後每克碳水含 4 卡，所以碳水攝取量為 58%×2300÷4=334 克。綜合以上所得結果，這名男士的巨量營養素目標為 334 克碳水、77 克脂肪、70 克蛋白質。

如何決定脂肪佔 20% 還是 35%？一般來說，我會從兩個方向去決定合適的脂肪比例。首先是客人的目標，若客人本身體脂不高而又需要達到一個更低體脂的身型目標，為了維持肌肉量，他有較高蛋白質需求，同時碳水攝取不能過低，因此沒有太多的卡路里限額留給脂肪，脂肪攝取比例便會設為靠近 20%。其次是客人本身的飲食習慣，若客人本身沒有任何飲食控制，食物選擇又大多屬於高脂肪食物，其日常脂肪攝取比例可能約 40% 至 45%，因此我會將目標設為 35%。不然即使定為 20%，若他無法適應飲食習慣大變，也可能無法完成目標。

巨量營養素目標計算方法

> 蛋白質攝取量：每公斤體重 × 建議蛋白攝取量 = A 克
>
> A 所含卡路里：A × 4 卡 = B 卡
>
> B 佔 TDEE 的百分比：(B÷TDEE) × 100%=C%
>
> 脂肪及碳水共佔 TDEE 的百分比：100%–C%=D%
>
> 假設脂肪佔 E%（20% 至 35%），碳水便佔 D%–E%
>
> 脂肪攝取量（克）：E% × TDEE ÷ 9
>
> 碳水攝取量（克）：(D%–E%) × TDEE ÷ 4

健身人士的營養素比例

　　健身人士的巨量營養素分佈會有不一樣嗎？當然不一樣，上一章提及過健身人士為了達到增肌效果，需要的蛋白質比一般人高。有客人說過：「那麼我的蛋白質攝取比例應該起碼佔 TDEE 一半才足夠吧！」的確，有不少人認為要攝取更多的蛋白質去增肌便代表篇首圓形圖蛋白質部分的 10% 比例就會高很多。事實上健身人士每天攝取每公斤體重 1.6 克蛋白質已經能很有效增肌，這個分量比一般健康成年人每公斤體重攝取 0.8 至 1 克蛋白質的建議數值高接近一倍。到了減重的時候，為了盡量保留肌肉量才會再進一步提升蛋白質攝取到每公斤體重 2.2 克。

　　以上述的 70 公斤男士為例子，如果他有增肌目標，他的蛋白質攝取量便需要提升到每公斤體重 1.6 克。那麼來自蛋白質的卡路里為 70×1.6×4=448 卡，佔 TDEE 的 448÷2300×100%=19%。如果他需要在減重的同時保留肌肉量，可把他的蛋白質攝取量再提升至每公斤體重 2.2 克，同時將 TDEE 減至 1,800 卡以達到卡路里赤字。那麼蛋白質佔 TDEE 的 70×2.2×4÷1800×100%=34%。以下是兩個健身人士的總卡路里分佈圖例子：

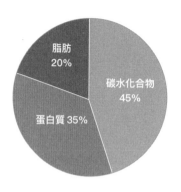
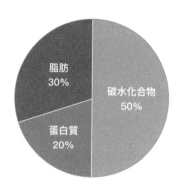

　　這裡我們看到以上兩個健身人士圓形圖跟一般健康人士的圓形圖分別不太大，不會完全顛覆分佈，只是蛋白質的佔比有稍微提升，而脂肪及碳水則因應蛋白質的升幅而作微調。

　　一些較極端的例子：比如說健美人士需要維持極低體脂量之餘亦要保留自身肌肉量；男運動員賽前要控制至 5% 體脂，而女運動員則要低至 8% 體脂。在這個情況下他們的卡路里攝取非常低，另一方面蛋白質攝取量又要維持於高水平，因此可能會出現蛋白質佔 TDEE 的 50% 的情況。事實上要達到極低體脂的話身體就非處於健康狀態，一般健身人士無需要依從這樣的巨量營養素比例亦能足以有效及健康地增肌減脂。

如何追蹤巨量營養素？

　　我們計算好了每種巨量營養素每天吃多少克，那又該怎麼樣去達到目標呢？比如說每天需要 100 克蛋白質，我們怎麼知道食物有多少蛋白質？

　　首先，如果食物包裝上印有營養標籤，例如在超市買了一盒牛奶就可以輕易以食用分量計算出食物的蛋白質含量。但當一些食物沒有印上營養標籤，例如到街市買了豬肉，就需要用上權威的營養資料庫找出相應食物的營

養標籤。美國農業部（United States Department of Agriculture, USDA）的食物數據中心（USDA FoodData Central）是美國一個官方認證的食物營養資料庫，可以在它們的網頁輕鬆找到不少食物的營養價值。不過如果尋找的不是豬肉而是燒賣之類的港式食物，美國的資料庫就無法提供，要到香港的官方營養資料庫──食物安全中心的網上資料庫（https://www.cfs.gov.hk/tc_chi/nutrient/index.php）查找。

同時坊間也有一些手機應用程式可以幫助我們記錄每天飲食並同時計算每天攝取的卡路里和巨量營養素。最為人知的是「MyFitnessPal」，這個應用程式包含不只香港甚至是世界各地的食物營養資料。但它能擁有這麼龐大的資料庫是因為任何使用者都能輸入食物的營養資料供其他人使用，因此也有營養資料頻頻出錯而導致我們計算營養素有誤的問題。所以我經常告訴用「MyFitnessPal」的客人追蹤每一個食物之前最好預先大概知道食物的營養比例，可以的話與官方的營養資料庫核對，便會減少出錯的可能，避免高估或低估營養攝取。

參考資料

Bauer, P., Majisik, A., Mitter, B., Csapo, R., Tschan, H., Hume, P., Martínez-Rodríguez, A., & Makivic, B. (2023). Body Composition of Competitive Bodybuilders: A Systematic Review of Published Data and Recommendations for Future Work. *Journal of Strength and Conditioning Research, 37*(3), 726–732. https://doi.org/10.1519/JSC.0000000000004155

Kreider, R. B., Wilborn, C. D., Taylor, L., Campbell, B., Almada, A. L., Collins, R., ... & Antonio, J. (2010). ISSN exercise & sport nutrition review: research & recommendations. *Journal of the International Society of Sports Nutrition, 7*(1), 7.

USDA. (2005). Dietary Reference Intakes for Energy, Carbohydrate, Fiber, Fat, Fatty Acids, Cholesterol, Protein and Amino Acids.

2.2

重訓前需要碳水嗎？

在健身營養課程當中說到訓練前的飲食時，我會問參加者：「你們去健身室之前會吃碳水嗎？」通常都有一部分人會點頭。之後我再問有點頭的人：「你們覺得吃了碳水後訓練表現會更好嗎？」他們也會再次點頭。那麼碳水的確對重訓表現很重要嗎？

首先我們可以看一下碳水對一般運動的重要性。當我們做運動的時候，身體會將儲存在肌肉的醣原分解成葡萄糖來製造三磷酸腺苷（adenosine triphosphate, ATP）。ATP 即能釋放能量的化合物，為肌肉細胞提供能量。所以一般來說要運動便需要能量，而碳水正正是提供能量給身體的燃料。但是不同運動的碳水需求不一樣。比如說一些低強度而且不太長時間的運動例如散步半小時，相比起跑一個馬拉松，前者也需要碳水嗎？身體本身有一定的醣原儲備，加上就算是空腹進行低強度運動，身體亦可以使用脂肪來提供能量，不一定需要碳水。但若是中或高強度以及長時間的耐力運動例如長跑、踢足球等就會消耗大量能量，並把肌肉中的醣原完全耗盡，我們便需要碳水來提供足夠能量。

重訓前的碳水攝取

將重訓跟耐力運動比較，便會發現兩者對碳水需求相差很遠呢！過往有研究顯示在一節重訓後醣原儲備只下降約 24% 至 40%，這可能代表重訓前的碳水攝取量未必對重訓表現帶來幫助。在 2022 年一篇系統性研究回顧發現相比較低的碳水攝取，於一節重訓前或橫跨整個訓練週期的較高碳水攝取對訓練表現並沒有正面影響。也許你會有疑問：進行三組深蹲訓練可能不需要那麼多碳水，但十組深蹲也同樣不需要嗎？醣原消耗多與少當然要視乎該節的訓練量、強度及時長。同一份文獻亦顯示如果訓練量很高，即是每個肌群的組數訓練多於十組，那麼重訓前的碳水攝取重要性會因此而提高。另外，於同年發佈的另外一篇系統性研究回顧發現若訓練前空腹時間多於八小時，訓練前進食碳水對訓練表現可能會有提升。綜合以上幾個要點，也是說一般情況下，在晚上的一小時全身訓練前補碳很大可能不會帶來表現的提升。

記得有個第一次見面的客人跟我說她早上重訓前從不吃碳水，訓練之後才回公司吃個低碳早餐。她不是新手，訓練課表是每星期訓練五次，每次訓練兩小時以上。了解她整個運動及飲食習慣後，我跟她說：「首先，你可以嘗試把原來下午茶的三文治調到重訓前吃，這樣你訓練時便可能更有力量，不會那麼快覺得累。」她瞪大眼睛看著我說：「我從來沒有覺得累啊！」不過她還是嘗試依從建議了。一星期後我們又再見面，她興奮地說：「Jaclyn，我這個星期的重訓有一些進步了！之前不知道訓練是可以這麼有力的，我以為不餓就可以。」是的，當你不是新手，且訓練量高、訓練時數長，充足的碳水攝取不會有害反而可能帶來好處，或能於生理以及心理層面上提升重訓表現。

碳水或有益心理狀態

是的，心理因素也可能是影響訓練表現的因素之一。在 2020 年一份研究指出飽腹感可能與訓練表現有關。這個實驗安排受試者在三次實驗訓練前分別飲用清水、不含能量的半固體早餐和含能量的半固體早餐。受試者被告知兩種早餐都含能量，結果進食含或不含能量半固體早餐的兩組受試者的飽腹感較高，運動表現亦比飲用清水的組別好，進食含或不含能量半固體早餐的兩組的訓練表現則相若。這反映表現的提升可能與進食的食物無關，而飽腹感造成的心理作用可能是影響重訓表現的主要因素。

有些人訓練前可能不只吃碳水，也進食蛋白質食物，比如飯糰加上即食雞胸。有研究指出重訓前後或中途進食碳水和蛋白質，比起只進食碳水更能提高胰島素（insulin）及減低皮質醇（cortisol）分泌，亦減低重訓後 24 小時的肌球蛋白（myoglobin）與肌酸激酶（creatine kinase）等的濃度，代表或能減少重訓後的肌肉損耗，增加肌肉合成和修補。國際運動營養學會（International Society of Sports Nutrition, ISSN）亦表示碳水及蛋白質的配搭能有效增加肌肉醣原儲備、減低肌肉損耗及促進肌肉對訓練的適應。

碳水攝取的必要

說了這麼一大堆，究竟重訓需要還是不需要碳水呢？雖然現今大部分的研究都未有顯示即時且較高的碳水攝取能提升重訓表現，亦有證據指出就算有表現的提升也可能只是飢餓感被抑制而導致的，但是碳水攝取可能在一些特定的情況下，包括空腹訓練、訓練組數較多、一天有數節訓練的時候能幫助提升表現，而且碳水配搭蛋白質進食或有助減低肌肉耗損及增加肌肉醣原儲備。2022 年的文獻回顧建議可在重訓前三小時內進食至少 15 克碳水及每公斤體重 0.3 克蛋白質；同時避免空腹訓練，以及在節與節的訓練之間攝取碳水來幫助肌肉於其間恢復醣原儲備以達到較佳的訓練表現。

參考資料

Baty, J. J., Hwang, H., Ding, Z., Bernard, J. R., Wang, B., Kwon, B., & Ivy, J. L. (2007). The effect of a carbohydrate and protein supplement on Resistance Exercise Performance, hormonal response, and muscle damage. *The Journal of Strength and Conditioning Research*, *21*(2), 321–329.

Henselmans, M., Bjørnsen, T., Hedderman, R., & Vårvik, F. T. (2022). The effect of carbohydrate intake on strength and resistance training performance: A systematic review. *Nutrients*, *14*(4), 856.

Jäger, R., Kerksick, C.M., Campbell, B.I. et al. (2017) International Society of Sports Nutrition Position Stand: protein and exercise. *Journal of the International Society of Sports Nutrition*, *14*(20).

King, A., Helms, E., Zinn, C., & Jukic, I. (2022). The ergogenic effects of acute carbohydrate feeding on resistance exercise performance: a systematic review and meta-analysis. *Sports Medicine*, *52*(11), 2691–2712.

Naharudin, M. N., Adams, J., Richardson, H., Thomson, T., Oxinou, C., Marshall, C., Clayton, D. J., Mears, S. A., Yusof, A., Hulston, C. J., James, L. J. (2020). Viscous Placebo and carbohydrate breakfasts similarly decrease appetite and increase resistance exercise performance compared with a control breakfast in trained males. *British Journal of Nutrition*, *124*(2), 232–240.

Slater, G., & Phillips, S. M. (2013). Nutrition guidelines for strength sports: sprinting, weightlifting, throwing events, and bodybuilding. In *Food, Nutrition and Sports Performance III*(pp. 67–77). Routledge.

Vigh-Larsen, J. F., Ørtenblad, N., Spriet, L. L., Overgaard, K., & Mohr, M. (2021). Muscle glycogen metabolism and high-intensity exercise performance: A narrative review. *Sports Medicine*, *51*(9), 1855–1874.

有效增肌的蛋白質分量

我遇過一個年輕客人，他希望在短時間內減脂增肌，為他的婚前拍攝作準備。他告訴我他的飲食參考了不少網絡上的增肌資訊，也向他一些有健身習慣的朋友取經，但他發現自己的體重上升之餘體脂也不斷上升，甚至連之前擁有的腹肌線條也開始變得模糊。我查問他的飲食習慣，發現他雖然減去了不少高脂高糖零食，但他每餐吃大概 10 安士雞胸或牛扒，每天喝平均三到四杯蛋白粉，有時候會去火鍋放題吃約八到十碟肉類。我告訴他：「增肌的確需要蛋白質，但不是愈多愈好，足夠就可以了。再多的蛋白質也不是能全部用來增肌，多出來的也會儲存在身體成為脂肪。」他很驚訝地看著我說：「我以為趁這陣子還能多吃些蛋白質就盡量吃，沒想到原來如此！」我微笑說：「不要緊，我們還有時間的，現在就一起找出你每天需要的蛋白質量吧！」

肌肉與蛋白質

我們常說的「增肌」就是要達到肌肉量上升的目的。在科學角度而言這不單是指肌肉蛋白合成（muscle protein synthesis），而是我們要達到一個肌肉蛋白合成與肌肉蛋白分解（muscle protein breakdown）的平衡。就好像銀行戶口有多少存款視乎收入及支出一樣。當肌肉蛋白合成比分解快時，肌肉量便會上升，相反當肌肉蛋白合成比分解慢時肌肉量便會下降。肌肉蛋白合成及分解的進行與飲食中蛋白質分量及重訓有關。

蛋白質是製造肌肉蛋白的原材料，進食蛋白質後身體會將它分解成氨基酸，而氨基酸的代謝會釋出含氮（nitrogen）的物質。身體中的氮量會影響肌肉合成，要做到正氮平衡才能增肌。正氮平衡代表身體攝取的蛋白質比消耗的多，這便能提供額外的氨基酸來促進肌肉蛋白合成。我們都知道重訓需要進食足夠蛋白質去促進肌肉合成，合成的速度比分解高，便帶來淨肌肉增長。另一方面長時間空腹以及靜止例如睡覺時，肌肉分解速度比合成快，造成負氮平衡並帶來淨肌肉消耗。所以適當的蛋白質攝取配合重訓對於有效增肌非常重要。

增肌的每天蛋白質需求

對於沒有恆常運動習慣的一般健康成年人來說，每公斤體重 0.8 至 1 克的蛋白質攝取便能滿足一天蛋白質需求並防止肌肉流失。健身人士會比一般人以及耐力運動人士例如長跑人士需要更多蛋白質攝取。蛋白質攝取量的影響反映在肌肉量及肌力上。在 2017 年的一篇系統性研究回顧中歸納了 49 篇有關重訓人士蛋白質補充對其肌肉量與肌力影響的文章，顯示每日每公斤體重 1.6 克的攝取能有效提升非脂肪體重及肌力，而更高的蛋白質攝取未顯示會促進更多肌肉合成。在 2022 年的一篇文獻回顧中分析了 69 篇相關研究的數據，指出若在重訓的同時補充蛋白質，每增加每公斤體重 0.1 克蛋白質攝取，肌肉力量就會上升 0.72%，顯示在有重訓的情況下，肌力會隨著蛋白質攝取增加而上升。當總蛋白質攝取達到每公斤體重 1.5 克時，即使再進食更多蛋白質，肌力也沒有繼續上升的趨勢。但要注意這篇文章是關於肌力而並沒有提及肌肉量。

綜合以上兩篇文獻，健身人士比一般健康人士的蛋白質需求高出一倍，同時重訓配合每日每公斤體重 1.5 至 1.6 克蛋白質攝取能非常有效地提升肌力及肌肉量。在一些增肌減脂的講座當中，我常告訴年輕健碩的參加者以上

的蛋白質攝取量只適用於他們，不要讓沒有運動的家人也吃 1.6 克蛋白質，家人的需求跟他們的並不一樣呢！

那麼有健身習慣的人士不論什麼時候都需要吃 1.6 克蛋白質嗎？這倒也不是。不同情況下，蛋白質需求可不一樣。在減重期期間能量不足的情況下要維持肌肉量是困難的事，因此我們需要攝取更多蛋白質來維持肌肉量。2014 年的一篇系統性研究回顧評估了體脂較低並有重訓習慣的成年人在進行卡路里赤字時所需的蛋白質分量。所有實驗組別的參加者在實驗結束後體脂均有下降，而當中九組人的非脂肪體重有所下降，六組人有上升或沒有明顯下降。為什麼有六組人可以在減重同時保留肌肉量？這六組當中的五組本身體脂相對較高，他們的卡路里赤字幅度相對較少，或有另外加入了新的重訓模式。餘下一組體脂沒那麼高，赤字幅度大，亦沒有新訓練刺激，該組攝取的蛋白質分量為各組別當中最高。因此文章在最後建議減重期期間攝取每公斤非脂肪體重 2.3 至 3.1 克的蛋白質。而本身體脂愈低及赤字愈大，也沒有進行新的重訓模式的話，便需要較多蛋白質去保留肌肉量，這個情況下可以選擇較接近範圍上限的攝取量。

以實際例子來說的話，一個體重 70 公斤，體脂 15% 的增肌人士，蛋白質需求為 70 × 1.6 = 112 克。若需要減重的話，蛋白質需求為 70 × (1–15%) × 2.3（至 3.1）= 137（至 184）克。如果他體脂低而且卡路里赤字很大，那麼我們會選較接近範圍上限的 180 克蛋白質。

可耐受最高攝取量

我們若想最有效增肌，是否無限進食蛋白質就可以了？於 2014 年曾經有一個研究比較蛋白質攝取量高達每日每公斤體重 4.4 克（這是非常誇張的分量），與每公斤體重 1.8 克帶來的增肌效果會否不一樣。在重訓量保持不

變的情況下，攝取 4.4 克那組的體重、脂肪重、非脂肪體重及體脂率跟攝取 1.8 克的沒有明顯差別。值得一提的是即使 4.4 克組因為其非常高的蛋白質攝取而造成了大約 800 卡的卡路里盈餘，但相比另一組體重並沒有明顯上升。研究者估計這可能是因為蛋白質比其他巨量營養素的消化代謝都高，變相消耗掉大部分額外攝取的卡路里。因此我們知道再多的蛋白質攝取並不會進一步促進肌肉合成。

已知太多蛋白質沒有額外的增肌用處，那麼對身體又有沒有負面影響？現時的文獻顯示本身患有腎病的人士不宜進行高蛋白飲食，一些腎病病人甚至需要更低的蛋白質攝取。但對於健康人士而言，2016 年的一篇研究表示長期攝取每日每公斤體重 2 克蛋白質是一個安全的水平。但若長期攝取多於每公斤體重 2 克蛋白質有可能出現消化系統、腎臟和血管異常等問題，應按需要調整蛋白質需求並避免長期大量攝取。也有研究顯示持續一年進行接近蛋白質攝取上限，每公斤體重 3.3 克的高蛋白飲食對肝腎功能無負面影響，而可耐受最高攝取量為每公斤體重 3.5 克。

一些健美人士在備賽期會為了在非常大卡路里赤字的情況下保留最多的肌肉量而進食大量蛋白質。在 2015 年一篇文獻顯示，男性健美人士的蛋白質攝取為每公斤體重 1.9 至 4.3 克，女士為每公斤體重 0.8 至 2.8 克。由此可見，健美人士的蛋白質攝取量有可能達到非常高的水平，但過量未必更有效，反而間接減少了其他營養素的攝取，造成營養不均的問題。因此蛋白質攝取不要太少也不要過多，可在衡量自己的身體狀況及訓練量後，適量地補充蛋白質，以達到最佳的增肌效果並避免為身體帶來負擔。

參考資料

Antonio, J., Peacock, C. A., Ellerbroek, A., Fromhoff, B., & Silver, T. (2014). The effects of consuming a high protein diet (4.4 g/kg/d) on body composition in resistance-trained individuals. *Journal of the International Society of Sports Nutrition*, *11*(1).

Antonio, J., Ellerbroek, A., Silver, T., Vargas, L., Tamayo, A., Buehn, R., & Peacock, C. A. (2016). A high protein diet has no harmful effects: A one-year crossover study in resistance-trained males. *Journal of Nutrition and Metabolism*, *2016*, 1–5.

Helms, E. R., Zinn, C., Rowlands, D. S., & Brown, S. R. (2014). A systematic review of dietary protein during caloric restriction in resistance trained lean athletes: A case for higher intakes. *International Journal of Sport Nutrition and Exercise Metabolism*, *24*(2), 127–138.

Lemon, P. W. R. (1998). Effects of exercise on dietary protein requirements. *International Journal of Sport Nutrition, 8*(4), 426–447.

Morton, R. W., Murphy, K. T., McKellar, S. R., Schoenfeld, B. J., Henselmans, M., Helms, E., Aragon, A. A., Devries, M. C., Banfield, L., Krieger, J. W., & Phillips, S. M. (2017). A systematic review, meta-analysis and meta-regression of the effect of protein supplementation on resistance training-induced gains in muscle mass and strength in healthy adults. *British Journal of Sports Medicine*, *52*(6), 376–384.

Spendlove, J., Mitchell, L., Gifford, J., Hackett, D., Slater, G., Cobley, S., & O' Connor, H. (2015). Dietary intake of competitive bodybuilders. *Sports Medicine*, *45*(7), 1041–1063.

Stokes, T., Hector, A., Morton, R., McGlory, C., & Phillips, S. (2018). Recent perspectives regarding the role of dietary protein for the promotion of muscle hypertrophy with resistance exercise training. *Nutrients*, *10*(2), 180.

Tagawa, R., Watanabe, D., Ito, K., Otsuyama, T., Nakayama, K., Sanbongi, C., & Miyachi, M. (2022). Synergistic effect of increased total protein intake and strength training on Muscle Strength: A dose-response meta-analysis of randomized controlled trials. *Sports Medicine – Open*, *8*(1), 110.

Wu, G. (2016). Dietary protein intake and human health. *Food Function*, *7*(3), 1251–1265.

2.4

判斷蛋白質質素的高與低

　　肉類含蛋白質，這個我想大部分人也清楚知道。那麼米飯、麵包有蛋白質嗎？「這些是澱粉質食物，怎麼會有蛋白質呢？」這是我常聽到的答案。其實非常少食物只含單一巨量營養素。如果你到超市拿起一袋方包看一下營養標籤，也會看到除了碳水以外也有小量蛋白質和脂肪。這些「澱粉質的蛋白質」也有效增肌嗎？如果吃了100克來自澱粉質的蛋白質，達到上文提到的每天蛋白質需求，這樣也可以嗎？其實攝取蛋白質時我們要看蛋白質來源的質素，蛋白質質素愈高愈有效增肌。

衡量蛋白質質素的兩大準則

　　食物中蛋白質來源分為動物性及植物性兩種，動物性就例如肉類、魚類、牛奶、蛋等，植物性例如大豆、豌豆、米飯等。我們可以透過兩大準則來衡量不同蛋白質的質素，分別是蛋白質的消化率與利用率，以及必需氨基酸的含量。動物性蛋白的消化率較高，一般都有大於90%的消化率，而植物性蛋白只有大約40%至50%的消化率。這可能是由於植物蛋白大多含有一些抗營養物質（anti-nutrient），這種物質會影響到營養素的消化及吸收。例如一些豆類植物中含有胰蛋白酶抑制劑（trypsin inhibitor），胰蛋白酶本身是用於消化蛋白質的，因此抑制劑的存在會導致蛋白質消化率下

降，可供身體使用的氨基酸亦隨之下降。另外，蛋白質來源所含的必需氨基酸的含量愈高，質素也愈高。植物性蛋白質大多會缺少一種或以上的必需氨基酸，通常是缺少甲硫氨酸（methionine）和離氨酸（lysine）。而由於動物性蛋白質含有所有必需氨基酸，因此被稱為完全蛋白質（complete protein），蛋白質質素亦較高。

蛋白質質素的評分系統

從以上我們知道需要選擇一些質素較佳的蛋白質來源去促進肌肉合成。但我們如何才知道不同蛋白質來源的質素高低？可能你有聽過兩大蛋白質質素評分系統：蛋白質消化率校正氨基酸評分（The protein digestibility-corrected amino acid score, PDCAAS）和消化必需氨基酸指數（digestible indispensable amino acid score, DIAAS）。

世界衛生組織和聯合國糧食及農業組織本來於上世紀末開始沿用 PDCAAS 作為衡量蛋白質質素的標準，但由於 PDCAAS 是通過檢測糞便中的氮含量來找出食物蛋白在人體的消化率，而糞便的氮可能受其他含氮的物質影響導致數值被高估，因此他們於 2013 年改用 DIAAS 直接計算氨基酸在小腸尾段的消化率，比檢測糞氮含量更為準確。數值方面，PDCAAS 的最大數值為 1.0，即該蛋白質能提供身體 100% 或更多的必需氨基酸，但即使檢測後得出的數值大於 1 亦會被當作 1.0 計算，因此單看 PDCAAS 並不能充分分辨不同高質素蛋白質的差別。DIAAS 數值則是指該蛋白質的可消化氨基酸含量與特定年齡組別的氨基酸需求參考數值的比例。DIAAS 數值可以高於 1.0，因此能夠分辨不同高質素蛋白質的差別。以下是平日常見蛋白質來源的 DIAAS 數值，有了這些數值我們就可以輕鬆選擇較高質素的蛋白質去增肌了！

DIAAS 評分			
動物來源		**植物來源**	
乳清	1.00–1.07	大豆蛋白	0.84
酪蛋白	1.09	豌豆	0.65
牛奶	1.16	紅腰豆	0.59
牛	1.12	米飯	0.60
蛋	1.13	麥皮	0.54
雞	1.08	豆腐	0.52
魚	1.00	小麥	0.45
豬	1.14	花生	0.43

(資料參考：Burd et al., 2019)

亮氨酸最能刺激肌肉合成

　　亮氨酸（leucine）是九種必需氨基酸的其中一種，它能有效激活身體的肌肉蛋白合成路徑（mammalian target of rapamycin, mTOR），所以亮氨酸是我們需要特別留意的氨基酸。一般來說動物性蛋白質比起植物性蛋白質含更多亮氨酸，一般植物性蛋白的亮氨酸含量約在 6% 至 8% 之間，而動物性蛋白的亮氨酸普遍佔 8% 至 13%。特別要提到的是粟米，這個植物性蛋白質來源含 12% 亮氨酸，能媲美其他動物性蛋白質的亮氨酸含量。但它能有效刺激肌肉生長嗎？由於它還是缺少了一些必需氨基酸包括離氨酸和色氨酸（tryptophan），所以粟米的蛋白質質素也是不高。

　　我們每天需要多少亮氨酸才足夠促進增肌？每餐攝取 3 到 4 克亮氨酸便能有助增肌。每 150 克肉類（約 4 安士）含約 30 克蛋白質，當中就有約 3 克亮氨酸。因此若本身已攝取足夠的高質素蛋白質的話便已輕易達到亮氨酸需求。素食者則可能需要透過不同的蛋白質來源配搭或一些補充劑來攝取充足的亮氨酸。下表可以看到要攝取 3 克亮氨酸所需的不同蛋白質來源及其分量：

	分量	蛋白質（克）	卡路里（千卡）
動物來源			
乳清	27 克	23	110
酪蛋白	35 克	30	120
雞（生）	113 克	35	185
牛（生）	168 克	35	210
魚（生）	200 克	38	265
乳酪（脫脂）	535 克	30	280
芝士（脫脂）	130 克	31	320
牛奶（脫脂）	970 毫升	33	330
蛋	5 隻	36	350
植物來源			
大豆蛋白	45 克	38	155
無糖豆漿	1,500 毫升	45	500
豆	400 克	35	510
麥皮（乾）	200 克	35	805
杏仁	185 克	39	1070
麵包	14 片	44	1100
藜麥（乾）	310 克	43	1130
米飯（熟）	8 碗	37	1780

素食對增肌的影響

植物性蛋白質比起動物性蛋白質有較低的消化率，同時所含的必需氨基酸較少，亮氨酸的含量亦較低，這些因素都降低植物性蛋白質對肌肉合成反應的刺激。一篇 2021 年的系統性研究回顧顯示動物性蛋白質比起植物性蛋白質較能夠刺激肌肉增長，但在肌力層面來說就沒有明顯分別。2018 年有一部紀錄片叫 *The Game Changers*，找來了一班吃素、身型健碩的運動員去講述素食對運動表現及健康的好處。這部紀錄片隨後引來了不少爭議，有些人認為紀錄片取態一面倒，選擇性地挑選資料去符合宣傳目的並誇大一些

本身理據較薄弱的研究結果。不過這倒令我們去認真想一想究竟吃素是否也能有效刺激肌肉生長。

對於增肌來說，植物性蛋白質在各方面都不及動物性蛋白質，但素食者也可以用一些方法去增加肌肉合成。首先，上文提到的幾種氨基酸在大部分植物中的含量較低，素食者可以提高植物性蛋白的攝取量來增加氨基酸的攝取。研究顯示每餐食用多於 30 克的植物蛋白，對於肌肉合成的效果與攝取動物性蛋白相若。可是同時進食大量植物性蛋白或有一定難度，以紅腰豆為例，500 克（約三碗）紅腰豆中雖含約 35 克蛋白質，但一次過吃太多豆類植物可能造成胃脹等腸胃問題之餘，也同時攝取大量卡路里（約 550 卡）。因此食用一些大豆分離蛋白、豌豆蛋白等植物蛋白補充劑是可以考慮的方法之一。例如一般來說含 35 克蛋白質的蛋白奶昔只有約 150 至 200 卡，既能攝取足夠蛋白質，又能避免過量卡路里攝取。同時在經過食物加工和提煉後，可以去除大部分植物蛋白中的抗營養素，使消化率達到 90% 或以上。

另外，單一植物性蛋白來源所提供的必需氨基酸大多不完整，因此可以配搭不同的蛋白質來源去攝取各種必需氨基酸，例如穀物類的離氨酸含量較低但甲硫氨酸含量較高，而豆類植物的氨基酸比例則正好相反，所以一同攝取兩種植物性蛋白剛好能夠互補不足。2022 年的一篇研究發現進食 30 克的混合植物蛋白（混合麥、粟米和豌豆）比起進食 30 克奶蛋白後的血液氨基酸含量明顯較低，但兩者的肌肉蛋白合成反應並沒有明顯分別。由此可見，只要盡量配搭不同的植物蛋白來源以及增加每日總蛋白攝取量，素食者也能夠從飲食中攝取足夠的必需氨基酸來促進肌肉合成。

參考資料

Berrazaga, I., Micard, V., Gueugneau, M., &; Walrand, S. (2019). The role of the anabolic properties of plant- versus animal-based protein sources in supporting Muscle Mass Maintenance: A critical review. *Nutrients*, *11*(8), 1825. https://doi.org/10.3390/nu11081825

Burd, N. A., Beals, J. W., Martinez, I. G., Salvador, A. F., & Skinner, S. K. (2019). Food-first approach to enhance the regulation of post-exercise skeletal muscle protein synthesis and remodeling. *Sports Medicine*, *49*(1), 59–68.

Gorissen, S. H., Crombag, J. J., Senden, J. M., Waterval, W. H., Bierau, J., Verdijk, L. B., & van Loon, L. J. (2018). Protein content and amino acid composition of commercially available plant-based protein isolates. *Amino Acids*, *50*, 1685–1695.

Hertzler, S. R., Lieblein-Boff, J. C., Weiler, M., & Allgeier, C. (2020). Plant proteins: assessing their nutritional quality and effects on health and physical function. *Nutrients*, *12*(12), 3704.

Lim, M. T., Pan, B. J., Toh, D. W. K., Sutanto, C. N., & Kim, J. E. (2021). Animal protein versus plant protein in supporting lean mass and muscle strength: a systematic review and meta-analysis of randomized controlled trials. *Nutrients*, *13*(2), 661.

Pinckaers, P. J., Kouw, I. W., Gorissen, S. H., Houben, L. H., Senden, J. M., Wodzig, W. K., ... & van Loon, L. J. (2022). The Muscle Protein Synthetic Response to the Ingestion of a Plant-Derived Protein Blend Does Not Differ from an Equivalent Amount of Milk Protein in Healthy Young Males. *The Journal of Nutrition*, *152*(12), 2734–2743.

Stark, M., Lukaszuk, J., Prawitz, A., & Salacinski, A. (2012). Protein timing and its effects on muscular hypertrophy and strength in individuals engaged in weight-training. *Journal of the International Society of Sports Nutrition*, *9*(1), 54.

Trommelen, J., Betz, M. W., & van Loon, L. J. (2019). The muscle protein synthetic response to meal ingestion following resistance-type exercise. *Sports Medicine*, *49*(2), 185–197.

van Vliet, S., Burd, N. A., & van Loon, L. J. (2015). The skeletal muscle anabolic response to plant- versus animal-based protein consumption. *The Journal of Nutrition*, *145*(9), 1981–1991.

蛋白質的攝取時機與分量

　　到連鎖健身室訓練時都會看見不少人訓練後換過衣服，便坐在外面的休憩區沖蛋白粉來喝。有一次一名新客人到我的中心作營養諮詢，問到他的飲食習慣時，發現他正正就是習慣訓練後立即喝一杯蛋白粉飲品。他補充說：「你看很多師兄都是這樣做，我就是在健身室學到的！」事實上這樣也沒有什麼不對的——重訓帶來肌肉纖維破壞，補充蛋白質便能促進肌肥大。之後我又問客人訓練後會做些什麼，他答我說：「回家吃晚飯。」我靜了片刻，他補充說：「晚飯在一小時之後再吃，重訓後要先立刻補充蛋白質才最有效呢！」我看著他一會，好吧，我有很多事情需要解釋給你聽呢！

要增肌，重訓後需立即補充蛋白質？

　　坊間有人指出於重訓後（如半小時內）需要立刻補充蛋白質以提供肌肉所需的營養，這樣才能有效地增肌。那麼重訓後真的需要立即補充蛋白質嗎？完成一節重訓後肌肉會變得像被激活一樣，在這個時候攝取蛋白質便會增加肌肉的合成反應。但事實上這「黃金時間」不只是重訓後的瞬間，而是重訓後的 24 小時，甚至長達 72 小時。那麼就是重訓後不吃東西，留待之後的一天才吃也可以很有效促進肌肉合成？那倒也不是！肌肉合成率在訓練後的三小時內達到頂點，這時段被稱為「蛋白質合成窗口」（anabolic window）。如果在訓練三小時之後再吃的話並不是等於沒有肌肉合成，只是肌肉合成率會隨時間下跌，對肌肉來說未必最好。這個合成窗口代表沒有必要急於重訓後立刻補充蛋白質，但也不要等太久才補充。

以下文獻也是說明了上述概念，另外亦提出可於重訓前後補充蛋白質。2006 年的一個研究實驗中，23 名健身人士被分為兩組，一組於重訓前後食用每公斤體重 1 克的蛋白質補充品，而另一組於早餐前及睡前食用相同分量的蛋白質補充品，同時這組人的蛋白補充與重訓至少相隔五小時。之後他們進行了十週的重訓，結果顯示重訓前後補充蛋白質的組別其肌肉量及力量比另外一組有更顯著的提升。隨後 2013 年的文獻回顧指出，在重訓前補充蛋白質能持續提升血液中的氨基酸含量 4 至 5 小時，使訓練中途已有蛋白質供應來促進肌肉合成。因此建議可於重訓前和後 3 至 4 小時內攝取蛋白質。即例如下午一時吃午餐，三時重訓，五時再吃下午茶。若餐量較大，比如吃了放題或自助餐才去訓練，重訓前後的蛋白質攝取可相隔 5 至 6 小時。

每餐最多只能吸收 20 克蛋白質？

如果我們重訓後吃火鍋放題，吃十多碟肉，這麼多的蛋白質能一次過被吸收嗎？若果我們說的是「吸收」，身體基本上能夠吸收絕大部分由飲食中攝取的蛋白質，除非吃完後腹瀉或嘔吐。但問題是吸收到的所有蛋白質都能用於肌肉合成上嗎？這倒不是。在 2009 年的一個研究中，六名受試者於五次針對下肢的重訓後分別進食 0、5、10、20 及 40 克的蛋白質。研究發現攝取 20 克蛋白質能最大程度地刺激肌肉合成，而 40 克的攝取量對增肌並沒有額外的好處，因此每餐過量的蛋白質攝取未必有利增肌。當然我們會有疑問，若不只做針對下肢的訓練而是全身訓練，身體會否利用更多蛋白質於肌肉合成？這點稍後會再解釋。

　　回到正題，2014 年亦有一篇研究比較年輕與年長人士的每餐最大蛋白質攝取量，年輕受試者平均年齡為 22 歲，而年長人士為 71 歲。實驗分析了在一餐中攝取不同乳清蛋白分量（0 至 40 克）後的肌肉合成反應，發現年輕人每餐攝取每公斤體重 0.4 克的蛋白質便已最有效刺激肌肉合成，年長人士則需攝取每公斤體重 0.6 克的蛋白質，而再多的蛋白質攝取對肌肉增長並沒有額外的好處。以一名 70 公斤的年輕人士為例，每餐攝取 0.4×70=28 克的蛋白質就能最有效增加肌肉量。或許你會好奇為什麼年長人士會比年輕人需要更多蛋白質？這是因為他們的身體對低蛋白質攝取量比較不敏感，需要在飲食中攝取更多蛋白質才能更有效保留肌肉量，減少出現肌肉萎縮以及肌少症的情況。

　　及至 2019 年一篇文獻回顧中指出重訓後進食 20 克的高質素蛋白質已能非常有效地刺激肌肥大，進食 40 克的蛋白質只能額外提升肌肉合成率約 10% 至 20%。但若果在睡覺等情況下會長時間空腹多於六小時，睡前可以選擇進食約 40 克蛋白質去減少空腹時的肌肉分解。每餐的蛋白質需求量亦可能取決於很多不同的因素，不只是體重，還有性別、年齡、肌肉量、訓練模式和訓練量等。例如將上肢與全身訓練比較，全身訓練的肌肉量參與度較高，蛋白質需求量可能亦較高。這節開首提及 2009 年實驗中的訓練主要針對下肢肌肉，若進行全身訓練時涉及到全身的肌群，蛋白質的需求可能會因此而增加。故不一定只以每公斤體重計算每餐的蛋白質需要，可因應個人的訓練計劃來調整每餐最大攝取量，訓練涉及的肌群愈多和訓練量愈大可以攝取更接近每餐 40 克蛋白質的分量。

蛋白質的全日分佈之重要性

　　文首提到蛋白質合成窗口能持續不少於 24 小時，所以我們不只看訓練前後的蛋白質攝取或總攝取量，也會看蛋白質攝取於全日飲食的分佈。一篇研究職業足球員的巨量營養素攝取的文獻發現，足球員分別在早、午、晚三餐中各攝取平均每公斤體重 0.3、0.6 及 0.8 克的蛋白質，顯示他們全日的蛋白質攝取分佈並不平均，而且很大比例的蛋白質攝取集中在晚餐。這個現象其實不只出現在足球員身上，試想想身邊不少朋友或家人亦常會出現早餐吃最少甚至不吃，晚餐在外面跟朋友吃飯而吃很多的現象。這個不均的蛋白質分佈對增肌有影響嗎？

　　當蛋白質攝取平均地分配在每餐的飲食當中，的確能最大程度地刺激肌肉合成反應，讓身體能更有效地利用蛋白質。2013 年的一個研究測試了不同蛋白質攝取分佈對重訓後 12 小時的肌肉蛋白合成的效果。實驗把受試者分為三組，每一組每天都進食總共 80 克蛋白質，但他們的進食分佈都不一樣：第一組吃兩餐每餐 40 克，每餐相隔六小時；第二組吃四餐每餐 20 克，每餐相隔三小時；第三組吃八餐每餐 10 克，每餐相隔 1.5 小時。結果發現第一組雖然每餐蛋白質攝取較多，但未必能將所有蛋白質都用於肌肉合成上。前文提及過 40 克的蛋白質可以比攝取 20 克的刺激較多肌肉合成，但要留意這個研究的受試者只做了含四組雙腿伸屈的重訓，全身肌肉參與度不高，所以蛋白需求亦不高。第三組則因為每餐蛋白質較少，未必能最大化肌肉合成。同時因餐數相隔太近，就算不斷有氨基酸輸入，肌肉合成的提升亦會於約兩小時後回復至原來水平，即重複的肌肉合成刺激需要有休息時間才能再次對氨基酸有反應，這個現象稱之為肌肉飽和效應（muscle full effect）。因此持續進食蛋白質亦未必能全部用於肌肉合成。

研究亦提到第一組及第三組的每餐蛋白質攝取量雖不同，但血液中的氨基酸濃度維持不變，身體可能傾向將蛋白質用於身體其他組織而非全都用於肌肉合成上。第二組的肌肉合成速度則最佳，蛋白質攝取時間及每餐的蛋白質分量都最能有效刺激肌肉合成。所以綜合以上的觀點，建議一日的蛋白質攝取可平均分佈在每餐，例如三至五餐，每餐相隔約三至四小時。

分佈不及分量重要？

有些人會覺得對增肌來說，每天的蛋白質分佈比起一天攝取足夠的蛋白質更重要，他們的想法又是正確的嗎？若我們觀察一些動物的進食習慣，能發現牠們的習性剛好跟上述論點相反，例如蛇會多食少餐，一次進食大量食物後肌肉蛋白合成率會提升約十天，蛋白質的使用率達到95%。2013年的文獻回顧也指出每天攝取足夠的蛋白質比起蛋白質分佈更為重要。2023年的一篇研究有別於以往，研究實驗比較在重訓後一餐進食100克蛋白質和25克蛋白質對肌肉合成的影響。看了上文你會覺得這100克蛋白質裡應有大部分都會被浪費掉。的確首四小時顯示的跟以往研究結果相似，100克組的肌肉合成率比起25克組只提升了20%，但在隨後的4到12小時，100克組的肌肉合成率不但沒有下降，還把差距進一步擴大至40%。這個研究發現了蛋白質似乎沒有最大攝取量的門檻，反觀一餐進食愈多蛋白質便需要愈多的時間去消化及吸收，肌肉合成率會被提升至更長的時間。跟以往大部分研究不一樣的是這個實驗中的受試者所接受的重訓是全身訓練，而且訓練強度達到力竭，因此肌肉對蛋白質的敏感度較高。說到這裡，我們明顯需要之後更多的研究才能確定蛋白質分佈的重要性。

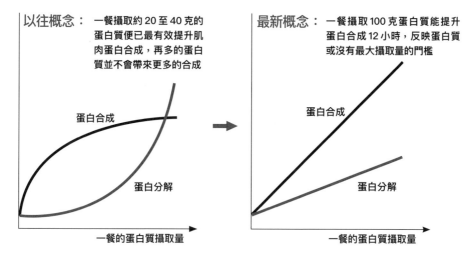

圖 2.5.1 新舊蛋白合成概念
(資料參考：Trommelen et al., 2023)

　　目前為止，我們知道的是重訓前後不需要立刻進食蛋白質，但應於訓練前和後相隔不多於 3 到 4 小時吃最少 20 克的蛋白質來促進肌肉合成。蛋白質攝取量可以因應訓練量去調整，訓練量愈大可於訓練前後攝取更多（甚至多於 40 克）的蛋白質。另外，每天總蛋白質攝取量比起分佈重要。但以實踐角度來說，若每天總蛋白質需要為 150 克，就算肌肉一次能用的蛋白質沒有上限，要在一餐吃完這個相等於 21 安士牛扒的量是相當困難的。建議蛋白質可分三到五餐進食，但若時間不允許或有大餐將至，只吃兩大餐的話也未必會影響增肌效果。

參考資料

Anderson, L., Naughton, R. J., Close, G. L., Di Michele, R., Morgans, R., Drust, B., & Morton, J. P. (2017). Daily Distribution of Macronutrient intakes of professional soccer players from the English Premier League. *International Journal of Sport Nutrition and Exercise Metabolism*, 27(6), 491–498.

Aragon , A. A., & Schoenfeld , B. J. (2013). Nutrient timing revisited: Is there a post-exercise anabolic window? *Functional Foods*, 10(5), 99–124.

Areta, J. L., Burke, L. M., Ross, M. L., Camera, D. M., West, D. W., Broad, E. M., Jeacocke, N. A., Moore, D. R., Stellingwerff, T., Phillips, S. M., Hawley, J. A., & Coffey, V. G. (2013). Timing and distribution of protein ingestion during prolonged recovery from resistance exercise alters myofibrillar protein synthesis. *The Journal of Physiology*, 591(9), 2319–2331.

Burd, N. A., West, D. W., Moore, D. R., Atherton, P. J., Staples, A. W., Prior, T., Tang, J. E., Rennie, M. J., Baker, S. K., & Phillips, S. M. (2011). Enhanced amino acid sensitivity of myofibrillar protein synthesis persists for up to 24 h after resistance exercise in young men. *The Journal of Nutrition*, 141(4), 568–573. https://doi.org/10.3945/jn.110.135038

Cribb, P. J., & Hayes, A. (2006). Effects of supplement timing and resistance exercise on skeletal muscle hypertrophy. *Medicine & Science in Sports & Exercise*, 38(11), 1918–1925.

Jäger, R., Kerksick, C. M., Campbell, B. I., Cribb, P. J., Wells, S. D., Skwiat, T. M., Purpura, M., Ziegenfuss, T. N., Ferrando, A. A., Arent, S. M., Smith-Ryan, A. E., Stout, J. R., Arciero, P. J., Ormsbee, M. J., Taylor, L. W., Wilborn, C. D., Kalman, D. S., Kreider, R. B., Willoughby, D. S., … Antonio, J. (2017). International Society of Sports Nutrition Position Stand: Protein and exercise. *Journal of the International Society of Sports Nutrition*, 14:20.

McCue, M. D., Guzman, R. M., & Passement, C. A. (2015). Digesting pythons quickly oxidize the proteins in their meals and save the lipids for later. *The Journal of Experimental Biology*, 218(13), 2089–2096.

Miller, B. F., Olesen, J. L., Hansen, M., Døssing, S., Crameri, R. M., Welling, R. J., Langberg, H., Flyvbjerg, A., Kjaer, M., Babraj, J. A., Smith, K., & Rennie, M. J. (2005). Coordinated collagen and muscle protein synthesis in human patella tendon and quadriceps muscle after exercise. *The Journal of Physiology*, 567(Pt 3), 1021–1033. https://doi.org/10.1113/jphysiol.2005.093690

Moore, D. R., Churchward-Venne, T. A., Witard, O., Breen, L., Burd, N. A., Tipton, K. D., & Phillips, S. M. (2014). Protein ingestion to stimulate myofibrillar protein synthesis requires greater relative protein intakes in healthy older versus younger men. *The Journals of Gerontology: Series A*, 70(1), 57–62.

Moore, D. R., Robinson, M. J., Fry, J. L., Tang, J. E., Glover, E. I., Wilkinson, S. B., Prior, T., Tarnopolsky, M. A., & Phillips, S. M. (2009). Ingested protein dose response of muscle and albumin protein synthesis after resistance exercise in young men. *The American Journal of Clinical Nutrition*, 89(1), 161–168.

Morton, R. W., McGlory, C., & Phillips, S. M. (2015). Nutritional interventions to augment resistance training-induced skeletal muscle hypertrophy. *Frontiers in Physiology*, 6, 245.

Schoenfeld, B. J., Aragon, A. A., & Krieger, J. W. (2013). The effect of protein timing on muscle strength and hypertrophy: a meta-analysis. *Journal of the International Society of Sports Nutrition*, 10(1), 53. https://doi.org/10.1186/1550-2783-10-53

Trommelen, J., Betz, M. W., & van Loon, L. J. (2019). The muscle protein synthetic response to meal ingestion following resistance-type exercise. *Sports Medicine*, 49(2), 185–197.

Trommelen, J., van Lieshout, G. A. A., Nyakayiru, J., Holwerda, A. M., Smeets, J. S. J., Hendriks, F. K., van Kranenburg, J. M. X., Zorenc, A. H., Senden, J. M., Goessens, J. P. B., Gijsen, A. P., & van Loon, L. J. C. (2023). The anabolic response to protein ingestion during recovery from exercise has no upper limit in magnitude and duration in vivo in humans. Cell reports. *Medicine*, 4(12), 101324. https://doi.org/10.1016/j.xcrm.2023.101324

帶氧運動與重訓同步進行
會影響增肌？

　　我接觸過的客人（另外也包括我自己）很少只做重訓而不做其他運動。可能有些人會星期一、三、五做重訓，星期六去行山，星期天去騎單車。也有些人早上重訓，晚上去跑步。有客人為了加快減重效果，重訓後會直接跑個十公里。這些同一時期內包含重訓與帶氧訓練（下稱帶氧）的模式稱之為同步訓練（concurrent training）。你可能會覺得重訓跟帶氧，愛怎樣安排就怎樣安排，沒有關係。那就不對了，當以上兩種訓練同時進行的話可能會出現干擾效應，即帶氧運動或會影響重訓帶來的增肌效果及力量提升，因此運動課表安排得不當也許會阻礙增肌。但這不代表兩者不能並存，而是可以透過調整課表安排、運動強度和頻率，及配合適當的營養調配來把干擾效應減至最低。

訓練課表調整

　　前文提及，重訓會刺激身體肌肉蛋白合成路徑 mTOR 去幫助肌肥大和提升肌力。另一方面，耐力訓練則會刺激身體另外一個路徑 AMP-activated protein kinase（AMPK）以提升耐力表現。當兩者進行的時間相當接近，AMPK 便可能干擾 mTOR 的活動，進而影響增肌效果。所以，重訓和帶氧的進行時間盡可能不要太過接近，兩者相隔多於三小時或於隔天進行就能大大減低干擾效應。但有些情況時間上不允許兩者分開進行，而要於同一節訓

練當中連續進行重訓與帶氧的話，帶氧不應進行超過 30 分鐘及應控制在中等強度。另外，帶氧的訓練頻率可控制在一星期三天之內以盡量減低對肌力提升的影響。

同步訓練的營養安排

除了運動課表的調整之外，我們需要適當的營養調配去補充碳水和蛋白質來支持不同運動所需，以達到最佳的增肌效果及使運動表現提升。以下我們看看同步訓練的營養部分該怎麼調整。

每天的總營養需求

每天的總營養需求視乎不同的運動項目、強度和頻率。比如說同是耐力運動，一個在備戰渣打全程馬拉松賽事（簡稱全馬），目標為低於三小時完成的跑手，跟一個每天傍晚去海旁慢跑的人所需要的營養當然不一樣。首先我們會看碳水攝取量。帶氧運動的時長和強度愈高的話，我們愈需要更多碳水去增加肌肉醣原來提供能量。低強度訓練如慢跑三十分鐘的人只需攝取每天每公斤體重 3 至 5 克碳水；中等強度訓練如一小時的游泳訓練便需每天每公斤體重 5 至 7 克；耐力訓練如 2 至 3 小時的單車訓練需攝取每天每公斤體重 6 至 10 克碳水；而進行極高強度訓練如 4 至 5 小時足球訓練的人每天需要每公斤體重 10 至 12 克的碳水。至於近年頗受歡迎的低碳飲食對訓練又有沒有影響呢？在下一章 3.19〈低碳飲食會影響運動表現嗎？〉會有詳細解說。

在蛋白質攝取方面，無論是重訓或帶氧，我們都需要必需氨基酸去提升肌肉修復及肌肉蛋白合成。一篇有關同步訓練之營養需要的文獻回顧指出有同步進行重訓及帶氧的人士一般需要每天每公斤體重 1.2 至 1.7 克蛋白質。

運動前、中、後的營養攝取

　　除了一天的營養需要，我們亦要仔細分析在不同運動的前、中、後的營養需要。

● 運動前

　　重訓前的碳水需要在之前也有提及過，基本上一般重訓只會降低肌肉的醣原儲備約 24% 至 40%，除非是空腹訓練或訓練組數較多，否則重訓前補充碳水與否對於表現沒有明顯的影響。但耐力訓練則可以把肌肉醣原儲備完全耗盡，這裡說的耐力訓練不是指到公園散步或慢跑，而是長時間的高強度訓練如兩小時的跑步訓練。在耐力運動前 1 至 4 小時前我們需要補充每公斤體重 1 至 4 克的碳水。如在四小時前進食，應在一小時前再補充簡單碳水小食例如麵包和香蕉等。若運動中途不會補充碳水，可選擇低升糖指數食物，例如意粉、麥包等令血糖上升得較慢且能提供較持久的能量來源。

　　另外，由於持續運動時血流量會被引導至肌肉而減少腸道的血流量，所以運動期間可能會出現腸胃不適。運動前可減少高纖維及高脂肪食物攝取以避免不適，例如米線比經油炸的即食麵合適。有長跑客人跟我說她經常在週末早上的長課出現腸胃不適的問題，很影響她的訓練表現。問過她的飲食習慣，才發現她訓練前的早餐吃了沙嗲牛肉麵和凍奶茶，這些都是高脂食物，怪不得都消化不了。在蛋白質攝取方面，重訓前攝取蛋白質可以提升血液氨基酸水平並有助肌肉合成，而帶氧運動前可以攝取一些較低脂的蛋白質，但攝取充足的碳水作能量來源則更為重要。

● 運動中途

　　上文提到耐力訓練可以把肌肉醣原儲備完全耗盡，所以運動期間可能需要碳水補充。當然這是因應運動項目的類型、長度及強度而調整。簡單而

少於 45 分鐘的運動如慢跑並不需於運動中途作補充。除非重訓持續的時間很長，否則重訓一小時左右的話中途一般都不需補充碳水。一些持續高強度的運動如泰拳一小時或需要小量補充。高強度及耗時較長的運動如兩小時的足球訓練需每小時補充 30 至 60 克碳水。而長時間的耐力訓練例如長跑三小時則需每小時補充高達 90 克碳水。如果跑一個全馬中途沒有補充足夠的碳水，可能到後段會出現俗稱「撞牆」的現象，即因肌肉疲勞而導致狀態急跌。

運動中途攝取的碳水來源通常為能極速提供能量的食品，例如運動飲品或能量啫喱，它們都含單醣好讓身體快速吸收。我們也可選擇含非單一碳水來源的能量啫喱，例如同時含葡萄糖及果糖的啫喱，這樣比起以單一碳來源補碳更能增加碳水攝取。另外，為了減少運動中途出現腸胃不適的機率，我們可以以含糖的運動飲品漱口去刺激大腦和中樞神經系統，減低運動時疲勞的感覺，並減少因飲用運動飲品帶來的腸胃不適。但漱口的方法只適用於較短暫的運動，長時間的耐力運動當中我們仍需要真正的碳水攝取，所以進行腸胃訓練（即在訓練時逐漸增加碳水的濃度和分量）能令腸道適應更大的碳水和流質量。

● 運動後

帶氧運動消耗了不少醣原，所以運動後我們應盡快補充碳水去恢復身體的醣原儲備（低碳訓練除外，之後的文章會提及）。可於運動後兩小時內補充每公斤體重 1.2 至 1.5 克碳水，若運動強度較低的話簡單補充每公斤體重 0.5 至 1 克的碳水就可以。至於帶氧運動後的蛋白質補充有助促進肌肉修補及肌肉合成，因此運動後可進食每公斤體重 0.3 克蛋白質，即約 15 至 25 克蛋白質。在之前的文章已詳細討論過重訓後的蛋白質攝取，攝取約 20 至 40 克的蛋白質便能有效增肌。當然除了運動後攝取蛋白質外，整天的總蛋白質攝取量及分佈對肌肉合成也很重要。

　　若於同一天內進行兩節訓練，於節與節之間進食碳水有助回復醣原儲備。尤其是早上的帶氧運動後若沒有足夠的碳水攝取便會刺激 AMPK 路徑，可能影響下午的重訓帶來的增肌效果。帶氧也可能會導致身體出現負蛋白平衡，即消耗肌肉蛋白作燃料之用，所以進行長時間帶氧訓練（1.5 小時或以上）或一天有數節帶氧訓練的人士在每節運動之間補充蛋白質或有助改善身體蛋白質平衡，減少肌肉流失。

　　以上提及到的帶氧運動和重訓的不同碳水及蛋白質需求，可簡單歸納為下表：

		運動前	運動中途	運動後
帶氧	碳水攝取	• 1 至 4 小時前：每公斤體重 1 至 4 克。 • 如已在四小時前進食，應在一小時前再簡單補充。 • 減少高纖維及高脂肪食物攝取。	• 可於長於 45 分鐘的持續高強度帶氧運動作適量補充。 • 攝取能極速提供能量的食品，如運動飲品或能量啫喱。	• 運動後兩小時內補充每公斤體重 1.2 至 1.5 克。 • 若運動強度較低可補充每公斤體重 0.5 至 1 克。
	蛋白質攝取	適量攝取低脂蛋白質。	不需要。	攝取每公斤體重 0.3 克。
重訓	碳水攝取	非必需，視乎訓練內容，可於重訓前三小時內進食至少 15 克。	一般不需要，但可視乎訓練內容作適量補充。	可適量補充每公斤體重 0.5 至 1 克。
	蛋白質攝取	約 20 至 40 克。	不需要。	約 20 至 40 克，並留意全日總攝取量及分佈。

　　總括而言，帶氧跟重訓需要的碳水和蛋白質攝取不一樣，不同的訓練模式、強度和時長也是考慮因素之一。兩者進行的時間最好不要太過接近，如果同一天有數節訓練，節與節之間的營養攝取尤其重要，確保身體有足夠恢復以免影響運動表現及增肌效果。

參考資料

Baar K. (2014). Using molecular biology to maximize concurrent training. *Sports Medicine (Auckland, N.Z.)*, 44 Suppl 2(Suppl 2), S117–S125.

Burke, L. M., Hawley, J. A., Wong, S. H., & Jeukendrup, A. E. (2011). Carbohydrates for training and competition. *Journal of Sports Sciences*, *29*(sup1), S17–S27.

Burke, L., Cox, G., & Deakes, N. (2010). *The Complete Guide to Food For Sports Performance: A Guide to Peak Nutrition for Your Sport*. Allen & Unwin.

Murach, K. A., & Bagley, J. R. (2016). Skeletal muscle hypertrophy with concurrent exercise training: contrary evidence for an interference effect. *Sports Medicine*, *46*, 1029–1039.

Perez–Schindler, J., Hamilton, D. L., Moore, D. R., Baar, K., & Philp, A. (2014). Nutritional strategies to support concurrent training. *European Journal of Sport Science*, *15*(1), 41–52.

Thomas, D. T., Erdman, K. A., & Burke, L. M. (2016). American College of Sports Medicine Joint Position Statement. Nutrition and Athletic Performance. *Medicine and Science in Sports and Exercise*, *48*(3), 543–568.

Wilson, J. M., Marin, P. J., Rhea, M. R., Wilson, S. M., Loenneke, J. P., & Anderson, J. C. (2012). Concurrent training: a meta–analysis examining interference of aerobic and resistance exercises. *The Journal of Strength & Conditioning Research*, *26*(8), 2293–2307.

2.7

請注意睡眠質素

　　根據美國睡眠醫學學會的定義，成年人每日睡眠時間少於七小時已等於睡眠不足。試問究竟有多少上班一族有充足的睡眠？我的朋友、家人或是客人，睡得夠的可能不多。於 2023 年的一項關於香港人睡眠時間的調查，發現約 700 名受訪者當中有接近一半人的睡眠時數低於六小時，亦有近七成人表示醒來後仍感疲倦。曾經有一名三十來歲的客人，每星期我除了問他的飲食和運動習慣之外，也會關心他的睡眠。因為他每天下班以後都會進行訓練，回家吃過飯後便開始工作到凌晨三、四點，然後六點起床上班。這樣每天睡兩三小時的生活持續了一段時間，而每一次他來我中心訓練時總會帶著一罐咖啡因飲料提神。他的飲食安排得不錯，也勤到健身室，但就是沒能增肌，而且訓練表現進步緩慢。我不能說這全是因為睡眠不足，但是不能否定這樣的睡眠習慣會影響他的訓練表現和增肌減脂的進度。那究竟睡眠是怎樣影響增肌？

睡眠怎樣影響訓練表現？

　　簡單來說，睡眠不足去考試跟我們睡眠不足去訓練的表現是一樣的。我們會明顯感到精神不佳、疲倦、專注力下降、容易感到煩躁等。另外亦會影響我們的認知能力，例如反應變慢、決策能力下降和記憶力變差等。這令我們在考試發揮得不好，在訓練上也表現欠佳。缺乏專注的訓練可以令動作做

得不標準，或未能留意訓練時用到的肌群，以致表現和增肌進度停滯不前。另外，有研究指出睡眠不足所引起的精神問題能增加我們在運動時候發生意外的風險。當有意外發生的時候，應對和反應能力亦因睡眠不足而變差，大大增加受傷的可能。再者，睡眠不足在生理上亦可能會影響我們身體細胞的生長和修復、免疫系統，以及增加肥胖和患心血管疾病的風險等。如果頻頻生病無法到健身室訓練，怎麼會進步呢？最後，睡眠是身體休息的時間，訓練過後我們需要充足的睡眠讓肌肉修復，促進肌肉復原。睡眠不足的話可以導致身體傾向增加肌肉分解和減低肌肉合成，令肌肉修復變得較慢，從而影響往後的訓練表現。

睡眠不足如何影響增肌效果？

睡眠影響訓練狀態是比較容易理解到的。但睡眠會影響增肌減脂的進度，這一點很多人都不太理解。首先，最直接的解釋就是訓練狀態欠佳而致。比如說本來課表上的深蹲目標是做 80 公斤四組八下，但因為太累只做了 70 公斤三組八下，如此調低訓練量，久而久之便減低對肌肉的刺激並影響增肌。

另外，睡眠的時間和質素會影響一些控制肌肉成長和修復的荷爾蒙分泌，其中兩種分別是睪酮（testosterone）和皮質醇（cortisol）。睪酮是一種可以促進肌肉成長的荷爾蒙，能直接刺激肌肉蛋白合成的 mTOR 路徑，而皮質醇則相反，能抑制蛋白質合成並減少肌肉合成。當睡眠不足，睪酮水平會下降，皮質醇會上升。一個 2015 年的研究發現當年輕受試者的睡眠時間減少至五小時的時候，睪酮水平下降了約 10% 至 15%。而在另一個較早期的研究當中，受試者被分為三組：第一組睡滿八小時，第二組睡四小時，第三組完全不睡，結果顯示第二和第三組的皮質醇水平分別比第一組高出 37% 和 45%。可見睡眠不足會導致睪酮下降及皮質醇上升，肌肉合成變得

困難。所以不要忽視睡眠的重要性，即使是有規律的重訓和飲食習慣，增肌的效果都可能因睡眠不足而影響進度。

睡眠不足亦不利減重

睡眠跟增肌的荷爾蒙有關，也跟減重的荷爾蒙有關。受影響的減重荷爾蒙為飢餓素（ghrelin）和瘦素（leptin）。飢餓素令人增加食慾，瘦素則幫助抑制食慾。睡眠不足會導致飢餓素的水平上升和瘦素的水平下降，結果兩者的升降都使食慾增加，更容易導致飢餓感出現而攝取過量食物和卡路里，阻礙減重進度。

此外飢餓素的上升還會降低身體卡路里消耗，包括靜態代謝率和消化代謝，睡眠不足可導致這兩項消耗分別下降 5% 和 20%。試想想如果你正在嘗試製造卡路里赤字來減重，身體的卡路里消耗卻因睡眠不足而減低，那麼你實際的總卡路里消耗可能會比預期低，要吃更少才能減重。再者，飢餓素可令身體在消耗能量時傾向保留脂肪。一個 2010 年的研究顯示，在相同的卡路里赤字下，睡眠不足的一組人（平均睡 5.5 小時）的體脂下降比睡眠充足的一組（平均睡 8.5 小時）少 55%，非脂肪體重的下降則比睡眠充足的一組多 60%。所以睡眠不足的確會阻礙增肌減脂的進度，我們應該盡量提升睡眠質素及時數。

提升睡眠質素的小竅門

現在市面上都有不少電子錶有監測睡眠的功能，讓我們大概知道自己一星期平均每天睡多久。對成年人來說每日應有 7 至 9 小時的規律睡眠，若已睡足但仍感疲倦則可能是睡眠質素欠佳。我們可以嘗試以下的方法去改善睡眠質素。首先，避免於睡前飲用含咖啡因的飲品或酒精類飲品。再者，應避

免於睡前 30 分鐘使用電話、電腦等電子產品。若真的沒辦法睡滿七小時，可以嘗試在下午小睡 30 分鐘。有研究指出小睡已可有效地減低疲倦感，提升認知能力和運動表現。有客人總是在晚上睡不夠，傍晚下班後去訓練往往感到很累，於是我建議他在午飯時間偷一點時間小睡一會，之後他的訓練表現亦有所提升。有些人亦可能會因為訓練安排在下班之後較晚的時間進行而令身體進入亢奮狀態，導致較難入睡並影響睡眠質素。建議可以把其中一些訓練安排到不用上班的日子，例如週末的早上或假期，這樣可以避免影響睡眠質素以及翌日上班的工作表現。最後，每個人的睡眠狀況都不一樣，如果試過不同方法但仍然無法改善睡眠質素或有嚴重的睡眠問題，應尋求醫生或專業人士的幫助。

參考資料

Benedict, C., Hallschmid, M., Lassen, A., Mahnke, C., Schultes, B., Schiöth, H. B., ... & Lange, T. (2011). Acute sleep deprivation reduces energy expenditure in healthy men. *The American Journal of Clinical Nutrition*, *93*(6), 1229–1236.

Dattilo, M., Antunes, H. K. M., Medeiros, A., Mônico Neto, M., Souza, H. S., Tufik, S., & De Mello, M. T. (2011). Sleep and muscle recovery: Endocrinological and molecular basis for a new and promising hypothesis. *Medical Hypotheses*, *77*(2), 220–222.

Fion：〈調查指近半港人平均睡 6 小時或以下 睡眠不足可影響專注力、健康情緒！〉，《HealthyD.》（2023 年）。取自 https://www.healthyd.com/articles/body/ 調查 – 港人平均睡 6 小時或以下 – 睡眠不足影響專注力，20-1-2024 擷取。

Fullagar, H. H., Skorski, S., Duffield, R., Hammes, D., Coutts, A. J., & Meyer, T. (2014). Sleep and athletic performance: The effects of sleep loss on exercise performance, and physiological and cognitive responses to exercise. *Sports Medicine*, *45*(2), 161–186.

Goel, N., Rao, H., Durmer, J., & Dinges, D. (2009). Neurocognitive consequences of sleep deprivation. *Seminars in Neurology*, *29*(04), 320–339.

Institute of Medicine (US) Committee on Military Nutrition Research. *Caffeine for the Sustainment of Mental Task Performance: Formulations for Military Operations*. Washington (DC): National Academies Press (US); 2001. 2, Pharmacology of Caffeine.

Johansson, A. E., Petrisko, M. A., & Chasens, E. R. (2016). Adolescent Sleep and the Impact of Technology Use Before Sleep on Daytime Function. *Journal of Pediatric Nursing*, *31*(5), 498–504.

Lastella, M., Halson, S. L., Vitale, J. A., Memon, A. R., & Vincent, G. E. (2021). To nap or not to nap? A systematic review evaluating napping behavior in athletes and the impact on various measures of athletic performance. *Nature and Science of Sleep*, *13*, 841–862. https://doi.org/10.2147/nss.s315556

Leproult, R. (2011). Effect of 1 week of sleep restriction on testosterone levels in young healthy men. *Journal of the American Medical Association*, *305*(21), 2173–2174.

Leproult, R., Copinschi, G., Buxton, O., & Cauter, E. V. (1997). Sleep loss results in an elevation of cortisol levels the next evening. *Sleep*, *20*(10), 865–870.

Nedeltcheva, A. V., Kilkus, J. M., Imperial, J., Schoeller, D. A., & Penev, P. D. (2010). Insufficient sleep undermines dietary efforts to reduce adiposity. *Annals of Internal Medicine*, *153*(7), 435–441

Taheri, S., Lin, L., Austin, D., Young, T., & Mignot, E. (2004). Short sleep duration is associated with reduced leptin, elevated ghrelin, and increased body mass index. *PLoS Medicine*, *1*(3), e62.

Watson, N. F., Badr, M. S., Belenky, G., Bliwise, D. L., Buxton, O. M., Buysse, D., Dinges, D. F., Gangwisch, J., Grandner, M. A., Kushida, C., Malhotra, R. K., Martin, J. L., Patel, S. R., Quan, S. F., & Tasali, E. (2015). Recommended amount of sleep for a healthy adult: A joint consensus statement of the American Academy of Sleep Medicine and Sleep Research Society. *Journal of Clinical Sleep Medicine*, *11*(06), 591–592.

酒精，能喝還是不能喝？

　　無論是因為工作關係需不時應酬喝酒，還是星期五晚上及週末看球賽到酒吧喝酒消遣都是常見的。見過一個客人每個週末都喝十杯以上啤酒再加七至八小杯烈酒。而這只是他清醒時記得喝過的分量，真實攝取可能更多。通常最多人有疑問的就是喝酒會否導致難以減重？每 1 克酒精含 7 卡，比碳水和蛋白質都高，所以酒精絕對能令人攝取一堆額外的卡路里，以致減重更困難。另外的常見疑問就是攝取過量酒精會導致身體出毛病嗎？這也是對的，長期大量攝取酒精或會增加患脂肪肝、肝硬化、中風、腸癌、肝癌等風險。但我較少聽到客人問「健身後飲酒會影響增肌和運動表現嗎？」，答案也是會的。

酒精與肌肉蛋白合成

　　於 2023 年的一篇文獻回顧指出小至中量的酒精攝取可短暫增加男士的睪酮水平，但這現象是因肝臟用來分解毒素的酶變得更活躍而致。若長期大量攝取酒精，睪酮水平則會下降。由於睪酮是能促進肌肉成長的荷爾蒙，大量攝取酒精可能對肌肉合成有負面影響。有研究找來了八名有運動習慣的男士先進行三次雙腿伸屈的重訓及單車訓練測試，每次運動後都給予不同的飲料：第一次是乳清蛋白，第二次是乳清蛋白和酒精，第三次是碳水化合物和

酒精。研究結果顯示，只進食蛋白質的受試者的肌肉蛋白合成反應比其他兩次高。即使攝取同等分量的蛋白質，與酒精一同攝取的一組的肌肉蛋白合成率降低了 24%，反映酒精或會對肌肉蛋白合成有負面影響。不過這個研究給予的酒精分量約為 12 個酒精單位，即相等於約 12 罐啤酒，小量的酒精攝取未必有如此顯著的負面影響。

運動表現同受影響

運動後喝酒會影響增肌，運動前喝酒也會影響運動表現。我曾經約了一個客人星期六早上來上重訓課，他那天不但遲到許多，還一身酒氣。他做熱身的負重時明顯比平時吃力不少，而且沒那麼專注。然後他告訴我他昨天晚上在中環喝到宿醉，是朋友送他回家的，而他幾小時前才醒來洗澡然後趕過來。那天的訓練當然也只能比較輕鬆地完成，完成後他就回家睡覺了。

2009 年的一個研究找來 13 名單車運動員在測試前攝取酒精或安慰劑，結果攝取酒精後的力量輸出明顯較低，心跳率及自覺竭力程度亦較高。另外，2021 年的一篇系統性研究回顧中指出，攝取酒精後會影響平衡力及反應力，這可能增加運動期間受傷的風險。而在 2022 年的一個實驗安排了 12 名有運動習慣的受試者進行研究。實驗分開兩次進行，第一次在運動前一日飲用含每公斤非脂肪體重 1.09 克乙醇（ethanol）的飲品，並在翌日進行運動測試，包括單車力竭測試、反向跳、大腿中段拉及二頭彎舉等。第二次實驗則是在運動測試的前一天把酒精飲品換成清水。結果顯示有攝取酒精的一次實驗中，受試者在單車力竭測試中較快感到力竭，而其他項目的表現則沒有明顯差別。由此可見，大量的酒精攝取可能影響運動表現，長遠亦會影響增肌。

潛藏拖慢身體復原危機

曾經有學者認為酒精可能會影響醣原儲備的恢復。在 2003 年的一個研究中，受試者在單車運動中耗盡了醣原儲備後，分別攝取碳水化合物或酒精，或兩者一同攝取。研究發現酒精對運動後的醣原恢復未必有直接影響，反而在運動後大量飲酒令人忽略了碳水補充而間接地影響醣原恢復。另外，酒精可能影響睡眠質素及時數。2015 年一項研究顯示 19 名欖球球員在飲用 6 杯至多於 20 杯的酒精飲品後，睡眠時長明顯減少 1 至 3 小時。另外他們在飲酒的前兩天及後兩天進行運動測試，包括反向跳、下肢最大力量測試及重複衝跳的能力。結果飲酒後的反向跳表現有明顯的下降，其他運動的表現則沒有明顯差別。可見大量攝取酒精可能影響運動後的碳水補充和睡眠，從而影響身體恢復，降低之後的運動表現。

我們可攝取多少酒精？

以上文獻都顯示大量酒精攝取可能不利增肌，影響運動表現及身體復原，小量的酒精攝取則未必有如此顯著的負面影響。儘管如此，從健康角度考慮，不喝或適量地喝是更為明智的選擇。香港衛生署建議成年人沒有喝酒就不要開始有喝酒習慣，若本身有飲酒習慣的話，男士每天應攝取不多於兩個酒精單位，女士不多於一個酒精單位。一個酒精單位等於 10 克純酒精，這是代表可以喝多少呢？我們可用香港衛生署以下的公式去計算酒精單位：

飲品容量 × 酒精濃度 ÷ 1000 × 0.789

毫升　　　Alcohol By Volume，
　　　　　簡稱 ABV，單位為 %

例如一罐 500 毫升啤酒的酒精濃度為 5%，所以含 500x5÷1000x0.789=
2 的酒精單位。也即是說男士每天最好只攝取不多於一罐啤酒，而女士的攝
取量更少。

	啤酒	餐酒（如：紅酒、白酒）	烈酒（如：威士忌）
分量	一罐 （500 毫升）	一小杯 （125 毫升）	一口／一 shot （25 毫升）
酒精濃度（ABV）	5%	12%	40%
酒精單位	2	1.2	0.8

常見酒類酒精濃度參考表

如何追蹤酒精卡路里？

很多人在計算每天卡路里攝取及巨量營養素時會看食物的碳水、蛋白質
和脂肪含量，卻不知如何把酒精列入其中。因為酒精雖含有卡路里，卻不屬
於三大巨量營養素。我們可用以下的方法把酒精算進去。

步驟一：找出酒精飲品中酒精的卡路里

一些含酒精的飲料的卡路里來源除了酒精，也來自碳水或脂肪。所以我
們先把飲品的總卡路里減去碳水或脂肪的卡路里。以下表的酒精飲料營養數
據為例，它每食用分量含 1 克碳水即 4 卡，100 卡內有 4 卡為碳水，即餘下
的 96 卡為酒精。

	每食用分量
卡路里	100 千卡
碳水化合物	1 克
總脂肪	0 克
蛋白質	0 克

步驟二：選以下其中一種方法追蹤酒精卡路里

選以下哪種方法視乎本身碳水及脂肪的限額中哪一個較有空間能把酒精卡路里計算在內。

● 方法一：把酒精卡路里全算作碳水

96 卡全算作碳水的話就等於 96÷4=24 克碳水。另外亦需把原本飲料所含的 1 克碳水算進去，即總共 25 克碳水。

● 方法二：把酒精卡路里的一半算作碳水，另一半算作脂肪

96 卡的一半即 48 卡，可算成 48÷4=12 克碳水，另外的 48 卡算成 48÷9=5 克脂肪（1 克脂肪有 9 卡）。連同加回最初減去的 1 克碳水，即總共 13 克碳水和 5 克脂肪。

過去一個有增肌減脂目標的客人跟朋友或同事外出用餐時都會喝大半到一整支酒，計起來每次攝取約七至九個酒精單位。這個量無論在健康角度，減重或增肌角度來說也是不理想的。減重時的卡路里攝取已經比較低，一部分的卡路里以酒精來填滿的話，其他有營養價值的食物攝取會變得更少。客人會用以上的方法將酒精的卡路里化為碳水或脂肪計算以達到巨量營養素的目標。但事實上大量的酒精攝取取代了不少真正的營養攝取，久而久之習慣了把酒精算進去便容易以為目標達到並且飲食很均衡、理想。所以我們懂得算酒精也好，最重要仍是盡量把酒精攝取減低。

有時候完全戒掉酒精對不少本身有飲酒習慣的人來說在短時間內是較難做到的，所以首先是要定立一個切實可行的目標，比如說由每次一支酒減至兩小杯。若會在家中調雞尾酒的話，通常我會建議選一些無糖的飲品沖調，例如蘭姆可樂（rum coke）以無糖可樂取代全糖可樂，減少糖分攝取。現

今超市亦有不少不含酒精的啤酒供選擇。在外面飲酒的話一些雞尾酒例如莫希托（Mojito）有少甜的選擇。若同行朋友有不斷斟酒的習慣，可減慢飲用酒精飲品的速度，亦可多點一些不含酒精的飲料，例如梳打水、茶、無糖汽水等，不需要每杯都是酒精飲料。這些方法讓我們能更有效減低酒精攝取，同時亦不會為社交及工作需要帶來太大的影響。

飲品名稱	一般沖調配料 （及其卡路里）	可用以取代的沖調配料 （及其卡路里）
Screwdriver	一般橙汁（165 卡）	無糖有汽橙汁（108 卡）
Rum coke	全糖可樂（185 卡）	無糖可樂（100 卡）
Gin & Tonic	湯力水（175 卡）	無糖湯力水（115 卡）
Whisky highball	薑汁汽水（181 卡）	梳打水（105 卡）
Mojito	一般砂糖分量（200 卡）	少甜／代糖（90 卡）
啤酒	一般啤酒（135 卡）	零卡無酒精啤酒（0 卡）
Vodka Cranberry	蔓越莓汁（165 卡）	無糖蔓越莓汁（108 卡）

可供取代之飲料參考圖

* 營養價值以每杯一般酒精飲品分量計算，營養數據或因提供者、製作方法、原材料等因素而出現偏差。

參考資料

Burke, L. M., Collier, G. R., Broad, E. M., Davis, P. G., Martin, D. T., Sanigorski, A. J., & Hargreaves, M. (2003). Effect of alcohol intake on muscle glycogen storage after prolonged exercise. *Journal of Applied Physiology*, *95*(3), 983–990.

Lecoultre, V., & Schutz, Y. (2009). Effect of a small dose of alcohol on the endurance performance of trained cyclists. *Alcohol and Alcoholism (Oxford, Oxfordshire)*, *44*(3), 278–283.

Parr, E. B., Camera, D. M., Areta, J. L., Burke, L. M., Phillips, S. M., Hawley, J. A., & Coffey, V. G. (2014). Alcohol ingestion impairs maximal post-exercise rates of myofibrillar protein synthesis following a single bout of concurrent training. *PLoS ONE*, *9*(2).

Prentice, C., Stannard, S. R., & Barnes, M. J. (2015). Effects of heavy episodic drinking on physical performance in club level rugby union players. *Journal of Science and Medicine in Sport*, *18*(3), 268–271.

Shaw, A. G., Chae, S., Levitt, D. E., Nicholson, J. L., Vingren, J. L., & Hill, D. W. (2022). Effect of Previous-Day Alcohol Ingestion on Muscle Function and Performance of Severe-Intensity Exercise. *International Journal of Sports Physiology and Performance*, *17*(1), 44–49.

Smith, S. J., Lopresti, A. L., & Fairchild, T. J. (2023). The effects of alcohol on testosterone synthesis in men: a review. *Expert Review of Endocrinology & Metabolism*, *18*(2), 155–166. https://doi.org/10.1080/17446651.2023.2184797

Wynne, J. L., & Wilson, P. B. (2021). Got Beer? A Systematic Review of Beer and Exercise. *International Journal of Sport Nutrition and Exercise Metabolism*, *31*(5), 438–450.

衛生署衞生防護中心：〈你飲了多少酒（酒精單位）？〉。取自 https://www.change4health.gov.hk/tc/alcohol_aware/facts/standard_drink/index.html。

2.9

水分不足會影響增肌嗎？

　　通常我為客人量重做身體組成測試的時候都會有身體水重（total body water）這一項。一些客人會驚訝原來體重的一半以上是水分（約佔 55% 至 60%），比起骨骼和肌肉蛋白更重。是的，水分對於維持我們身體正常運作非常重要，幫助我們調節體溫、維持細胞及代謝功能、保護器官和組織、運送養分及移除身體廢物等。所以若長期水分不足的話會影響身體健康，亦不利增肌和運動表現。

水分於增肌的重要性

　　肌肉量高的健身人士比起體脂高的人有更多的身體水分，這是因為肌肉是含水量高的組織，大約 76% 的肌肉重量是由水分組成。水分在肌肉細胞擔當著重要角色，包括肌肉代謝、醣原儲存等。每克醣原會與 3 克的水分一同儲存於肌肉細胞內。當身體缺水時會造成細胞水分流失，可能導致細胞減少吸收葡萄糖，不利肌肉醣原儲備的恢復，影響肌肉復原。另外，有研究指出肌肉細胞水分不足可能阻礙身體的增肌路徑 mTOR 的信息傳遞，不利肌肉合成和修復，並增加肌肉蛋白流失。

　　一些健身人士為了增肌可能大量進食肉類去補充蛋白質，但不少肉類以及海鮮含高蛋白質之餘亦含較多嘌呤（purine）。一般來說嘌呤會被代謝為

尿酸排出體外，但若長期水分攝取不足，尿酸可能未能被排出而於體內積聚結晶，增加患痛風及腎石的風險。因此不要以為痛風只會出現在年長人士身上，我也遇過好幾個年輕健碩的健身人士出現尿酸過高或痛風問題，所以蛋白質不是愈多愈好，同時攝取足夠的水分十分重要。

水分於運動表現的重要性

對於帶氧或耐力運動比如說長跑這些會流汗不少的運動，身體會於運動途中流失大量水分，尤其在天氣炎熱的環境下更甚。水分流失若超過體重的 2% 已可能影響運動表現，同時增加抽筋的出現機率。嚴重脫水的話可能出現中暑、熱衰竭及熱痙攣等症狀。所以我們需要確保在進行這些運動之前身體有充足的水分，運動中途安排適當補水策略，及運動後充分補充流失水分。

重訓跟帶氧的水分要求不太一樣。首先大多數重訓都在室內進行，還有就是不少訓練模式未必會令人大量流汗，除非是進行一些高強度訓練如高強度間歇訓練（high intensity interval training, HIIT）。這裡不是說水分不重要，只是相比起耐力運動，重訓的補水需求未必那麼高。過去有研究把有重訓經驗人士分成三組，對比在不同水分狀態下進行訓練對表現的影響。第一組攝取充足水分，第二組水分流失約為體重的 2.5%，第三組流失約為體重的 5%。結果顯示第二及第三組的訓練表現有明顯下降，而且用作評估神經肌肉能力的中樞活化比（central activation ratio）的數值在缺水愈嚴重的情況下下降得愈多，反映缺水可能影響神經肌肉功能。亦有其他文獻指出缺水可能影響肌肉收縮的能力，導致肌肉力量下降 5.5%，進而影響重訓的表現。我曾帶學生參加健力比賽，有些學生為了需要達到比賽的重量級別而在比賽前進行「甩水」，即以一些方法例如較長時間用熱水洗澡令身體排汗，可於短時間內減少身體水重令體重下降。他們在比賽當天過磅後的兩小時便

開始比賽。所以那兩小時的補水非常重要，否則在身體水分不足的情況下很有可能影響比賽表現發揮。因此不論是重訓或帶氧運動，我們均需要注意水分的補充，並於不同情況、環境、訓練模式下調整補水策略，避免出現缺水的情況。

每天及運動期間該攝取多少水分？

很多人以為補水就是要喝清水，其實任何流質也是可以的（除了酒精飲料吧！）。日常生活中可以從水、茶、湯、奶、果汁等攝取足夠流質補充身體所需。建議成年人每天飲用不少於每公斤體重 35 毫升的流質，以一個 70 公斤人士為例，每天應飲用最少 70×35=2,450 毫升的流質，即約十杯流質。但這個數字只是非常粗略的估算，因為每個人的水分需求除了體重以外受太多不同的因素影響。尤其工作性質牽涉較多體力勞動或有恆常運動習慣的人士，水分需求會較高。

至於運動前、中、後的補水策略該如何進行？運動前應確保身體水分充足，可於 2 至 4 小時前補充約每公斤體重 5 至 10 毫升流質，讓身體回復至水分平衡狀態並有足夠時間排走多餘水分。運動期間的水分需要則因人而異，亦受不同的訓練模式、強度及時長、天氣等因素影響。因此可根據對比自己運動前及後的體重，計算出流汗情況來制訂個人化的補水策略。一般來說每小時 0.4 至 0.8 公升的流質補充適用於普遍運動項目。選一些含糖和電解質的運動飲品能有助於運動中途維持身體水分及電解質平衡，同時提供能量，但切勿補充過量以致體重上升。運動後可根據體重下降的程度來補充水分，每一公斤的體重下降需約 1.25 至 1.5 升流質作補充，適量飲用含鈉的運動飲品或小食可以幫助水分留在體內。

評估身體水分是否足夠

做運動前應確保身體水分充足，但我們怎樣才知道是否充足呢？要評估身體水分有很多方法，但當中不少方法較為複雜，比如說以血液檢查來測量血液滲透壓（plasma osmolality）、血漿量（plasma volume）、血鈉（plasma sodium）等。我們日常可以一些較容易實踐的評估方法來測量：

1. 早上體重

早上起床後的體重對比起平常體重應維持於不多於 1% 的差別，否則可能代表水分不足。要找到平常體重，可以連續三天於早上量重並取得平均值。

2. 尿液顏色

尿液檢查是常見的身體水分檢測方法，當中包括量度尿量、尿比重（urine specific gravity, USG）、尿液滲透壓（urine osmolality）及尿液顏色。尿比重及尿液滲透壓較難於日常生活中自行檢測，我們可以尿液顏色初步評估身體水分情況。使用早上起床後第一次排出的尿液會比較準確，之後將尿液與以下準則作對比去衡量身體水分：一般來說尿液呈透明至淺黃代表水分充足，深黃則代表些微缺水，呈茶色至深啡代表非常缺水。

3. 口渴程度

不口渴不代表就沒有缺水，但出現口渴就可能代表缺水。其他常見的缺水徵狀包括口乾、抽筋、暈眩、疲倦、噁心及頭痛等。

　　若有一至兩項的指標顯示身體缺水，我們需注意隨時補充水分；若三項均不如理想，則代表身體非常可能缺水，應立刻補充水分，以免影響健康。

　　充足的水分攝取對我們身體健康、增肌效果以及運動表現都非常重要。我們可以帶備水樽外出隨時補水，也能大概知道每天的水分攝取量，確保適時補水。

參考資料

Cheuvront, S. N., & Sawka, M. N. (2005). Sports science exchange 97 VOLUME 18 (2005) number 2 hydration assessment of athletes. *Sports Science*, *18*(2), 97.

Judelson, D., Maresh, C., Farrell, M., Yamamoto, L., Armstrong, L., Kraemer, W., Volek, J., Spiering, B., Casa, D., & Anderson, J. (2007). Effect of hydration state on strength, power, and resistance exercise performance. *Medicine & Science in Sports & Exercise*, *39*(10), 1817–1824.

Lorenzo, Serra–Prat, & Yébenes. (2019). The role of water homeostasis in muscle function and frailty: A review. *Nutrients*, *11*(8), 1857.

Savoie, F. A., Kenefick, R. W., Ely, B. R., Cheuvront, S. N., & Goulet, E. D. (2015). Effect of hypohydration on muscle endurance, strength, anaerobic power and capacity and vertical jumping ability: a meta-analysis. *Sports Medicine*, *45*, 1207–1227.

Sawka, M. N., Burke, L. M., Eichner, E. R., Maughan, R. J., Montain, S. J., & Stachenfeld, N. S. (2007). American College of Sports Medicine position stand. Exercise and fluid replacement. *Medicine and Science in Sports and Exercise*, *39*(2), 377–390.

Thomas, D. T., Erdman, K. A., & Burke, L. M. (2016). Nutrition and athletic performance. *Med Sci Sports Exerc*, *48*(3), 543–568.

第三章

疑難解答：
增肌減脂迷思篇

3.1

衡量身體狀況及體態的指標

在我們進入如何增肌減脂的課題之前，首先要知道自己的身體健康及體態在什麼狀況，才能決定我們該增肌還是減脂。以下是衡量身體狀況的一些指標：

體重指標（Body Mass Index, BMI）

首先，我們先來看看 BMI 的計算公式：

$$體重指標 = \frac{體重（公斤）}{身高（米）\times 身高（米）}$$

世界衛生組織（World Health Organization, WHO）以 BMI 作為衡量身體體脂與患上疾病的關係的一個準則。BMI 愈高的話，患上例如心臟病、高血壓、糖尿病、癌症等疾病的風險或會愈高。注意亞洲人的 BMI 範圍定義跟其他地方的人不一樣，因為即使亞洲人的 BMI 數值在低一些的範圍裡也可能有較高的患病機率。

身體營養狀況	BMI	BMI（亞洲人）
過瘦	<18.5	<18.5
適中	18.5–24.9	18.5–22.9
過重	25–29.9	23–24.9
肥胖	≥ 30	≥ 25

BMI 數值列表

　　雖然 BMI 是一個非常快捷又方便計算的指標去反映身體健康狀況，但由於它只是以身高及體重的比例去衡量有沒有過重或過輕，而過重並不一定等於脂肪過多，亦可能是肌肉量高但脂肪量低，因此我們不能就以此單一指標對自己的身體健康下定論。比如說一個體重 80 公斤身高 180 厘米的人，算出來的 BMI 是 24.7，屬於過重。但其實其體脂只有 10%，代表 80 公斤裡面有較多是肌肉。各人肌肉量不同，例如健身人士的肌肉量可能就比較高。因此我們可以 BMI 作一個參考，但最好不要只用這方法作唯一衡量標準。

腰圍

　　除了 BMI 以外，腰圍亦是一個方便快捷的方法去了解自己身體狀況的一個指標。腰圍跟 BMI 不一樣的地方就是能量度出身體的脂肪分佈。我們只需要以一條量尺便可在家中量度腰圍。可用軟尺量度腰間最窄的位置，即肋骨對下以及髖關節對上的中間位置。量度的時候保持身體放鬆，軟尺亦不用圍太緊，緊貼皮膚便可以了。就算體重屬於 BMI 的正常範圍內，若腰圍數值高則意味脂肪積聚於腹部及腰間（即中央肥胖），亦可能代表內臟脂肪較高，同樣有可能增加患肥胖有關疾病如高膽固醇、高血壓、二型糖尿等風險。

	風險	腰圍（厘米）	腰圍（亞洲人）（厘米）
男士	低	< 94	< 90
	高	94 – 101.9	/
	非常高	≥ 102	≥ 90
女士	低	< 80	< 80
	高	80 – 87.9	/
	非常高	≥ 88	≥ 80

腰圍標準與患病風險

體脂率

　　BMI 及腰圍只能測出體重及脂肪分佈，並未能顯示肌肉量及脂肪的比例。現今亦不難進行簡單的體脂測量，基本上大部分健身室、醫療診所已設置體脂測量秤。家用的體脂測量秤亦非常普遍，設計一般比較小型及簡單，但準繩度未必及商用的高。究竟多少脂肪率方為正常？我們可以參考以下由美國運動醫學學院建議的體脂率準則。一般來說成年男性適中的體脂為介乎 10% 至 22%，女性體脂則介乎 20% 至 32%。男性的體脂率準則比女性低是因應雙方荷爾蒙的差異，女性身體較容易儲存脂肪為生育作準備。而且年紀愈大體脂率準則亦愈高，尤其老年人的體脂過低可能代表營養攝取不足或營養不良。體脂過高不但會影響外觀，同時也可能增加患心血管疾病的風險。曾有女客人為了達到理想身型，希望體脂可以少於 10%。事實上體脂過高固然不理想，但體脂過低也可能會帶來健康問題如骨質疏鬆、生理週期異常等。非常瘦不代表健康，男士的體脂不應低於 2% 至 5% 而女士體脂不應低於 10% 至 13%。

百分位數 (%)	評級	年齡					
		20–29	30–39	40–49	50–59	60–69	70–79
99	非常瘦	4.2	7.3	9.5	11.1	12.0	13.6
95		6.4	10.3	13.0	14.9	16.1	15.5
90	優異	7.9	12.5	15.0	17.0	18.1	17.5
85		9.1	14.8	16.4	18.3	19.2	19.0
80		10.5	14.9	17.5	19.4	20.2	20.2
75	良好	11.5	15.9	18.5	20.2	21.0	21.1
70		12.6	16.8	19.3	21.0	21.7	21.6
65		13.8	17.7	20.1	21.7	22.4	22.3
60		14.8	18.4	20.8	22.3	23.0	22.9
55	一般	15.8	19.2	21.4	23.0	23.6	23.6
50		16.7	20.0	22.1	23.6	24.2	24.1
45		17.5	20.7	22.8	24.2	24.9	24.5
40		18.6	21.6	23.5	24.9	25.6	25.2
35	較差	19.8	22.4	24.2	25.6	26.4	25.7
30		20.7	23.2	24.9	26.3	27.0	26.3
25		22.1	24.1	25.7	27.1	27.9	27.1
20		23.3	25.1	26.6	28.1	28.8	28.0
15	很差	25.1	26.4	27.7	29.2	29.8	29.3
10		26.6	27.8	29.1	30.6	31.2	30.6
5		29.3	30.2	31.2	32.7	33.5	32.9
1		33.7	34.4	35.2	36.4	37.2	37.3

男性體脂率（資料參考：美國運動醫學學院運動處方指引）

百分位數 (%)	評級	年齡					
		20-29	30-39	40-49	50-59	60-69	70-79
99	非常瘦	11.4	11.0	11.7	13.8	13.8	13.7
95		14.1	13.8	15.2	16.9	17.7	16.4
90	優異	15.2	15.5	16.8	19.1	20.1	18.8
85		16.1	16.5	18.2	20.8	22.0	21.2
80		16.8	17.5	19.5	22.3	23.2	22.6
75	良好	17.7	18.3	20.5	23.5	24.5	23.7
70		18.6	19.2	21.6	24.7	25.5	24.5
65		19.2	20.1	22.6	25.7	26.6	25.4
60		20.0	21.0	23.6	26.6	27.5	26.3
55	一般	20.7	22.0	24.6	27.4	28.3	27.1
50		21.8	22.9	25.5	28.3	29.2	27.8
45		22.6	23.7	26.4	29.2	30.1	28.6
40		23.5	24.8	27.4	30.0	30.8	30.0
35	較差	24.4	25.8	28.3	30.7	31.5	30.9
30		25.7	26.9	29.5	31.7	32.5	31.6
25		26.9	28.1	30.7	32.8	33.3	32.6
20		28.6	29.6	31.9	33.8	34.4	33.6
15	很差	30.9	31.4	33.4	34.9	35.4	35.0
10		33.8	33.6	35.0	36.0	36.6	36.1
5		36.6	36.2	37.0	37.4	38.1	37.5
1		38.4	39.0	39.0	39.8	40.3	40.0

女性體脂率（資料參考：美國運動醫學學院運動處方指引）

　　體脂率的確是測量身體狀況其中一個非常重要的指標，但坊間的不少測試體脂率的機器和儀器都未必非常準確，接下來會探討如何能夠更準確地找到自己的體脂。

* 注意：以上列表只作參考用途，體脂數據可受儀器誤差、身體水分等影響。

參考資料

Ross, R., Neeland, I. J., Yamashita, S., Shai, I., Seidell, J., Magni, P., ... & Després, J. P. (2020). Waist circumference as a vital sign in clinical practice: a Consensus Statement from the IAS and ICCR Working Group on Visceral Obesity. Nature Reviews Endocrinology, 16(3), 177–189. 衛生處衛生防護中心：(2019). 體重指標表。取自 https://www.chp.gov.hk/tc/resources/e_health_topics/pdfwav_11012.html

American College of Sports Medicine. (2022). *ACSM's Guidelines for Exercise Testing and Prescription (11th ed.)*. Wolters Kluwer.

體脂測量磅真的準確嗎？

　　現今走進一間健身室做身體組成分析或到醫療診所做身體檢查時都不只會量身高和體重，還會量體脂和肌肉量。在香港比較常見的體脂磅牌子有 Inbody、Tanita 等。我的中心也有一部體脂磅，客人每過一段時間就會「上磅」，觀察身體變化。有時候他們照鏡子覺得看起來肌肉線條明顯增加了，但體脂磅顯示的體脂卻比上一次量出來的高。他們會慌張和不忿——為什麼體脂偏偏沒跌反而上升呢？究竟體脂磅測量準確嗎？

體脂磅的原理和影響因素

　　要了解體脂磅的準確度，我們先要知道它的原理。體脂磅使用的是生物電阻分析（bioelectrical impedance analysis, BIA）的技術。原理是利用儀器輸出一些微電流，當電流通過身體，不同身體部分都會產生不一樣的阻力。例如脂肪組織的導電性較差，產生的阻力較大；肌肉的導電性則較佳，阻力較少。體脂磅可藉著測量阻力來推算身體肌肉及脂肪的比例。亦因為有微電流通過身體，所以我會在客人量度前先查詢客人身上有沒有植入式心臟儀器如心臟起搏器等，因為微電流有可能影響身上儀器的功能，有植入式心臟儀器人士未必適宜使用。

生物電阻分析是建基於「二室模型」(two-compartment model)理論，即把身體分為兩大部分：脂肪量和非脂肪量，以量度身體狀況。而測量體脂最為準確的黃金標準是「四室模型」(four-compartment model)，即把身體分為四個部分：總身體水分、骨礦物質含量、蛋白質量及脂肪量。四室模型可以結合與水相關的三種技術來測量，包括以水中量重法 (underwater weighing) 找出身體密度，重水稀釋法 (deuterium dilution) 找出總身體水分，和雙能量X光吸收儀 (DXA) 找出骨礦物質含量，這就能準確測量身體組成。可是這些測量方法要在實驗室才能使用，一般人未必能接觸到。在 2004 年的一篇研究當中，受試者分別使用 BIA 與四室模型測量體脂，然後研究人員將結果進行比較，BIA 所得數據與四室模型比對下達到 8% 的誤差。所以體脂磅測量所得的結果與實際情況可能有一定的差別。

另外，身體的水分亦很大程度地影響 BIA 的準確度。這就是說在測量前進食及喝飲料也會影響測量數值。在 2020 年的一個研究當中，受試者先做第一次 BIA 測量，隨後每 15 分鐘便飲用 500 毫升水分，然後再次測量，總共重複四次。在實驗的最後（即共飲用了 2000 毫升水分），男士的體脂率被高估了 7.9%，女士則被高估了 9.4%；而且男士的身體水分及非脂肪體重分別被低估了 35% 及 50%，女士分別被低估了 17% 和 22%。

除了飲料以外，還有其他因素會影響測出來的數值呢！以下是一些常見會影響體脂磅測量準確度的因素：

飲食	進食及喝飲料後立即作測量可能導致體脂被高估。
排尿	排尿前和後可改變身體水分比例,影響體脂率的測量。
運動	運動後可能因大量流汗以致身體輕微脫水和體溫上升,可能影響測量結果。
經期	受女性荷爾蒙影響,身體可能出現水腫,身體水分變多,或會引致誤差。
測試者姿勢	體脂磅透過電流通過身體以測量體脂,所以測量時的姿勢有可能左右結果,例如測量時手腳緊貼或是離開軀幹,量出來的數值可能也會不一樣。
體脂磅型號	不同型號的體脂磅的電流頻率可能不一,採用的電極接觸點也可能不同,有些附有手柄有些則沒有,導致準繩度不一。

常見影響體脂磅測量準確度的因素

三個方法,增加體脂磅結果可信度

這麼多的因素會影響體脂測量,那麼我們該怎麼樣才能減低偏差呢?首先,每次使用相同的體脂磅作量度會比較可靠。有客人會使用自己家裡的體脂磅量度,發現跟中心的體脂磅量出來的數據有很大出入。除了源於牌子和型號的不同,家用體脂磅的電極接觸點一般比商用的少,只有腳部兩點,而商用的除了有腳部的接觸點還有上肢的,可以測量全身的體脂。但若一直以來都使用同一部體脂磅量度,即使數值可能並不十分準確,但用以觀察數值的變化或趨勢也有它的參考價值。

另外,我通常會告訴客人盡量避免吃了大餐或喝了大量飲料後測量體脂,因為如上所述會帶來誤差。早上空腹測量會比較準確,但在執行上比較困難。所以通常進行測量的時間相若的話,即比如說每星期都是差不多放工後六時到中心測量,能減少不同因素帶來的差異。還有測量應盡量在運動之前而非之後,這樣可以避免因排汗而影響數據。

以上是可以簡單實行以減低體脂測量誤差的一些方法，平日只要多加注意就可以了，沒有必要過於執著量出來的體脂率是 15% 還是 16%，反觀我們可著重看數據的走勢。就算每星期的脂肪和肌肉量數值像股市一樣上下顛簸，如果本身有遵從飲食和運動計劃，觀察一段較長時間的走勢便會找到明顯的趨勢。不要被個別數據影響計劃或因而感到沮喪而失去動力。

其他體脂測量方法

既然體脂磅的準確度並不高，那麼有什麼其他方法可以量度體脂率呢？一些不如體脂磅普及但亦能於一些診所及實驗室找到的體脂測量方法有雙能量 X 光吸收儀（DXA）、排空氣法（Bod Pod）、皮摺夾脂法（skinfold measure）等。當中 DXA 是使用三室模型（three-compartment model）進行測量，包括測量脂肪量、骨礦物質含量和蛋白質量，準繩度與黃金標準的四室模型較為接近，常用於骨質密度測試以診斷骨質疏鬆風險。皮摺夾脂法則是體脂磅以外較容易做到的測脂方法。測試使用的皮摺脂肪夾及測量尺都是容易取得的測量工具。測試通常會於身體的三、四或七個部位例如三頭肌、腹部等以脂肪夾量度皮摺厚度，然後以公式把厚度用作推算體脂率。皮摺夾脂法由專業人士進行會更為準確，可以請持有人體測量技術證書的測量員量度皮摺厚度。

若沒有任何儀器的話，其實亦可以目測及拍照的方式去記錄體態變化，例如每星期拍照。但體態未必於短時間如數天內有容易觀察得到的變化，所以可留作長期觀察以及比較之用。總括而言，體脂磅的準繩度容易受不同因素影響，測出來的數值可當作參考，但數值並不代表一切，別忘了不時觀察體態去更全面了解體形變化及進度。

參考資料

Androutsos O., Gerasimidis K., Karanikolou A.,Reilly J.J. & Edwards C.A. (2015) Impact of eating and drinking on body composition measurements by bioelectrical impedance. *Journal of Human Nutrition and Dietetics*, *28*(2),165–171. doi:10.1111/jhn.1225

Dehghan, M., Merchant, A. T. (2008). Is bioelectrical impedance accurate for use in large epidemiological studies? *Nutrition Journal*, *7*(1), 26. https://doi.org/10.1186/1475–2891–7–26

Lichtenbelt, W. D. V. M., Hartgens, F., Vollaard, N. B., Ebbing, S., & Kuipers, H. (2004). Body composition changes in bodybuilders: a method comparison. *Med Sci Sports Exerc*, *36*(3), 490–497.

Ugras, S. (2020). Evaluating of altered hydration status on effectiveness of body composition analysis using bioelectric impedance analysis. *Libyan Journal of Medicine*, *15*(1), 1741904. https://doi.org/10.1080/19932820.2020.1741904

3.3

想增肌和減脂，要怎麼辦？

　　健身角度的增重和減重跟坊間的有點不一樣，健身營養師關心的除了體重和脂肪有沒有增加或減少，同時還非常注重肌肉量是否能夠維持或上升。因此，這裡說的減重不只是希望體重下降，而是期望脂肪下降但肌肉量維持甚至在某些情況下上升，以使體脂率下降，稱之為減脂（cutting）。增重則是體重上升但希望重量盡量都是來自肌肉而不是脂肪，稱之為增肌（bulking）。

理想的減脂方法

　　減重是指在一段時間內持續達到卡路里赤字，即卡路里攝取少於消耗，身體會因為攝取不足卡路里而燃燒儲存的能量，導致體重下降。減重期間卡路里攝取不足，身體除了會動用脂肪儲存的能量外，由於身體的蛋白質亦可以提供能量來填補卡路里赤字，因此容易造成肌肉流失。減重會容易同時減去脂肪和肌肉，而我們想達到的減脂（降低體脂率）則主要減去脂肪，同時盡量保留甚至增加肌肉量。一直以來不少人認為自己想追求的理想身型就是要達到某公斤體重。我常跟客人說體重從來只是一個數字，在街上沒有人會在乎你的體重是多少，你所追求的是一個理想身型，不是磅上的數字。我們想要的不只是體重下降，而是體脂下降，這樣練成的肌肉線條如馬甲線才夠突出。讓我們一同看看以下哪個方法比較能減脂：

方法一：飲食控制＋帶氧運動

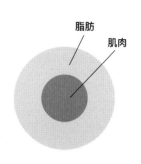

脂肪

肌肉

節食加帶氧運動是很多人一直沿用的減重方法，能短時間內減去較多體重。這是因為控制飲食能減少卡路里攝取，帶氧運動能增加卡路里消耗，兩者加起來造成一個較大的卡路里赤字，進而快速減重。但體重下降同時肌肉量亦下降，體脂率或會維持不變，肌肉線條不太明顯。同時因為肌肉比脂肪的代謝活躍，即肌肉組織能消耗更多卡路里，因此減去較多肌肉的話代謝會下降得比較快。這樣減重後用作維持體重的卡路里需求較低，也是說要吃較少才能維持體重，體重容易反彈。

方法二：只重訓，不控制飲食

另一邊廂有些人以為勤力做重訓就能增加肌肉，看到肌肉線條。重訓的確能有效令肌肉增長，但若沒有控制飲食，肌肉上的脂肪層可能不會消失的，所以也較難看到肌肉線條。不要以為一節重訓課會消耗很多卡路里而在運動後吃得比平時多，這樣只會增肌增脂，體脂率不會下降。

方法三：飲食控制＋重訓＋帶氧運動

控制飲食可有效減重，但若想要盡可能減去脂肪而非肌肉，我們需要配合重訓去刺激肌肉增長，並於飲食攝取足夠蛋白質，即每天進食每公斤非脂肪體重2.3至3.1克的蛋白質。同時避免減重過快，減重速

度以每星期 0.5 至 1 公斤或 0.5% 至 1% 體重為佳，以盡量保留肌肉量。這樣便能同時增加肌肉以及減少肌肉上的脂肪層，令肌肉線條突出，降低體脂率。局部減脂是不可能的，局部增肌則是可行的，配合合適的重訓肌群動作便可達到理想身型。增加或維持肌肉量能減低代謝在減重時的下降，令減重後維持體重的卡路里攝取需求不至於太低，食物選擇上更有彈性，更能長久維持體重，較不易反彈。亦可考慮加入適量帶氧運動令卡路里攝取有更大的彈性，同時也有維持心肺功能的功用。

該如何增肌？

增重是指在一段時間內持續達到卡路里盈餘，即卡路里攝取大於消耗，體重會因而上升。在增重期間由於有多餘的卡路里攝取，身體會以脂肪作為大量的能量儲存，導致脂肪量上升。因此為避免多餘的能量攝取導致脂肪大幅度上升，我們可以加入重訓及攝取足夠蛋白質（每天每公斤體重 1.6 克）去刺激肌肉合成，令卡路里盈餘用作增肌多於增脂。

增重速度和卡路里盈餘幅度

增重不是愈快愈好，愈大幅度的卡路里盈餘會導致增脂多於增肌。在 2013 年的研究當中，實驗把 47 名運動員分為兩組進行增重，第一組需要跟從卡路里盈餘較大的餐單進行快速增重，第二組則可以自由進食但卡路里盈餘較少，增重速度較慢。結果，第一組的脂肪量比第二組明顯上升得多，但兩組的肌肉量上升並沒有明顯差別。由此可見，增重過快可能導致脂肪增多，所以應盡量控制增重速度。那麼怎麼樣的增重速度才恰當呢？這個要視乎重訓年資，即恆常重訓的習慣維持了多長時間。剛開始重訓的人士較能對重訓帶來新的肌肉刺激產生較大的反應，能夠於短時間內增加更多肌肉量，因此每天的卡路里盈餘可達 300 卡，目標每月體重增加約 1 至 1.5 公斤。有

一點重訓經驗的人士其肌肉量可能已經達到更高的水平，每天的卡路里盈餘可接近 100 卡，增重速度以每月 0.5 至 1 公斤為佳。而有多年重訓經驗人士的肌肉量已經接近身體極限可達到的水平，一旦再大幅增加卡路里攝取，身體會傾向把卡路里儲為脂肪，肌肉量較難再上升，所以他們一般只適合增加小量卡路里，甚至進食維持體重的卡路里，增磅速度每月不超過 0.5 公斤。對他們而言更重要的是以漸進式負荷（progressive overload）增加重訓訓練量及強度來刺激肌肉增長。

有文獻甚至指剛開始重訓的人士的卡路里盈餘可達到持平卡路里（即維持體重所需的每日總卡路里）以上的 20% 至 40%（約 500 至 1,000 卡），並在蛋白質攝取足夠的情況下以碳水為主來滿足卡路里需要。的確有些人在持平卡路里以上加上 500 卡仍無法增重，便懷疑是食物沒有被身體吸收（即俗語常說的「食極都唔肥」）。過往遇過一名過瘦而需要增重的女士，六十來歲的她已退休，每天除了買菜之外基本上其他時間都待在家中。即使一直在她的飲食上增加卡路里攝取並配合重訓，但她的磅數紋絲不動。之後她的兒子買了有計步功能的電子手錶給她戴上，才發現她不自覺整天在家中步行近二萬步，這個是等於去旅行時一整天在走動的步數呢！由此增加的卡路里攝取都被消耗了一大部分而增加不了體重。這個現象是由於身體的非運動消耗（NEAT）隨著卡路里攝取增加而上升。1999 年的一個實驗研究找來了 16 位體重適中的受試者進行 1,000 卡卡路里盈餘共八週，結果發現每人每天的非運動消耗範圍由負 98.3 到正 692 卡不等，顯示相同幅度的卡路里盈餘對於不同人的非運動消耗改變不一。而非運動消耗上升較多的話亦代表較不容易增重。因此對於某些人來說要衝破增重瓶頸位的話就必須進一步增加卡路里攝取，製造更大幅度的卡路里盈餘。

為了增重，吃什麼都可以嗎？

有客人找我幫忙增重，在訂製餐單的過程中他覺得很驚訝：「不是要盡量多吃些嗎？為什麼雞皮要去掉，而且薯片一類零食還是要有限制？」在英國醫院工作時為一些過瘦的頭頸癌病患者增重，我記得癌症專科醫生在病人做手術前的一次見面告訴他的家人：「他能吃什麼就給他吃什麼，哪怕是用雪糕加巧克力打成奶昔也沒有問題！」當然每個個案的營養需求都不一樣，像那個過瘦需要增重的病人那樣，他基本上沒有什麼嚴格的飲食控制。但若要增肌不增脂的話，我們會選擇盡量健康地增重，選較高營養價值的食物去達到卡路里盈餘。首先攝取過量尤其是含飽和及反式脂肪的食物可能增加內臟脂肪及患高血壓和高膽固醇的風險。其次，在 2014 年的增重研究發現，攝取好脂肪即多元不飽和脂肪的一組與進食壞脂肪組即飽和脂肪的一組相比，兩組的體重增加相若，但進食好脂肪組的增肌和增脂比例約為 1：1，而吃壞脂肪的一組比例約為 1：4，內臟脂肪亦增加得較多。因此不是聽見增重就去吃很多漢堡包、薯條等。我們應注意脂肪的攝取量，每天的脂肪攝取不高於總卡路量攝取的 35%，以及多選擇含不飽和脂肪的食物，例如高油脂魚類、果仁和牛油果等。

無論是減脂或增肌都要注意食物選擇，同時不是愈快愈好。兩者亦需配合重訓，並於飲食當中攝取足夠蛋白質來刺激肌肉生長。

參考資料

Aragon, A. A., Schoenfeld, B. J. (2020). Magnitude and composition of the energy surplus for maximizing muscle hypertrophy: Implications for bodybuilding and Physique athletes. *Strength and Conditioning Journal, 42* (5), 79—86.

Garthe, I., Raastad, T., Refsnes, P. E., Sundgot-Borgen, J. (2013). Effect of nutritional intervention on body composition and performance in Elite Athletes. *European Journal of Sport Science, 13*(3), 295—303.

Helms, E. R., Aragon, A. A., Fitschen, P. J. (2014). Evidence-based recommendations for natural bodybuilding contest preparation: *Nutrition and Supplementation. Journal of the International Society of Sports Nutrition, 11*(1).

Helms, E., Morgan, A., Valdez, A. (2019). *The Muscle and Strength Pyramid: Nutrition.* Independently Published.

Levine, J. A., Eberhardt, N. L., & Jensen, M. D. (1999). Role of nonexercise activity thermogenesis in resistance to fat gain in humans. *Science (New York, N.Y.), 283*(5399), 212—214. https://doi.org/10.1126/science.283.5399.212

Morton, R. W., Murphy, K. T., McKellar, S. R., Schoenfeld, B. J., Henselmans, M., Helms, E., Aragon, A. A., Devries, M. C., Banfield, L., Krieger, J. W., & Phillips, S. M. (2017). A systematic review, meta-analysis and meta-regression of the effect of protein supplementation on resistance training-induced gains in muscle mass and strength in healthy adults. *British Journal of Sports Medicine, 52* (6), 376—384.

Rosqvist, F., Iggman, D., Kullberg, J., Cedernaes, J., Johansson, H.-E., Larsson, A., Johansson, L., Ahlström, H., Arner, P., Dahlman, I., Risérus, U. (2014). Overfeeding polyunsaturated and saturated fat causes distinct effects on liver and visceral fat accumulation in humans. *Diabetes, 63*(7), 2356—2368.

3.4

增肌減脂循環，達至理想身型

　　為了達到理想身型，會進行多個增肌減脂週期的循環，目的著重於肌肉量的上升。在增肌期期間有卡路里盈餘的情況下非常有利增肌，但脂肪量無可避免也可能會同時增加，因此增肌期後需要進行減脂，在卡路里赤字的情況下減少脂肪並盡量避免肌肉流失。多次進行增肌減脂的循環，能有助達至肌肉量高、體脂低的理想身型。以下是一個過去沒有重訓經驗，體重及體脂過高而需要先減脂的男士所進行的週期循環例子：

　　理論上這名男士完成了第一次減脂週期便可以進入體重維持期，但若他的身型目標是要變成彭于晏那類超模身型，體脂率 20% 則連腹肌都不明顯。那麼一直減至體脂率 10% 不就可以了嗎？為什麼需要增肌期？若他就這樣直接減至體脂率 10%，身體沒有充分的卡路里供給肌肉生長，他的體脂率 10% 體形不會酷似彭于晏，而會是看似整個月沒吃飯，又瘦又沒有肌肉的樣子。所以我們需要在增肌期盡量增加肌肉而非脂肪，之後再進行減脂，肌肉線條就會開始成形。可是走一次這個循環就能達至理想身型的人寥寥可

數，我遇見的不少客人都可能需要經歷兩到三次的循環才見效果，視乎對飲食和訓練的遵從度以及身體增肌的潛能。也有些人需要五到十年以上的持續訓練及飲食調配，不然增肌減脂是這麼容易的話，到處都是彭于晏身型的人了吧！

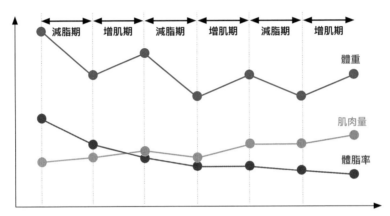

圖 3.4.1 利用增肌減脂週期調整肌肉量及體脂率

　　有些人可能會問究竟每個週期需時多久？這個沒有科學理論去建議特定的時長，因為非常因人而異。由於身體需要足夠的時間呈現明顯的變化，我可以說一個週期通常不會少於三個月。一般來說本身體重較高的話，則首個減脂期需要較長的時間去達至比較適中的體脂率，所以可能長達半年。過長時間的減脂期令身體長期處於能量不足的狀態，既不利保留肌肉量，同時對身體健康帶來負面影響，因此經歷一段時間的減脂期後可以先進入維持期或增肌期，留待之後再減脂。增肌期的長度則視乎本身體脂以及肌肉生長的速度和脂肪增加的比例，若本身體脂低，而肌肉增長得較快之餘體脂率沒有上升甚至下降，增肌期可以持續一段較長的時間，半年到一年也是常見的。

應先減脂還是先增肌？

我們可以根據 BMI 和體脂率來全面地衡量自己的身體狀況，並制訂合適的減脂增肌方案：

情況一：BMI 屬過瘦＋體脂過低；BMI 屬過重＋體脂過高

最容易決定方案的就是這兩類人士。前者是明顯看起來很瘦也沒什麼肌肉的人，必定是要增重同時增肌和增脂。後者是看起來比較胖的人而且脂肪量高，必定是要減重但盡可能在減重時只減脂並保留本身的肌肉量。

情況二：BMI 屬適中或過重＋體脂過低

有一些參加健美比賽人士，體脂要求非常苛刻，同時肌肉量偏高，所以 BMI 屬適中或過重但體脂過低。他們一般在賽季完結之後會盡量恢復體重來增加體脂到較健康的水平。

情況三：BMI 屬過瘦或適中＋體脂過高

一些看起來一點都不胖，四肢比較瘦卻有肚腩亦甚少做運動的人士，稱為瘦胖子（skinny fat）。他們的 BMI 一般屬於適中甚至過瘦，但體脂卻過高。這類人士需要的是增肌。若 BMI 屬過瘦便需增重同時增肌但盡量不增脂；若 BMI 屬適中可以不增重，在維持體重的情況下增肌，即同步增肌減脂。

情況四：BMI 屬適中或過重＋體脂適中

不少有多年重訓經驗的人士例如一些健碩模特兒，看起來有不少肌肉量而且體脂適中（不是過低，因為沒有到健美水平）。他們的 BMI 一般屬適中或過重。過重不代表需要減重，只是代表他們肌肉量高，不需要特別增肌或減脂。當然他們若希望進一步提升肌肉量，進行減脂增肌循環能夠令他們的身型變得更健碩。

BMI ＼ 體脂	過低	適中	過高
過瘦	增肌增脂	增肌	增肌
適中	增脂	/	增肌
過重	增脂	/	減脂

在增肌前先減脂能更有利增肌嗎？

這個在健身界一直存在的論點涉及到劃分比例（partition ratio, P-ratio）的概念，即指肌肉量改變與體重改變的比例關係。增重時若 P-ratio 較高，即代表肌肉增加的比例比脂肪多，P-ratio 較低則表示肌肉增加的比例較低。以往有文獻指出高體脂人士在攝取卡路里盈餘時會有較低的 P-ratio，這代表增重時較難增肌同時較容易增加脂肪。這可能由於高體脂增加胰島素抗性及胰島素帶來的代謝壓力，令身體持續處於全身性發炎狀況，導致肌肉合成的速度較慢，而且高體脂人士的增肌荷爾蒙例如睪酮可能較低，因此建議高體脂人士應先減脂才能有效增肌。

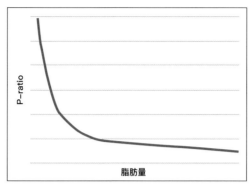

圖 3.4.2 脂肪量與 P–ratio 的比例關係
(資料參考：Hall, 2007)

　　但以上論點仍然有爭議，反對該論點的學者指出一些肌肉量非常高的運動員例如重量級舉重選手，他們的脂肪量亦較高，間接證明高體脂未必不利增肌。支持派則反駁重量級選手可能是天生具高增肌潛力，或與體脂無關。同時反對派亦指上文提到的文獻數據是取自無重訓經驗的受試者，因此未必適用於有訓練習慣的人士身上，畢竟重訓能刺激更多肌肉生長。他們猜測每個人都有自己與生俱來的 P–ratio，天生低體脂的人在增重期較易增加肌肉量，是因為天生高體脂的人生來 P–ratio 已較低，減去體脂後並不會較易增肌。若要嘗試把 P–ratio 調高便要靠外在努力，例如在增重期增加重量訓練量，並以比較保守的卡路里盈餘減慢增重速度，從而盡量減少脂肪增加。由此可見，在增肌前未必一定要先減脂才能更有效地增肌，但若果體脂已經高達會影響健康的水平，而且增肌會令體脂進一步上升，則可能需要考慮先減脂。

　　以上建議只是我們慣常的做法，並沒有科學理論去證明減脂及增肌週期的先後次序或時長規定。有些人可能有不同的想法，例如一些健美人士在體脂高的同時也想進入增肌期去進一步增肌，不過繼續增肌增重亦可能對身體健康帶來額外負擔，所以在身體狀況許可下，可根據自己的體形目標來制定增肌減脂的時間表。另外，有些人則未必要先減脂或先增肌，同步增肌減脂也是另外一種方法，在下一篇會詳細探討。

參考資料

Beals, J. W., Burd, N. A., Moore, D. R., van Vliet, S. (2019). Obesity alters the muscle protein synthetic response to nutrition and exercise. *Frontiers in Nutrition*, *6*(87).

Forbes G. B. (2000). Body fat content influences the body composition response to nutrition and exercise. *Annals of the New York Academy of Sciences*, *904*(1), 359—365. https://doi.org/10.1111/j.1749-6632.2000.tb06482.x

Fui, M. N., Dupuis, P., & Grossmann, M. (2014). Lowered testosterone in male obesity: mechanisms, morbidity and management. *Asian Journal of Andrology*, *16*(2), 223—231. https://doi.org/10.4103/1008-682X.122365

Hall K. D. (2007). Body fat and fat-free mass inter-relationships: Forbes's theory revisited. *The British Journal of Nutrition*, *97*(6), 1059—1063. https://doi.org/10.1017/S0007114507691946

Trexler, E. (2021, February 8). Should you cut before you bulk?: How body-fat levels affect your P-ratio. Stronger by Science. Retrieved February 12, 2023, from https://www.strongerbyscience.com/p-ratios/

3.5

同步增肌減脂可行嗎？

上一篇提及一般健身人士常見的身型塑造方法是把減脂期與增肌期分開進行，事實上增肌與減脂也是可以同步進行，不一定需要分開，這叫做身體重組（body recomposition）。

身體重組是怎麼做到的？

身體重組是指身體同時增加肌肉和減少脂肪。有朋友問我這是代表脂肪能變成肌肉嗎？那倒不是，肌肉跟脂肪是不同的細胞組織，而脂肪消耗與肌肉生長的機制是獨立進行的。脂肪與肌肉都是能量的儲存，在蛋白質攝取及訓練量均充足的情況下，肌肉有足夠的刺激去生長，身體攝取的能量會用來形成肌肉，同時身體會透過燃燒脂肪來填補生成肌肉需要的能量，形成同步增肌減脂的現象。

在 2016 年的一個研究找來了 40 名過重以及沒有重訓經驗的年輕男士進行每天比持平卡路里低 40% 的卡路里赤字以及每星期六天的重訓和高強度無氧運動，為期四星期。他們分為兩組，第一組攝取較低蛋白質，每天每公斤體重 1.2 克；第二組則攝取較多蛋白質，每天每公斤體重 2.4 克。結果兩組的體重及脂肪重均有明顯下降，高蛋白質攝取的那組的瘦體重（即反映肌肉量）比起較低蛋白質攝取的有明顯的上升。因此在訓練及蛋白質攝取充

足的情況下是能夠達到同時增肌減脂的效果，並適用於沒有重訓經驗的人士。

對的，這個現象較常出現在剛開始重訓的新手或停止訓練一段時間後剛恢復重訓的人士。新手比較容易增肌（newbie gains），這是因為身體從未接觸過重量訓練，訓練初期身體對於重量刺激的反應較大，因此在此時期較能同時增肌減脂，肌肉生長的速度甚至快得在卡路里赤字的情況下也能增肌。

有重訓經驗人士也能有效進行身體重組嗎？

只有重訓新手才可以進行身體重組嗎？2015 年的一個研究把 48 名有重訓經驗的人士分為兩組，第一組攝取每天每公斤體重 2.3 克的蛋白質，第二組攝取較多蛋白質，每天每公斤體重 3.4 克，卡路里攝取則未有控制，兩組都進行八星期的重訓。結果兩組的非脂肪體重（即反映肌肉量）都有上升，脂肪重均有下降。但第二組人的非脂肪體重明顯比第一組上升得多，脂肪重的跌幅則明顯更大，體重亦沒有顯著變化；同時，他們的重訓遵從度較第一組高。這實驗反映身體重組對於有重訓經驗人士也是可行的，但或許需要更多的蛋白質攝取，而且訓練量也是成功與否的關鍵之一。2020 年的一篇文獻回顧整合了以往有關身體重組的研究，並發現即使有一定重訓經驗的人士，亦可以同時增肌減脂。學者們建議有重訓經驗人士可以作以下的嘗試同步增肌減脂。

首先在重訓方面，每星期進行最少三次的重量訓練。訓練亦需要有漸進式負荷，同時著重訓練表現、力竭程度及肌肉復原的狀況來調整訓練。飲食方面，進行高蛋白質飲食並達到每天每公斤非脂肪體重 2.6 至 3.5 克的蛋白質攝取。同時亦須注意蛋白質的攝取應為高質素蛋白來源、蛋白質在全日的

分佈以及重訓前後的補充。最後，充足睡眠及好的睡眠質素也是非常關鍵，這對於訓練表現、肌肉復原及身體組成有著重要影響。

如何判斷該分開還是同步進行增肌減脂？

先說本身沒有重訓經驗的人士，如果不是過瘦或過重但體脂率卻過高，這就代表肌肉量過低。這類人士若開始重訓，增加肌肉的速度通常比較快，最適合進食持平卡路里並同步增肌減脂，進行身體重組。

有重訓經驗人士就要看本身的身體組成，另外就是實際的可行性。身體組成方面，若本來肌肉量已經較高，體脂較低，同時增肌減脂會比較困難而且進度較慢。反觀若肌肉量還有較大的上升空間，身體重組會較為容易成功。實行上就在乎於究竟能否接受增肌期時肌肉線條可能變得模糊，或減脂期時肌肉量可能會下降。我過往的一個客人為模特兒，他基本上每星期都有拍攝工作，不可能接受走樣的身型。但他告訴我長遠來說他希望進一步提升肌肉量，那除了進行身體重組也沒有其他辦法。然而在一般情況下我會建議有重訓經驗人士分開減脂和增肌週期，因為身體重組期間的增肌速度不及增肌期，減脂速度又不及減脂期，兩頭不成事。再者身體重組傾向要求訓練者嚴格遵從在飲食上、訓練上，甚至於睡眠上的配合才能有效進行，執行不當可能導致進度停滯不前，既無法增肌亦無法減脂。所以雖然同步增肌減脂聽起來很吸引，但也要考慮清楚效率和可行性。

至於女士有否重訓經驗也較適合使用身體重組這個方法，因為一般來說女士是較難接受增肌期帶來體重上升以及脂肪可能會隨同增加。所以她們可選擇進食持平卡路里，攝取足夠蛋白質及恆常進行重訓，不用增或減重，令體脂率在體重持平的狀態下亦可以下降。這可能對部分女士來說比較容易接受。

　　每個人適合不同的方法去改變身型，可以根據個人的身體組成、喜好及需求來安排增肌減脂循環或身體重組。

參考資料

Antonio, J., Ellerbroek, A., Silver, T., Orris, S., Scheiner, M., Gonzalez, A., & Peacock, C. A. (2015). A high protein diet (3.4 g/kg/d) combined with a heavy resistance training program improves body composition in healthy trained men and women—a follow-up investigation. *Journal of the International Society of Sports Nutrition*, *12*(1), 39. https://doi.org/10.1186/s12970-015-0100-0

Barakat, C., Pearson, J., Escalante, G., Campbell, B., De Souza, E. O. (2020). Body recomposition: Can trained individuals build muscle and lose fat at the same time? *Strength & Conditioning Journal*, *42*(5), 7-21.

Longland, T. M., Oikawa, S. Y., Mitchell, C. J., Devries, M. C., Phillips, S. M. (2016). Higher compared with lower dietary protein during an energy deficit combined with intense exercise promotes greater lean mass gain and fat mass loss: A randomized trial. *The American Journal of Clinical Nutrition*, *103*(3), 738-746.

Trexler, E. (2022, December 25). Can you lose fat and gain muscle at the same time? MacroFactor. Retrieved from https://macrofactorapp.com/recomposition/

增重時胃口不好該怎麼辦？

　　有減重客人跟我說：「那些需要增重的人多好，整天可以吃很多自己喜歡的東西呢！」我跟她說增重和減重兩者都不容易，都是需把身體推往自己的舒適地帶（comfort zone）以外才能令身型改變。吃得比自己需要的多其實也會遇到不少難題，除了是身體可能長期處於飽腹狀態外，也可能是燒掉荷包的問題。還有一些人士增重比較困難，例如過瘦人士需攝取每天額外接近 1,000 卡去增重，或進階重訓人士希望增重同時再增加肌肉量而非脂肪等，都需要額外的飲食控制和訓練。所以不要去羨慕需要增重的人，家家有本難唸的經呢！我相信基本上每個認真增重的人都有經歷過感到很飽滯而不想再吃的時候，遇到這個情況時該怎麼樣去應對？

增加進食頻率

　　若要再增加正餐分量，可能因太過飽滯而吃不下。反觀可以嘗試少食多餐，在三餐正餐以外加入高卡路里小食，一天共進食約四至六次，約每 2 至 3 小時進食一次。經常預備可隨身攜帶的小食如餅乾、能量條、水果、奶類飲品等方便工作忙碌或外出時進食。有些客人會喜歡於早上回公司的途中在便利店預先買一些小食，如三文治、飯糰等，方便在稍後茶點時間進食亦可。

把握睡前及起床後進食時段

我們需安排合適的進食時機及分量。比如說在下午茶時段吃小食後晚餐分量可能因此而減少，那根本就沒有增加整體卡路里攝取，沒什麼意思。反觀睡前這個進食時段不會像下午茶那樣影響正餐胃口，因此可考慮把握這個時機加入小食，例如牛奶、水果等。同樣起床後的第一餐經空腹數小時以後進食，應為最有胃口的一餐，可抓緊這個時機進食較大分量的早餐。

多選高卡路里密度食物

高卡路里密度食物（calorie-dense food）的意思是指能在相對較低重量或體積較小的情況能夠提供較多的卡路里的食物。1克脂肪含9卡，比起碳水化合物及蛋白質的每克4卡都要高，所以吃小量高油分食物已能攝取較高卡路里。例如一粒夏威夷果仁有約26卡，十粒已相當於一碗飯的卡路里。當然我們盡可能選較健康的脂肪即不飽和脂肪如果仁、牛油果等，避免以過量反式脂肪及飽和脂肪如煎炸食物、牛油、肥肉等來增加卡路里攝取。

在食物添加卡路里

在食物添加額外的卡路里（food fortification）是一個非常實用及常用的方法。意思是在餸菜及飲料加添高卡材料，令相同分量的食物包含更高卡路里。以前在英國醫院的長者病房工作時，很多老人家都很瘦弱及沒有胃口進食。於是我們在每天的下午茶時段準備一些高能量奶昔，就是將一整公升全脂奶攪入幾匙全脂奶粉，令同一分量的奶昔有更高的營養。每次看著我們推著一車的高能量奶昔及英式鬆餅，他們都格外興奮，很願意多吃一點。除了奶昔，還可以全脂奶代替水去煮麥皮並加入果仁及芝麻粉、餸菜適量加油避免白灼、炒蛋加入芝士碎、麵包塗上花生醬等方法去增添食物的卡路里。

避免進食大量低卡食物

蔬菜含豐富纖維、維生素及礦物質，對身體健康非常重要。不過蔬菜卡路里不高的同時亦能增加飽肚感，所以尤其是需要減重的客人我都會建議他們多吃蔬菜，可先吃蔬菜再吃其他飯餸來控制卡路里攝取；但對於增重客人來說，進食大量低卡蔬菜後胃裡基本上沒有太多位置留給其他食物，變得難以達到卡路里需求。不過要注意增重時不是要戒掉蔬菜，只是應避免大量進食。吃正餐前亦避免飲用大量低卡湯水如瓜或菜湯，以免因而減少進食飯餸的分量。飲料方面與其喝些沒有卡路里的清水、清茶、齋啡、無糖飲品等喝到飽滯，可選擇拿鐵、豆漿、巧克力奶等比較高卡路里的飲料代替，增加卡路里攝取。

減少進食易產氣食物

有些人在進食某些食物後可能會出現胃氣及腹脹，影響食慾。尤其是增重人士應找出會導致腸胃問題的食物，避免進食後影響下一餐的胃口而減少整日的卡路里攝取。常見可致胃氣及腹脹的是奶類食品，有乳糖不耐的人士可減少進食牛奶及芝士等高乳糖食品，或以無乳糖牛奶、豆奶等去代替。同時進食大量纖維亦可致腹脹，一些蔬菜如西蘭花及椰菜花、洋蔥和豆類亦較易產氣，令食慾下降。還有就是低或零卡食物或飲料如無糖汽水或無糖糖果大多含代糖，代糖的一些副作用就是可致胃氣及腹脹，需多加注意。有汽飲品同樣可增加胃氣，不宜過量。認識自己對不同食物的耐受度，並減少進食一些會產氣的食物可以避免影響胃口，從而令增重不那麼困難。

進食較易咀嚼食物或流質

增重需增加食物分量及進食次數，但我們往往未必有充足時間頻頻進食。除此之外，有增重客人跟我反映說他不是沒有時間吃，亦不是過於飽滯，而是長時間咀嚼食物以致咀嚼疲倦。在這個情況下，可選擇進食一些質地較軟的食物，如預先把肉或魚類去骨並切絲、豬扒改為豬肉餅、選擇蒸水蛋等較軟身的蛋白質、把青菜切碎或轉食瓜類蔬菜等，可令進食過程變得更加容易。

同時亦可以選擇以流質方式攝入更多卡路里，因為流質卡路里（liquid calories）是最容易入口的，比如說自製高能量奶昔、巧克力奶等。市面上亦有一些高卡路里的增重補充劑，如增重粉（gainer）、碳水粉（carbohydrate powder）等。增重粉一般含大量碳水與蛋白質，提供的能量視乎品牌而異，常見每食用分量（約一至兩匙）可提供約 400 至 1,200 卡路里。一般來說可於約一公升的搖杯水樽加入增重粉，並加入牛奶或水後搖勻。只要在一天內逐少飲用直至喝畢，便可於本身的飲食上加入大量卡路里。由於增重粉可以提供的能量可能遠超個別人士卡路里盈餘所需，因此應注意攝取分量，應先計算個人所需卡路里盈餘再調整增重粉分量，例如半匙甚至四分之一匙的分量亦可，不要盲目跟隨標籤上的食用分量指引。

攝取足夠蛋白質，但不要過量

若增重同時希望增肌，當然需要恆常重訓以及於飲食攝取足夠蛋白質，但對比起減重時所需的蛋白質分量卻較少。這是因為在卡路里盈餘的情況下身體已處於一個合成代謝狀態（anabolic state），身體會傾向將攝入的能量儲存於體內而較利增肌，相反在減重的時候身體處於分解代謝狀態（catabolic state），身體會傾向將儲存於體內的物質分解為能量而比較難

保留肌肉量，所以減重比增重需要更多蛋白質維持肌肉量。然而蛋白質或會增加飽肚感，亦提升消化代謝，即攝取的蛋白質有較多於腸道消化時已被消耗掉，因而不宜於增重期間過量進食。

增重時遇到飽滯是極為常見。不要在這個時候就感到氣餒而放棄，反而可以嘗試以上的方法讓我們更容易攝取更多的卡路里幫助增重。

參考資料

Halton, T. L., & Hu, F. B. (2004). The effects of high protein diets on thermogenesis, satiety and weight loss: a critical review. *Journal of the American College of Nutrition*, *23*(5), 373–385. https://doi.org /10.1080/07315724.2004.10719381

3.7

小心跌入減重的惡性循環

很多人減重時會採取激進的飲食模式，180度改變原本飲食習慣，比如說禁止外出飲食、戒掉所有零食、每天只喝蔬菜汁等，希望在短時間內減去很多體重。但這些過分極端的飲食模式沒能維持多久，以致減重後體重快速反彈。我常問客人的一條問題是：「你能永遠都這樣做嗎？」如果不能的話，當這些被禁的食物之後再出現的時候又會變回以前那樣吃很多，那麼體重又會打回原形。減重不難，減重後維持體重最難。若在一開始減重時已定下了減重完結的日子，完結後體重也會重新上升。說了這麼一大堆，那我們應以怎麼樣的心態去減重呢？

圖 3.7.1 減重大忌

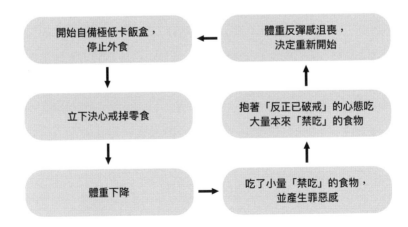

減重時若是採取一個可以長久實行的飲食習慣，那麼適應了新的飲食習慣後就更能於減重後維持體重，減少反彈的可能。這個能長久實行的飲食習慣就是一個健康及營養均衡的飲食方式。健康飲食並沒有限期，是一個生活習慣的改變，也是學會健康飲食加上恆常運動的里程碑。不要只以身型外表為減重目標，在減重同時獲得健康的體魄及生活模式更為重要。因為外表是很表面的渴望和追求，是可以隨時放棄的，身體健康則是永遠都不會放棄的追求。減脂增肌從來不是短暫飲食和運動習慣的改變，而是長期生活模式的轉變。

非黑即白的飲食思想

收過一個客人傳給我的食物照片，照片上是一件雞腿，包裝上印有「食雞唔食皮，不如唔好食」（「吃雞不吃雞皮，倒不如不吃」）的字句。我在社交平台上曾經發過關於如何以較低卡路里的方法吃漢堡包的貼文，亦有讀者留言說「咁樣食漢堡包不如唔好食」（「要這樣吃漢堡，倒不如不吃」）。之後我寫了一篇關於去旅行的健康飲食方法貼文，讀者又說「去旅行咁食不如唔好去」（「去旅行要這樣子飲食，倒不如不去」）。事實上，這些都是一個非黑即白的思想：旅行就是要放肆地吃，吃漢堡包便是要吃最多醬的，吃雞便是要連皮吃。「食完先再算」（「吃了再打算」）是欺騙餐（cheat meal）的概念，吃過以後便以非常低卡的飲食去彌補之前的暴飲暴食。毫無保留地進食緊隨著過分節食很可能把飲食極端化。而很多來找我的客人便是面對著這樣的問題，星期一至五吃很少，週末就吃很多，吃回之前幾天的卡路里赤字，最後很懊惱平日吃這麼少體重卻沒辦法下降。

「去旅行後我會以節食抵銷返」這個概念對減重來說是行不通的。事實上一年 365 日裡的生日、週年紀念日、節日、旅行多不勝數，每次都「食埋先算」（「吃過再算」）是不會達到減重目標的。同樣，一些人在尋找開始

減重的適當時機，這個「適當」時機是不會出現的———月一日開始訂立新一年的減重目標，才發現一個月後便是農曆新年假期，再隔兩個月便是復活節假期。與其去找一個適當的開始時機而無限推遲減重計劃，我們應當去學會如何在這些考驗當中仍然達到減重目標。當然我們並不是要無時無刻都做到 100% 的飲食控制，但做不到 100% 是否便是要等於 0% ？有沒有想過可以有中間點呢？去旅行當然可以放鬆，但便是要暴飲暴食嗎？如果平時做到80% 的控制，去旅行做 50%，即例如吃到七至八分飽、吃大餐亦不忘點些蔬菜、到當地超市買一些生果作宵夜、多走路等，做了這些就等於不享受旅行，不是在放鬆嗎？事實上這樣做能享受到美食亦同時能顧及到健康，更能感到滿足，旅行回來之後亦不會很內疚。飲食控制反映自制能力。若能做到飲食自律，生活上基本上沒有什麼是控制不了的。

非黑即白的飲食思想很容易令我們走向極端，可慢慢學習找出自己舒適的中間點。很多人問我減重時有什麼東西不能吃，或者減重是不是要戒掉某些食物，如甜食、汽水、飯、麵包等？我會說若你為這些食物畫下一條不能碰的界線，一旦有一天你不小心跨越了這條界線吃了一口被禁的食物，很可能便突然選擇放棄減重變成了暴飲暴食。要緊記沒有不能吃的食物，只要懂得控制高脂高糖食物的攝取分量及進食頻率，多選高營養價值的食物，才能避免非黑即白的飲食概念，讓減重期更能容易遵從及持久。

實踐分量控制概念的實例

以下是一個為期一週的極端飲食例子。由於一些日子攝取過低卡路里，之後的日子容易出現暴飲暴食情況。以一週七天的平均來看，每天的卡路里攝取為 1,500 卡。

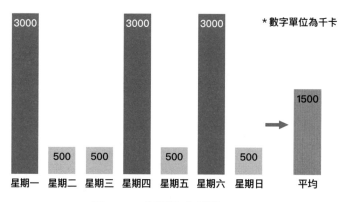

圖 3.7.2 極端飲食例子

非常低卡飲食示例：500 卡

早餐：番薯一件、雞胸一件

午餐：蘋果一個、雞胸一件

晚餐：蘋果一個

報復式高卡飲食示例：3,000 卡

早餐：番薯一件、雞胸一件

午餐：蘋果一個、雞胸一件、巧克力一排

下午茶：珍珠奶茶一杯、雞蛋仔一份

宵夜：雪糕一大杯、薯片一大包

同樣每天卡路里攝取 1,500 卡，我們不需要極低卡的飲食，亦不需要戒掉任何食物，更可以外出飲食。進食均衡營養的正餐，懂得如何在外出飲食作出較健康的選擇，學會控制高糖高脂零食的分量，也能吃得開心。這樣便可以吃的更有營養，更能長久維持健康飲食習慣。

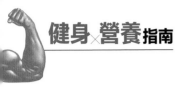

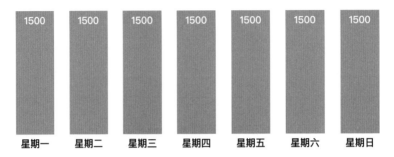

圖 3.7.3 健康飲食例子

1,500 卡飲食示例

早餐：番薯兩件、雞胸一件

午餐：切雞飯（飯一碗、去皮、汁另上）、油菜一碟

下午茶：仙草鮮奶茶一杯（微糖、低脂奶）、生果一個

晚餐：飯半碗、三文魚一件、菜一碗

宵夜：雪糕半杯

3.8

減重的六大常見誤解

對於減重，坊間總有不同說法和傳言。以下是六大常見誤解，齊來看看它們的問題出在哪裡。

誤解一：只要達到減重目標卡路里，
　　　　吃什麼都可以

每天吃巧克力能減重嗎？每條巧克力約 250 卡，一天吃六條的話便是 1,500 卡。另一邊廂營養均衡的一餐約 500 卡，每天三餐亦是 1,500 卡，兩者達到相同卡路里攝取。若每天攝取 1,500 卡已達到卡路里赤字，那麼兩者都能帶來減重效果。所以單以卡路里的角度來說，什麼食物都好，只要能達到卡路里赤字便能減重。

這樣聽著，客人都非常興奮，只要不超過目標卡路里攝取，減重時吃一大堆巧克力、糖果等都可以。事實上當我們於減重期時攝取量減少，只能在較少分量的食物中得到足夠的營養素來維持身體機能，保持身體健康。若在這麼少的卡路里攝取下我們還以一些低營養價值的食物達到卡路里攝取，可能會導致營養不均並帶來健康問題，例如易生病、疲倦、手腳冰冷、掉頭髮、指甲脆弱等。所以於減重期間我們更需注意飲食的營養價值，同時更需每天進食足夠高質素蛋白質以配合重訓，在減重時減少肌肉流失。

誤解二：戒掉澱粉質才能減重

「澱粉質是最致肥的」、「飯比可樂更高糖」，這些都是我常常聽到的說法。之前的文章都有提及澱粉質屬於碳水的一種，而每克碳水含 4 卡，每克脂肪則含 9 卡，所以碳水的卡路里密度比起脂肪低一半有多。那為什麼澱粉質例如飯、粉麵、麵包等常常被冠上致肥元兇的惡名？因為我們外食點一碟飯所含的碳水分量約 100 到 150 克，這個分量對於很多人尤其是體重不高（約五、六十公斤）的女士來說非常多，遠遠超出了所需分量。所以對於很多人來說，減少澱粉質的攝取，如只吃飯盒的一半飯已經很能減少碳水及卡路里攝取，達到減重效果。

逐漸地有些人會選擇乾脆不吃飯，但開始出現的是對米飯的誤解。首先他們的想法是不吃飯，但番薯就可以多吃，事實上番薯跟飯都是碳水豐富的食物，兩者都含不少卡路里。當然番薯的纖維含量比白米高，但紅米或糙米也含有不少纖維，因此無需戒掉米飯並可多選紅米或糙米。接下來是不吃飯，但吃很多餸菜，事實上餸菜的蛋白質和脂肪可能比飯含更多卡路里；或是同樣不吃飯，但餐後吃雪糕、薯片等，那麼不就更本末倒置了嗎？接著他們會問：「為什麼我已經沒有吃飯但體重也下降不了？」其實飯或其他澱粉質只要適量進食，絕對沒有什麼不可，並不需要戒掉。

至於澱粉質及糖雖然同為碳水，但以均衡飲食的角度來說我們應當攝取澱粉質食物為身體提供能量，而非糖。游離糖是指在食物或飲料額外添加的糖，如汽水的糖、甜品的糖，這些卻應盡量少吃。世界衛生組織建議每日游離糖攝取應控制於每日總卡路里攝取量的 10% 以內，例如若每日攝取 2,000 卡，游離糖不應多於 50 克（每克糖含 4 卡，因此 50 克糖有 200 卡，佔 2,000 卡的 10%）。這個 10% 並不包括澱粉質，切勿把澱粉質的醣與游離糖混為一談。

誤解三：戒糖戒油才能減重

上回已經提及過減重時應避免非黑即白的思想，不需要「戒掉」任何食物，反觀應作適當的分量控制。高糖高脂食物如糖果、雪糕、巧克力等所含的卡路里較高，營養價值較低，對身體健康及減重效果都不佳。我們可以嘗試進行 80：20 的飲食模式，即是每日總卡路里攝取內，八成的卡路里為高營養價值食物，兩成為低營養價值食物，亦不失為健康的飲食。一個 2,000 卡的飲食裡面，有約 400 卡可為高糖高脂食物，即是早餐的那杯奶茶、下午茶的兩塊日本餅乾手信、聚餐的一件比薩是可以接受的，其餘食物則為較高營養價值的選擇，這樣便不會因聚餐時吃了比薩或吃了同事買回來的手信餅乾而感內疚，心理上能更加享受一個健康的飲食。

誤解四：減重時必需挨餓

對的，減重時基本上一定會出現肚餓的時候，不然就沒有在減重。但其實我們有一些方法可以盡量減低飢餓感。低卡路里密度食物如蔬菜、水果等含高纖維及水分，食物容量較大，除了增加咀嚼及進食時間，又能減慢胃排空速度並增加飽腹感，從而減少卡路里攝取，有助減重。同時，我們減重時應避免吃過多高卡路里密度食物如油、果仁等。這些食物的容量較小，但飽腹感不高，較容易增加卡路里攝取。很多人認為果仁、牛油果這些含豐富維生素、礦物質及膳食纖維的食物，不是應該多吃嗎？事實上這些食物的脂肪比例較高，雖較多為對心血管健康較佳的不飽和脂肪，亦含奧米加 3，但同時含高油分即高卡路里，所以減重人士不宜大量進食以免增加卡路里攝取。建議可按自己的卡路里及巨量營養素目標適量加入這些食物，合適的分量例如以五至六粒果仁為小食，或以半個小型牛油果作沙律配搭等。減重時的一餐裡可以多選低卡路里密度食物並減少高卡路里密度食物的攝取，讓我們更能「飽住瘦」。

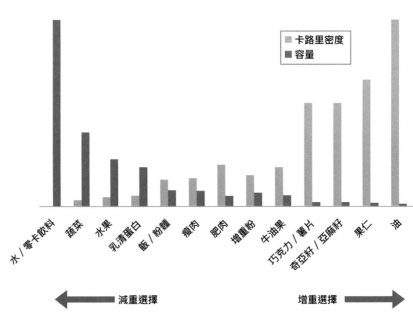

圖 3.8.1 食物的卡路里密度及容量圖

（圖例）卡路里密度 容量

水／零卡飲料　蔬菜　水果　乳清蛋白　飯／粉麵　瘦肉　肥肉　增重粉　牛油果　巧克力／薯片　奇亞籽／亞麻籽　果仁　油

◀─── 減重選擇　　　　增重選擇 ───▶

誤解五：聚餐時不共享食物，只自備飯盒或直接不出席

　　減重時很多人會害怕聚餐及外出飲食，因覺得飲食容易不受控。這是由於聚餐時未必有食物選擇的最大控制權，很多時候需要遷就同枱朋友或家人，其次是自己可能抵受不了食物的誘惑而進食較多的分量。因此有不少減重人士會選擇直接避免出席聚會或於聚會期間進食自備的飯盒。

　　有客人問我是否應出席朋友的婚宴，因害怕控制不了飲食。我告訴她要考慮的是「避得一時避不了一世」。若果只有減重期的時候避席，減重過後出席聚餐吃的跟以往一樣，根本從來都沒有學會怎樣去面對。吃多了體重自然可能反彈，隨後的過分節食亦容易導致飲食極端化的惡性循環。所以我常

說：「聚餐嗎？當然要出席！」出席得愈多更能學會該如何面對不同菜式、不同場合。每一次都是一個新的挑戰，當你經歷完聖誕及農曆新年的自助餐、團年飯、盆菜等，而在這些時候依然成功減重，往後的什麼朋友生日聚會、週年紀念等都變得輕鬆，徹底地將健康飲食及分量控制融入生活習慣的一部分。

那麼自備飯盒有何不好？以營養攝取的角度來說沒有不好。但飲食除了是為身體提供營養素，亦是社交重要的一環。減重的時候若果家人或朋友不理解或不支持，某程度上會給予自己一些無形的壓力，最終可能因此而選擇放棄。有客人帶備自己的飯盒到家庭聚會，親朋戚友會投以奇異目光，表示不理解。客人告訴我，她不會理會別人的目光，但事實上長時間這樣做難免會給自己製造更多不必要的壓力，所以我常建議客人盡量融入別人的飲食，只要做好食物選擇及控制就好。例如中式婚宴的炸子雞（去皮）、蒸魚、鮑魚、帶子這些較低脂而高蛋白的菜式可多吃點，炒飯、伊麵、糕點等一兩小匙的分量便可以了。又例如聖誕到會，可多選煙三文魚沙律（醬另上）、火雞肉、壽司等，比薩、意粉這些較高脂高卡食物吃小量，這樣更能學會在不同情況及環境下如何作出適當的食物選擇而不是逃避，並可減少社交壓力之餘享受不同食物，將健康飲食的觀念融會貫通。

誤解六：常與別人比較，　　　　　　覺得其他人吃那麼多卻能這麼瘦

「我看我的朋友怎樣吃都那麼瘦」、「為什麼我比我的朋友吃得少很多但也沒有減去很多體重？」、「他跟我說他這樣吃減了很多，為什麼我依照他的方法卻沒有成功減重？」——以上都是我們在跟別人比較，看到別人吃了整件蛋糕還是那麼瘦便覺得自己為什麼吃得比別人少還是沒有減重，甚至斷定自己是注定沒辦法減重。首先你看到別人平時都吃些什麼嗎？你的體重、身

高、代謝跟別人一樣嗎？別人需要的卡路里跟你一樣嗎？有客人問我為什麼她不能吃光整份茶餐廳的常餐，而總是要吃一半或大半分量？很簡單，無論是 80 公斤的健碩男士，還是 40 公斤沒有恆常運動的女士，叫一個餐都是相同分量。這個分量對於 80 公斤男士可能剛好，對 40 公斤女士來說必然超出所需。所以減少與別人比較，做好自己便可以了。

的確減重對一些人來說可能輕而易舉，但對很多人來說是需要很努力和很大的決心去經營。每個人都受不同的內在及外在環境因素影響，所以別人的餐單並不適合自己，不能就這樣照辦煮碗、倒模地應用到自己身上。我們必須考慮到自己的想法及目標、執行上的困難、難以作出改變的背後原因等，才能找出適合自己的減重方法。

圖 3.8.2 影響減重的各種原因

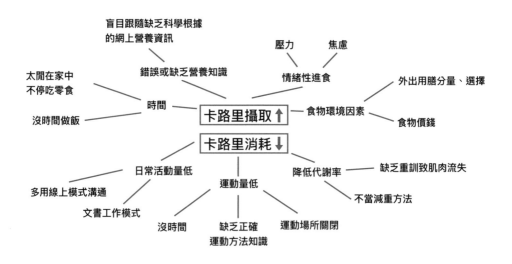

3.9

外出飲食時如何吃得
低脂又高蛋白質？

為什麼需要學會健康地外出飲食？

曾經聽過不少人說：「整天外出飲食，不自己做飯怎麼可能健康？」首先外出飲食就必然是高脂高鹽嗎？家常便飯中若比較多煎或炒的餸菜，多肥肉、雞皮等亦沒見得很健康。客人告訴我她晚上必然回家吃晚飯，而且家裡的餸菜「很清，沒什麼油」，工人姐姐「不怎麼放油」。然而我看了一下餸菜的照片，整碟炒菜泛著油光的，跟餐廳的沒大分別，而且還有肥牛金菇卷和四季豆炒豬頸肉，都是非常高脂肪的餸菜。所以每個人對「油不多」的定義不一，在家煮食未必就等於健康。另一邊廂，外出飲食絕對有不少很油膩的選擇，但若小心選擇亦未必不健康。在英國醫院工作詢問病人的飲食習慣時，很大部分都說是在家煮食的。相反香港的飲食文化不一樣，在香港當營養師時基本上大部分時間都在給予外出飲食建議。要吃得健康，能自己煮食的話當然最能夠做到最好，但香港的外出飲食文化非常普遍，若要求每日三餐外出飲食的客人徹底改變生活習慣，變為每餐自己煮食是非常困難的。加上香港人基本上每個星期都會外出聚餐，反而需要學到的是如何在外出飲食時吃得較健康才最實際。

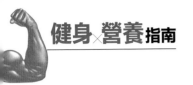

令外食變得更健康的要訣

在外用餐期間，要食得健康，可以循餐點的烹調方法、所用材料、醬汁及飲料入手：

	多選	少選
烹調方法	• 清蒸、白灼、燉煮 • 如：蒸魚、蒸水蛋	• 煎、炒、炸 • 如：炒飯、咕嚕肉
肉或魚類	• 肉類「去肥」、「去皮」、「瘦」的部分 • 如：瘦叉燒、切雞去皮	• 高脂肪的肉類，尤其很多白色的部分 • 如：肥牛、豬腩肉、牛腩
醬汁	• 提出「走汁」、「走油」、「汁另上」的要求 • 如：沙律醬汁另上、燒味飯走汁	• 含高脂肪的醬汁 • 如：薑蓉、千島醬、芝麻醬、麻油
飲料	• 走糖或低糖的飲品 • 如：檸檬水或檸檬茶走甜、齋啡、無糖茶	• 高糖或高脂的飲品 • 如：紅豆冰、奶茶、阿華田

低脂高蛋白質的外出飲食例子

除了較健康地選擇外食，健身人士也要注意在外出用餐時攝取足夠蛋白質攝取，盡量選一些既低脂又高蛋白質的菜式。以下我們可以看一下如何在不同的菜式中選擇較低脂而高蛋白的食物：

中式

	較健康	較高脂
高蛋白餸菜	粉絲海鮮煲、瑤柱蒸水蛋、蒸魚、白灼蝦、金針雲耳蒸雞、炸子雞（去皮）、雜菌豆腐煲、蒸釀豆腐	魚香茄子煲、啫啫雞煲、火腩煲、牛／羊腩煲、生炒骨、沙拉骨、椒鹽排骨／鮮魷／九肚魚、咕嚕肉
飯麵	鮮魚片／海鮮湯飯、雜扒飯（去皮、走汁）、瘦叉燒／燒肉／豉油雞／白切雞／燒鵝／鴨飯（去皮和肥、走燒味汁）	焗豬扒飯、雜扒飯、揚州炒飯、咖喱牛腩飯、豆腐火腩飯、龍蝦伊麵、蝦仁炒蛋飯、粟米肉粒飯、福建炒飯、乾炒牛河、
蔬菜	粉絲雜菜煲、蒸釀節瓜甫、金銀蛋上湯浸菜、冬菇扒生菜	炒菜、時菜炒牛肉、涼瓜炒牛肉

粉麵及配菜

	較健康	較高脂
高蛋白配料	瘦豬肉、雞肉、牛肉、牛脹、牛筋、白魚蛋、牛丸、雞翼（去皮）、滷蛋、魚柳、鮮魚片、鯪魚肉	豬皮、豬手、豬大腸、豬腩肉、豬軟骨、肥牛、牛腩、雞翼、魚皮餃、魚腐、墨丸、貢丸、炸醬、豆卜、腐皮
蔬菜	生菜、蘿蔔、金針菇、冬菇、芽菜、紫菜	／
麵類	米線、米粉、薯粉、幼麵、粗麵、烏冬、通粉、拉麵、上海麵、蕎麥麵、生麵	即食麵、油麵、伊麵、河粉
湯底	清雞湯、番茄湯、蔬菜湯、昆布湯	麻辣湯、酸辣湯、擔擔湯、豬骨湯

西式

	較健康	較高脂
高蛋白餸菜	西冷、牛柳、烤雞、燒春雞（去皮）、魚柳、三文魚扒、煙三文魚、豬手（去皮）、龍蝦、帶子、生蠔、青口、八爪魚	肉眼、牛小排、牛尾、蜜汁豬肋骨、威靈頓牛、和牛
麵包	餐包（走牛油）、貝果、英式烤麵餅（crumpet）、酸種麵包	牛角包、蒜蓉包
餐湯	雜菜湯、羅宋湯	蘑菇忌廉湯、酥皮湯、龍蝦湯、粟米濃湯、法式洋蔥湯
配菜	焗薯、焓薯、烤粟米／蘆筍、藜麥、時菜	薯條、薯角、薯蓉、炒飯
飯／意粉	大蝦意粉、海鮮意粉	肉醬意粉、卡邦尼意粉、白汁雞皇飯、意大利飯、芝士通粉
蔬菜	沙律（醬另上）、雜菜	芝士焗西蘭花、炒蘑菇

日式

	較健康	較高脂
高蛋白壽司／刺身	三文魚、吞拿魚、帶子、北寄貝、八爪魚、甜蝦、鯛魚、赤身（魚背）、三文魚子＊、蟹子＊、海膽＊	拖羅、三文魚腩、鰻魚、花之戀、玉子燒、炸軟殼蟹、腐皮
飯麵／鍋物	刺身丼飯、照燒雞肉飯（去皮）、鯖魚飯、銀鱈魚飯、蕎麥麵、烏冬（清湯）、茶漬飯、飯糰、海鮮鍋	炒飯／麵／烏冬、咖喱飯／麵、蛋包飯、肥牛丼飯、肥牛鍋、日式拉麵、炸豬扒飯
蔬菜	中華沙律、枝豆、和風沙律（醬另上）、秋葵、野菜	／
小食	燒海鮮、牛肩肉、雞肉串燒、溫泉蛋、蒸餃、紫薯、清酒煮蜆	天婦羅、炸物、燒雞翼、燒牛舌、和牛、芝士年糕、章魚燒、大阪燒、煎餃子

＊注意：含較高膽固醇

東南亞菜式

	較健康	較高脂
高蛋白主菜	牛肉／豬扒／雞扒（去皮）／雞絲湯檬、海南雞飯（去皮、白飯）	炒貴刁／河粉／金邊粉、喇沙、冬陰公、肉骨茶
小食	沙嗲串燒（醬另上）、生蝦刺身、涼拌雞絲、泰式鱸魚、越式米紙卷	炸春卷、扎肉、咖喱豬／牛／雞、炭燒豬頸肉、泰式酸辣魚、酸辣鳳爪
蔬菜	青木瓜沙律、雞絲沙律、牙車快沙律、生菜肉碎包、泰式雜菜煲	馬拉盞炒通菜

快餐店

	較健康	較高脂／高糖
高蛋白主菜	燒雞腿包（走醬）、芝士蛋漢堡（走醬）、炸雞（去皮）、雞扒扭扭粉、雞扒沙律（醬另上）	豬柳蛋漢堡、巨無霸、脆辣雞腿飽、雙層芝士漢堡、火腿扒芝士漢堡、炸雞、炸雞塊、豬柳扭扭粉
配菜	粟米杯、乳酪	薯條、薯餅、薯格、葡撻
飲料	檸檬水或檸檬茶走甜、齋啡、拿鐵（脫脂奶）、無糖汽水	汽水、港式奶茶、港式咖啡

3.10

為什麼日吃 1,200 卡
卻未能減重？

當我在社交平台上發「你問我答」的限時動態，差不多每一次都少不了的問題就是「為什麼我在吃 1,200 卡體重卻不下降？」或「我 xxx 厘米高 xx 公斤重，正在吃 1,200 卡，有做運動，為什麼減不了體重？」。在文獻的定義，800 至 1,200 卡屬於低能量飲食（low energy diet, LED），而 400 至 800 卡屬於非常低能量飲食（very low energy diet, VLED）。我會說在絕大部分情況下，若一般健康成年人每天吃 1,200 卡，基本上都能達到卡路里赤字並會令體重下降。而無法以進食 1,200 卡來達到卡路里赤字的話，絕大部分情況是因為有小部分人士的體重非常低，或整體活動量極低如整天臥在床上，亦可能經歷過不少次極端減重致嚴重代謝損耗（在之後的文章會詳細解釋），導致每天卡路里消耗可能不多於 1,200 卡。那麼大部分人沒法減重的真正原因是什麼？這是我的答覆：「以為自己在吃 1,200 卡，但其實並沒有。」不要覺得被罵了，這是非常常見的情況。以下有兩個原因解釋為什麼實際上沒有在吃 1,200 卡。

原因一：星期一到五吃 1,200 卡，
　　　　週末卻不計算在內

假設一星期有五到六天都吃 1,200 卡並達到卡路里赤字，但週末跟朋友聚餐卻沒有在理會進食了多少。我們看的不只是一天的卡路里攝取而是看一

週的卡路里平均值有沒有達到卡路里赤字。若週末吃了 3,500 卡，那麼實質
一星期的卡路里攝取平均值就是 1,500 卡，一天的欺騙日（cheat day）絕
對能把六天的卡路里赤字浪費掉。

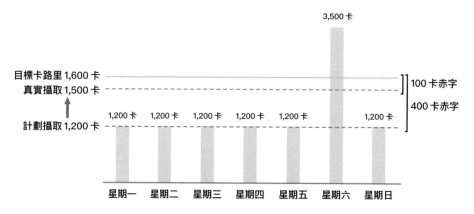

圖 3.10.1 忽略週末數字可導致卡路里赤字不足

　　有讀者留言說：「怎麼可能 cheat day 吃到 3,500 卡這麼多？」事實上
若本身處於低卡路里的攝取量，到了欺騙日時心態上可能過分放鬆，同時飢
餓感較強，食量很自然比一般情況下大。先別說一天的進食量，就算是一餐
也可輕鬆吃到 3,500 卡。比如連上薯條的漢堡包餐跟奶昔已經約 3,000 卡，
可想而知一天沒有約束飲食的欺騙日是可以完全令之前的努力白費了。

　　這樣的話就不能有欺騙日？對的，欺騙日容易導致暴食，不宜使用。首
先要想想，為什麼自己需要「cheat」呢？是否因為星期一至五的食量太少或
食物選擇過分嚴苛才需要一天來獎勵自己的付出？如果是的話應該先調整星
期一至五的食物選擇及分量，不應覺得過度壓抑。若希望一星期有一兩天或
一兩餐有比平常高的卡路里攝取，例如如要跟朋友外出用膳，可事前調整其
他日子的卡路里攝取，好讓就算有較高卡路里的一餐也能維持一星期的平均
赤字。需要注意的是在高卡路里攝取的日子仍需適量進食，而非暴飲暴食。

原因二：正餐吃 1,200 卡，
間中吃一口的零食卻不計在內

除了欺騙日的原因，還有以下另外一個原因。以下是我和減重客人 H 的對話：

客人 H：「我吃 1,200 卡路里都減不了體重，我是喝水都會胖的！」

我：　　「請跟我說一下你平常的飲食習慣吧。」

客人 H：「早餐吃雞蛋三文治一份，午餐吃三分之一盒切雞飯，晚餐不吃飯，只吃蒸魚、幾塊肉和一大碗菜，吃的真的很少呢！」

我：　　「早餐和午餐有沒有配飲料？晚餐有沒有煲了湯水？有吃水果嗎？下午茶有沒有吃一些零食之類？平常會吃巧克力、餅乾、甜品等甜食嗎？」

客人 H：「早餐前會喝一杯三合一咖啡，午餐通常跟凍檸茶，晚餐隔天有湯，吃完飯會吃半個橙，平常有時候會吃幾粒果仁。甜品基本上很少吃，一個星期只有兩次。餅乾都是一星期兩到三次而已，有時候會偷吃幾塊薯片或巧克力，不過都是一星期兩到三次而已……」

研究顯示肥胖人士聲稱一天吃少於 1,200 卡仍未能減重，源於事實上他們大大低估了卡路里攝取；他們真實的卡路里攝取為 2,000 卡，平均低估攝取量約 47%。這些肥胖人士同時認為減重失敗是因為代謝率下降，但研究人員發現他們的代謝率並沒有下降。肥胖人士亦高估運動量消耗約 51%。基本上每一件放進口的食物或飲料，如一兩塊餅乾、幾口可樂、一匙蛋糕加起

來的卡路里可不少，那裡已有 100 至 200 卡即接近一碗飯的卡路里了。有客人喉嚨不舒服一整星期下來吃了不少喉糖，她亦沒有在意，但事實上多吃了約 300 卡呢。所以說很多時候吃 1,200 卡已經足以減重，若未能減重，在懷疑自己的新陳代謝前先誠實地評估本身的飲食有否額外的卡路里攝取，否則只會一直困於吃那麼少卻不能減重的問題而感到氣餒。

若體重沒有下降，可能與同步增肌減脂有關

正在進行卡路里赤字但無法減重是真的有可能發生，但這亦未嘗不是好事。事實上身體脂肪消耗與肌肉生長機制是獨立進行。相同重量的脂肪與肌肉所儲存的能量不同，一公斤重的脂肪儲存的能量比一公斤肌肉多五倍。若同時增加一公斤的肌肉並減少一公斤的脂肪，體重雖然沒有變化，但身體燃燒脂肪帶來的卡路里赤字比形成肌肉所需的能量高，代表卡路里赤字的確不一定令體重下降。

來看一個增肌減脂牽涉到多少能量的例子：假設減去一公斤脂肪會消耗 8,540 卡，而增加一公斤肌肉又需要 1,660 卡。雖然身體體重不變，但事實上正進行約 7,000 的卡路里赤字。

以上情況或較大可能出現於尤其是新手及剛恢復重訓人士身上。若在充足蛋白質攝取及恆常重訓的情況下，即使達到卡路里赤字，體重亦可能因肌肉量上升同時體脂下降而不變，甚至有可能上升。因此若已減低卡路里攝取，不要因暫時的體重不變而再大幅調整卡路里攝取，宜靜觀其變。這情況則可能甚少出現於單以節食及帶氧運動減重的人士，因他們的肌肉量未必上升。

　　正在進行減重但體重卻沒有下降，要先看自己是否真的有嚴格執行卡路里赤字。攝取有否多了是只有自己才會知道的，我們必須誠實面對食物攝取，否則只會因減重進度不似預期而感困惑。若的確有好好控制食物攝取並有勤力做重訓，身型看起來有進步但體重沒有下降，那可能便是在同步增肌減脂。

參考資料

Aragon, A. A., Schoenfeld, B. J., Wildman, R., Kleiner, S., VanDusseldorp, T., Taylor, L., Earnest, C. P., Arciero, P. J., Wilborn, C., Kalman, D. S., Stout, J. R., Willoughby, D. S., Campbell, B., Arent, S. M., Bannock, L., Smith-Ryan, A. E., & Antonio, J. (2017). International society of sports nutrition position stand: diets and body composition. *Journal of the International Society of Sports Nutrition*, *14*(1), 16. https://doi.org/10.1186/s12970-017-0174-y

Helms, E., Morgan, A., & Valdez, A. (2019). *The Muscle & Strength Pyramid: Nutrition*. Muscle and Strength Pyramids.

Lichtman, S. W., Pisarska, K., Berman, E. R., Pestone, M., Dowling, H., Offenbacher, E., Weisel, H., Heshka, S., Matthews, D. E., & Heymsfield, S. B. (1992). Discrepancy between self-reported and actual caloric intake and exercise in obese subjects. *The New England Journal of Medicine*, *327*(27), 1893-1898. https://doi.org/10.1056/NEJM199212313272701

3.11

為什麼今天體重比昨天多了兩公斤？

　　無論是每天或每星期量體重也是不少人想要知道自己體形上變化的習慣。每天量體重的人會發現每天的體重都不一樣。有剛開始減重的客人在一天早上很慌張地告訴我：「我今早量重比之前一天重了兩公斤，一定是昨晚吃多了！那麼我上星期的努力不就浪費掉了嗎？」我說：「先不要慌，你昨天晚上吃了些什麼？」她說：「昨天晚上吃過平常的晚餐後還是覺得餓，所以多吃了一包薯片。我知道我不應該吃的，之後也不敢了⋯⋯」我告訴她：「一包薯片不可能令你增加幾公斤的脂肪，所以你先放心，讓我慢慢告訴你為什麼體重可能會出現變化吧！」

　　事實上如人體增加一公斤脂肪，就需要攝取約額外 8,000 卡路里，因此若一天內要增加兩公斤脂肪，便需要攝取超過 16,000 卡路里，這對於一般人而言短時間內是較難做到的。那為什麼一天會重兩公斤？短期的體重浮動大部分情況下是因為身體水分的變化而造成，每天平均體重浮動可達一至兩公斤，這都屬於正常範圍內。

令體重浮動的因素

因素一：飲食

　　一天的飲食可以很大程度地影響我們身體水分的變化。首先如果我們吃了很多高鹽的食物，例如薯片、拉麵、醬汁等，鹽分攝取過多會促使身體把水分留在體內，減少水分排出而造成水腫問題。另外，攝取膳食纖維例如打邊爐吃了很多蔬菜，會為腸道帶來額外水分並增加糞便量，造成體重上升。再者，進食大量碳水後，例如比平時多吃了一倍的飯量，會增加肝臟和肌肉的醣原儲備，而醣原與水分結合的比例為1：3，所以當醣原增加，身體水分亦會同時上升。這同樣是進行低碳飲食時體重會在初期快速下降的原因──由於碳水攝取減少令體內醣原儲備下跌，導致身體水分減少而體重下降。最後，食物分量也會影響體重。這個也不難理解，比如說剛吃了自助餐而還未去洗手間，吃下的食物和喝下的飲料本身的重量會令當刻的體重上升。一些難消化的高纖食物則可能留在腸道內，造成隔天體重上升。

因素二：排便狀況

　　日常的如廁前後都會有體重上的差別。不同的排便狀況亦可能影響體重，例如便秘、腹瀉等。腹瀉可能導致身體水分大量流失，體重的下降並不代表真實的脂肪減少。有客人因為腹瀉三天後體重輕了兩公斤，但之後很快就恢復到原來的體重。腹瀉可能連帶胃口變差，同時導致一些營養流失而減少卡路里攝取，但腹瀉造成的水分流失是導致體重下降的主要原因之一。

因素三：荷爾蒙分泌

長期的壓力會使身體增加荷爾蒙皮質醇（cortisol）的分泌，而皮質醇會導致荷爾蒙抗利尿激素（antidiuretic hormone）的上升，以致腎臟增加水分的吸收和減少水分排出，增加身體水分積聚。所以減重的時候若加上壓力大，會導致身體水腫而模糊了卡路里赤字帶來的真實體重下降。

因素四：女性經期

經期期間同樣會有荷爾蒙分泌的變化，一種名為孕酮（progesterone）的荷爾蒙分泌會在經期期間增加，並刺激醛固酮（aldosterone）的上升，令身體傾向保留水分。研究顯示 92% 有經期的女性會出現水腫問題，而經期前後體重一般相差約 0.5 公斤。孕酮的分泌增加亦可能促使胃口增加的現象出現而導致進食更多的卡路里。但如果經期時有遵從飲食控制，體重的上升很大可能是身體水分浮動而致。每個人於月經週期期間的體重變化不一樣，有些人會沒有變化，有些人的體重可能較容易上升，可以先留意和測量自己經期期間的體重變化，便能在下一次經期有大約的預算，避免因體重上升而造成心理上的壓力。

應如何監察體重變化？

看到這裡，我們應該已清楚每天大幅度的體重浮動不會來自真實的脂肪或肌肉上升或下降。真實的脂肪或肌肉改變不會一兩天便反映出來，而是更長時間體重的變化。明白了這點的話之後每次量重心理上的壓力應該不會那麼大。那我們該怎樣以體重作為量度進度的指標呢？我一般會建議以一週的平均體重作評估，意思是每天量重並記錄下來，然後拿一週的平均體重跟下一週的平均體重去比較，這樣便能減少每天體重浮動對真實體重反映帶來的

誤差，讓我們能更準確地評估進度。同時，每次量重時應保持相若的測量條件，例如在每天早上起床如廁後測量，並身穿相若輕便的衣服等。另外，體重雖然是評估身體狀況的一種方法，但難以反映身體水分、脂肪和肌肉量的改變等，所以可配合其他測量方法如體脂磅、身圍測量、每星期拍照記錄體態等，讓我們更全面地了解體形上的變化。

突如其來的體重變化很可能是受上述的因素影響，不必因為短暫的體重上升或下降而感到焦慮，觀察長期的體重變化以及參考其他量度指標更能讓我們了解體形變化和進度。

參考資料

Bhutani, S., Kahn, E., Tasali, E., Schoeller, D. A. (2017). Composition of two-week change in body weight under unrestricted free-living conditions. *Physiological Reports*, *5*(13). https://doi.org/10.14814/phy2.13336

Kanellakis, S., Skoufas, E., Simitsopoulou, E., Migdanis, A., Migdanis, I., Prelorentzou, T., Louka, A., Moschonis, G., Bountouvi, E., & Androutsos, O. (2023). Changes in body weight and body composition during the menstrual cycle. *American Journal of Human Biology : the Official Journal of the Human Biology Council*, *35*(11), e23951. https://doi.org/10.1002/ajhb.23951

Tacani, P. M., Ribeiro, D. D. O., Barros Guimarães, B. E., Machado, A. F. P., & Tacani, R. E. (2015). Characterization of symptoms and edema distribution in premenstrual syndrome. *International Journal of women's health*, *7*, 297-303.

為什麼會遇上減重平台期？

　　有客人告訴我她每次減重至 55 公斤就會停滯不前，她因試了很多次都沒能突破 55 公斤而感到很困惑。不知道曾經減重的你有沒有也遇過類似的情況？事實上很多人減重一段時間後就會發現體重沒有辦法繼續下降——當然這是建基在卡路里攝取有在計算清楚的大前提之下仍然沒有減磅的情況。我們稱這個體重卡住的現象為「減重平台期」，但接下來我們不用再充滿疑惑了，科學的角度是能夠解釋的。

減重導致身體消耗下降

　　簡單來說要達到平台期，身體攝取的能量便等同身體所消耗的能量。這並不是說突然吃多了而出現平台期，而是減重以來一直吃相同的卡路里，但身體的能量消耗隨著時間卻愈來愈少，所以當消耗下降至等同卡路里攝取時，體重便不再下降。那為什麼身體的消耗會不斷地下降呢？

成因一：體重下降

　　假若你從 70 公斤減至 55 公斤，你每天的總卡路里消耗已經下降了不少。還記得之前的文章提及 TDEE 的組成嗎？基礎代謝率佔 TDEE 的六成有多，而體重是定奪基礎代謝率的其中一個重要因素。所以用 55 公斤代入基

礎代謝率的算式跟以 70 公斤算出來的會有一定差別。另外，如果減去的體重有一部分是肌肉，那麼代謝率的跌幅會更大。這是因為肌肉是較活躍的組織，能比脂肪消耗更多能量。

再者，減重後身體在運動時所消耗的卡路里也隨之減少。2003 年的一個研究找來 83 名肥胖男性在減重同時進行中等強度的跑步機訓練，在減重前的能量消耗平均為每分鐘 4.69 卡，在減去 11% 體重後，能量消耗下降至每分鐘 3.71 卡。而體重減少對重訓卡路里消耗的影響則較帶氧運動低。這是因為重訓的消耗本來就較帶氧少，減重之後的消耗下降在比例上亦會相對地低。綜合體重下降以致代謝率和運動消耗相應減少，總卡路里消耗亦因此而下降約 10%。

成因二：代謝適應

體重下降並不是唯一使總卡路里消耗下降的原因，現實中還有些因素使總卡路里下降幅度變得更大。可以想像很久以前古人為了生存，身體能夠在沒有足夠食物時盡量減少能量消耗以維持體重及機能。這是一個與生俱來的自我保護機制來增加存活率，而這個保護機制叫代謝適應（metabolic adaptation）。在饑荒的時候愈能降低身體消耗的人就愈能生存下來，所以一路以來現代人其實都擁有這些自身的保護機制。偏偏現在的我們渴求的是減重，最好就不要有什麼保護機制，不要有平台期。

那麼代謝適應為什麼會發生？這個可能跟減重時的一些荷爾蒙調節有關。首先，減重時荷爾蒙瘦素（leptin）的分泌會下降，導致身體一連串的反應，包括降低甲狀腺激素（thyroid hormone），以及降低交感神經系統（sympathetic nervous system）和棕色脂肪組織（brown adipose tissue）的活躍度等。研究人員猜測這一系列的變化或會導致 NEAT 下降。

甲狀腺激素本身的作用是透過提升心率、血壓及肌肉的能量消耗來提升卡路里消耗；交感神經系統一般控制與興奮相關的行為，即戰鬥或逃跑的反應，當它較不活躍時能量消耗可能下降；棕色脂肪組織則含有大量線粒體（mitochondria）供轉化脂肪為能量之用。由此可見瘦素的下降所帶來的一連串影響進一步降低身體的卡路里消耗，造成代謝適應。

有研究指出，當減去超過10% 體重時，身體的總卡路里消耗會下降20% 至 25%，其中10% 至 15% 的下降是由代謝適應造成。當中代謝適應的約九成是源於 NEAT 的減少所造成。當身體能量長期不足時，身體自然會減少一些不必要的動作去降低能量消耗，例如沒能量的情況下搭地鐵時可能會選擇坐下，說話的時候也比較不會手舞足蹈。因此一個過重的人減重後會比一個本身已是同樣體重的人的總卡路里消耗低約 300 至 400 卡，這個差距的成因就是代謝適應。這也就是說明有時候以一個人的體重計算他的總卡路里消耗之前，亦需要知道他的減重歷史。如果他的飲食習慣顯示的卡路里攝取遠低於我們計算出來的卡路里消耗，不一定是他沒有如實說出完整的飲食習慣，而是可能之前曾經有過反覆的大幅度減重造成代謝適應，導致卡路里消耗大大減少。

荷爾蒙增加食慾

減重時身體在能量不足的情況下無時無刻都希望可以吸收更多的能量來令體重不下降，所以會減少能量消耗之餘亦會增加食慾。食慾變大可以導致減重的難度增加，控制不了卡路里攝取而進入平台期甚至令體重反彈。以下介紹數種因減重導致分泌改變，從而令食慾增加的荷爾蒙。首先是飢餓素（ghrelin）上升。飢餓素是一種主要由胃部分泌出來的荷爾蒙，它一般在餐前感飢餓時在血液中的濃度最高，飢餓素會向大腦發出飢餓的訊號來增加食物攝取，因此在減重時飢餓素上升會導致飢餓感增加。再者是胰島素

（insulin）下降。胰島素一般會隨著餐後血糖上升而增加分泌以降低血糖，幫助身體吸收糖分同時亦能抑制食慾。但減重時多數伴隨著食物攝取下降，血糖上升幅度較少，胰島素分泌隨之下降，導致飢餓感增加。另外，皮質醇上升會放大瘦素下降帶來的影響，包括減少能量消耗以及刺激食慾。以上種種荷爾蒙的改變都可能令胃口增加，令減重變得更困難。

如何突破平台期？

即使有恆常追蹤飲食習慣的人士都有可能低估日常飲食攝取的卡路里，尤其在飢餓的情況下我們會更希望用盡所有卡路里的限額來容許進食更多食物，因而低估卡路里攝取。我常常告訴客人，寧願高估也不要低估食物的卡路里，不要追蹤少一點卡路里來騙自己能有限額多吃一些。準確計算卡路里攝取就能知道自己是否遇到真正的平台期。如果是真的遇上了平台期，要突破最顯然就是進一步降低卡路里攝取來重新達到卡路里赤字。但若卡路里攝取已經非常低而無法在飲食上遵從，可以嘗試加入適量的帶氧運動如每天慢跑 30 分鐘來增加卡路里消耗並達到卡路里赤字。同時，若已長時間攝取低卡路里，亦可先提升卡路里攝取至維持體重的卡路里水平（即持平卡路里），之後再進一步降低卡路里攝取。另外，減重時我們應盡量保留肌肉去減少代謝率下降的幅度，所以建議恆常重訓並在飲食上攝取足夠高蛋白質來刺激肌肉生長。

很多時候無可避免在減重時遇上平台期，但我們知道了它的成因以及對策就能衝破減重瓶頸位，不用再苦惱為什麼減不了重，令達成目標體重變得更順利。

參考資料

Aragon, A. A., Schoenfeld, B. J., Wildman, R., Kleiner, S., VanDusseldorp, T., Taylor, L., Earnest, C. P., Arciero, P. J., Wilborn, C., Kalman, D. S., Stout, J. R., Willoughby, D. S., Campbell, B., Arent, S. M., Bannock, L., Smith–Ryan, A. E., Antonio, J. (2017). International Society of Sports Nutrition Position Stand: Diets and body composition. *Journal of the International Society of Sports Nutrition, 14*(1).

Aschbacher, K., Rodriguez–Fernandez, M., van Wietmarschen, H., Tomiyama, A. J., Jain, S., Epel, E., Doyle, F. J., van der Greef, J. (2014). The hypothalamic—pituitary—adrenal—leptin axis and metabolic health: A systems approach to resilience, robustness and control. *Interface Focus, 4*(5).

Austin, J., Marks, D. (2009). Hormonal regulators of appetite. *International Journal of Pediatric Endocrinology, 2009*, 1—9.

Cummings, D. E., Weigle, D. S., Frayo, R. S., Breen, P. A., Ma, M. K., Dellinger, E. P., Purnell, J. Q. (2002). Plasma ghrelin levels after diet–induced weight loss or gastric bypass surgery. *New England Journal of Medicine, 346*(21), 1623—1630.

Doucet, E., Imbeault, P., St–Pierre, S., Alméras, N., Mauriège, P., Després, J. P., Bouchard, C., & Tremblay, A. (2003). Greater than predicted decrease in energy expenditure during exercise after body weight loss in obese men. *Clinical science (London, England : 1979), 105*(1), 89—95. https://doi.org/10.1042/CS20020252

Levine J. A. (2002) Non–exercise activity thermogenesis (NEAT). *Best Practice & Research Clinical Endocrinology and Metabolism, 16*(4), 679 —702.

Rosenbaum, M., Leibel, R. L. (2010). Adaptive thermogenesis in humans. *International Journal of Obesity, 34* (S1), S47—S55.

3.13

極速減重會更容易反彈？

　　坊間有很多以快速減重為宣傳標語的減重方式，例如整天只喝果汁或只吃蔬菜的餐單，聲稱一個月內可以減去十公斤之類的。說實話，如果一天只吃那麼少的卡路里甚至不吃，其實體重真的可以下降得很快。在一個電視節目中曾經有主持人問我：「可以告訴我們一個月減去多少公斤謂之成功的減重嗎？」我反問道：「如果一個人一個月內減去了十公斤，他算是成功嗎？」主持人想了一下：「他應該瘦了不少，也算蠻成功吧！」我再問：「那麼如果他減十公斤後體重反彈至原來的體重甚至更重，他有很成功嗎？」主持人楞了一下，回答說：「那就不算成功了吧……」所以一個成功的減重不是看體重下降得有多快，而是減至理想的體重後能不能長久維持。愈是用一些極端的方法減重或減重速度過快，愈是不長久並容易反彈，同時可能導致一些心理問題的出現。以下我會用兩個有科學根據的個案分析去探討這個議題。

《減肥達人》案例分析

　　《減肥達人》（*The Biggest Loser*）是美國的一個真人秀節目，參加者需要在 30 週的比賽裡靠瘋狂節食及運動減去最多體重百分比來贏得比賽。其中一季的冠軍由原本的 185 公斤減至 87 公斤，成功減去超過一半的自身體重，相等於每個月平均減去 15 公斤之多。這個減重速度很理想嗎？發表

自 2016 年有關代謝適應的研究找來了其中 14 名參加者並由他們比賽開始
追蹤到比賽結束後的六年。研究發現雖然他們在比賽中由平均 149 公斤減至
91 公斤，但他們的體重在六年後都重新增加至平均 132 公斤，反映他們在
賽後比較難以維持體重。

　　究竟為什麼極速減重會容易導致體重反彈？首先，極速減重時除了身體
的脂肪量會急速下降外，肌肉量亦可能較難維持並大幅下降。在上述提到的
2016 年研究，受試者們的非脂肪體重（即反映肌肉量）由賽前的平均 76 公
斤下降至 64 公斤。由於肌肉是較能消耗能量的組織，因此當肌肉量下降時
代謝率也會隨之下降，也是說要再少吃一點才能維持體重，令維持體重更困
難。另外，上文提及過減重時身體為了盡量保留能量而調節荷爾蒙分泌來降
低身體的能量消耗，造成大幅度的代謝率下降並非純粹因為體重及肌肉量下
降，亦牽涉「代謝適應」。研究中的受試者靜態代謝率由平均每天 2,607 卡
下降至賽後 1,996 卡，愈低的卡路里消耗令維持體重變得愈難，導致體重回
升。

　　減重之後的體重反彈也有可能導致「愈減愈肥」。比賽的六年後受試者
的體重有明顯的反彈，但靜態代謝卻維持於平均每天 1,903 卡路里，這表示
即使體重回升但靜態代謝並沒有跟隨體重上升而恢復。試想一下，這些受試
者的體重回升後也是屬於過重，因此他們可能再次想要減重。但是再次減重
之下身體所需的卡路里會變得更低，代表他們需要吃更少卡路里或更大運動
量才能造成卡路里赤字。因此如果進行多次減重後亦反彈，體重又每次都大
幅度地反覆上落（此現象稱為溜溜球式節食，Yo-yo dieting），減重會一次
比一次困難，亦可能會造成代謝損壞。

　　有科學家提出脂肪細胞理論來解釋反彈後減重變得更困難的現象。基本
上身體脂肪細胞的數量在踏入成年人的階段已經非常穩定。在減重期間脂肪
細胞會縮小，但數量保持不變。但如果未能維持減重後的體重並反彈，脂肪

細胞會重新變大，回復至減重前的大小，細胞數量亦有可能會變多去作為脂肪的儲存，導致反彈後的體重可能超越之前，往後的減重亦變得更困難。這個理論目前有動物實驗的數據支持，研究人員在減重後並出現體重反彈的老鼠身上發現牠們的脂肪細胞總數增加。至於人類是否會出現與動物相似的情況，目前仍需要更多研究來證實人體脂肪細胞的變化。

「明尼蘇達州饑荒實驗」研究分析

極端減重除了容易令體重反彈，也可能會導致心理問題。生理學家Ancel Keys 與他的團隊做了一個有名的饑荒實驗研究：明尼蘇達州饑荒實驗（The Minnesota Starvation Experiment）。第二次世界大戰時有糧食短缺的問題使很多人陷入饑荒，實驗於是招募了 36 名健康男士進行實驗並觀察飢餓對人造成的生理及心理影響。實驗分為三個階段，首先是 12 週的對照實驗，然後進行 24 週的半飢餓期，最後 12 週為再餵食期。其中 12 名受試者會參與額外八週的康復期並接受持續 12 個月觀察。在對照實驗中，受試者攝取體重持平卡路里，每天約為 3,500 卡；在半飢餓期中卡路里攝取減半，每天攝取約 1,600 至 1,800 卡；在再餵食期受試者比起半飢餓期的時候每天多吃 400 至 1,600 卡；最後在額外八週的康復期內則沒有任何食物攝取的限制，受試者可隨意進食。結果在半飢餓期結束後他們的體重約下降了 19% 至 28%，基礎代謝率下跌了 40% 之多，心跳率亦同時下降，身型看上去非常瘦削。然後在再餵食期他們的體重回升至原來水平時，體脂卻比起原來的高出 140%。這顯示極速減重後的反彈或會增加隨後的脂肪儲存，導致「愈減愈肥」。

除了生理上的影響，受試者的進食行為亦有明顯的改變。他們出現了護食行為，例如擔心有人會偷走食物、將食物切成小塊並含在口中、為了感到飽足感而飲用過量水等。在沒有進食限制的八週康復期內，受試者每天進食

了 7,700 至 10,000 卡，但仍聲稱無法滿足飢餓感。即使在半飢餓期結束五個月後，他們的情緒已較穩定，但仍然有過度進食的行為。

在心理方面，受試者的行為展示出對食物的痴迷，如一直看食譜並收集過百本食譜書。另外他們還出現易怒、情緒容易波動、焦慮與抑鬱等現象。在實驗前性格較為外向的受試者變得孤立並感到失去社交能力。由此可見，飢餓除了為身體帶來明顯的改變，心理與進食行為都會因卡路里攝取過低而受影響，有可能導致飲食失調。這個實驗對受試者的身心都可能造成嚴重的負面影響，所以惹來不少倫理上的爭議，但這實驗的結果仍然有著非常高的參考價值。

以上兩個研究結果顯示了極速減重對生理及心理都可能造成嚴重的負面影響，除了可能造成代謝損耗外，還有可能導致心理問題及飲食失調的出現。因此在開始減重之前應訂立切實可行的目標，並以能夠長久維持的飲食和運動習慣改變去進行。減重切忌過於進取，以免減重後體重反彈，令再次減重變得更加困難。

參考資料

Fothergill, E., Guo, J., Howard, L., Kerns, J. C., Knuth, N. D., Brychta, R., Chen, K. Y., Skarulis, M. C., Walter, M., Walter, P. J., & Hall, K. D. (2016). Persistent metabolic adaptation 6 years after" The biggest loser" competition. *Obesity*, 24 (8), 1612–1619.

MacLean, P. S., Higgins, J. A., Giles, E. D., Sherk, V. D., Jackman, M. R. (2015). The role for adipose tissue in weight regain after weight loss. *Obesity Reviews*, 16 (S1), 45–54.

Tucker, T. (2007). *The great starvation experiment: Ancel Keys and the men who starved for science.* University of Minnesota Press.

Wikimedia Foundation. (2023, January 28). The Biggest Loser (season 1). Wikipedia. Retrieved May 1, 2023, from https://en.wikipedia.org/wiki/The_Biggest_Loser_(season_1)

減重需要「中途休息」嗎？

　　傳統的減重方式就是以持續限制卡路里的方法，長期穩定地攝取低於維持身體體重所需的卡路里，以持續達致卡路里赤字。上回提及了減重持續一段時間後會出現代謝適應，即身體在卡路里赤字情況下為了盡量儲存能量而進一步減少卡路里消耗。這令科學家開始思考如果不是連續地減重，而是在減重中途加入一些「小休」，會否讓身體先充一充電而減少代謝適應？間歇性卡路里恢復就是於進行卡路里赤字的途中加入短暫的休息（例如休息週或休息日），將卡路里提升到維持身體體重所需的持平卡路里，之後再繼續上路。跟一些減重客人說到這個理論時他們都表現得非常雀躍：「這不就是說可以於休息期吃待已久的日式燒肉放題了嗎？」當然不是，要搞清楚休息日並非欺騙日，不是肆無忌憚地進食而是有計劃的使卡路里上升。

　　「小休」有分兩種，一種較長的叫休息週（diet break），指在減重期的卡路里赤字中途每數週加入一至兩週進食持平卡路里。另外一種較短的叫休息日（refeed），則指在每星期加入一至兩天進食持平卡路里。

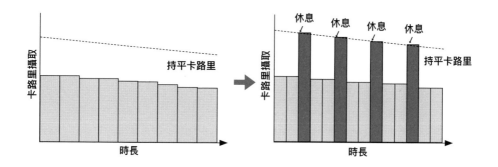

圖 3.14.1 於減重期間加入進食持平卡路里的「小休」以減少代謝適應
(資料參考：Poon et al., 2024)

加入「小休」能減少代謝適應嗎？

2018 年有一個名為「The MATADOR Study」的研究，把 51 名肥胖及沒有運動習慣的成年男士分為兩組，一組進行 16 週的持續卡路里赤字，另一組在每兩週卡路里赤字之後加入兩週的休息週攝取持平卡路里，因為加入了休息週的關係這一組的研究為期共 30 週。結果加入休息週的一組在體重與脂肪的數值上比持續進行卡路里赤字組有更顯著的下降，亦出現較少的代謝適應。較少的代謝適應也代表減重後的代謝率不會太低，長遠或對維持體重更有利。這篇研究發佈後不少健體學者都紛紛討論於減重加入休息週的重要性。

可是這個討論持續了不久後便有新的發現。2021 年的一個名為「The ICECAP Trial」的研究並沒有得到相似的結果。這次的研究找來了有恆常重訓習慣及體重適中的人士參與，有別於之前的研究以過重人士為受試者。他們把 61 名受試者分為兩組，一組進行 12 週持續卡路里赤字，另一組進行 15 週的 3+1，即每三週卡路里赤字後加入一週休息週，有別於 2018 年實驗的 2+2，實驗時長也比之前短。結果發現兩組的體重及脂肪量、荷爾蒙分

泌（包括瘦素及飢餓素）以及代謝適應都沒有明顯的差別。這下子關於休息週對代謝的好處都好像被推翻了。不過研究不是完全抹煞了休息週的好處，研究人員發現有休息週的一組比持續卡路里赤字有更低的飢餓感，退出研究的人數亦較少，這顯示休息週能提高滿足感，提升減重期的遵從度。遵從度對於減重成功與否也是非常關鍵，再好的減重計劃但沒有被遵從到底也是徒然。

那麼如果不是休息週而是休息日，會有不一樣的效果嗎？2020 年的一個研究中，把 27 名有重訓經驗的人士分為兩組，一組進行攝取持平卡路里減去 25% 的卡路里赤字，另一組進行五天攝取持平卡路里減去 35% 的卡路里赤字以及兩天攝取持平卡路里的休息日，兩組的一週平均每天卡路里赤字同樣為 25%，為期七週。休息日所增加的卡路里以碳水為主。結果兩組的體重及脂肪量都沒有明顯的差別，但加入休息日的一組能較好地保留非脂肪體重及靜態代謝率。研究人員猜測這或與休息日內的碳水攝取增加有關，首先碳水攝取增加導致胰島素分泌增加，而胰島素有助抑制肌肉蛋白質的分解。再者，兩天較高的碳水攝取可能增加肌肉醣原儲備，使受試者的疲勞感降低並有更佳的運動表現，從而保留更多非脂肪體重，並較好地保留代謝率。

從以上眾多研究看來，加入休息週或休息日對於減重期保留代謝率到底有沒有幫助，目前還是沒有定論。在 2024 年我跟一眾香港的學者發佈了一篇系統性研究回顧，綜合了七篇比較持續卡路里赤字（continuous energy restriction, CER）與間歇性卡路里恢復（intermittent energy restriction with break periods, INT-B）對於代謝率的影響的文章。當中發現 CER 組及 INT-B 組都有平均約五公斤的體重下降，但 INT-B 的代謝下降比起 CER 組少，也就是加入「小休」更能減少代謝適應。另外，我們做了小組分析，分別比對過重與有重訓習慣的健康人士，看看他們的代謝適應在兩種減重模式下有沒有分別。結果顯示，只有過重組進行 CER 會比進行 INT-B 帶來明

顯的代謝適應差別，健康人士組則沒有差別。我們認為這是因為過重組的總體重下降平均為六公斤，對比起健康人士組的兩公斤為多，所以代謝率的差別比較明顯。過重組進行 INT–B 比起進行 CER 的代謝率下降少了平均每天 47 卡，這是多還是少呢？我們猜測如果體重跌幅愈大，兩者的差距會更大，INT–B 可能對減重期間減少代謝適應有著重要的角色。我們期待日後有更多研究，可以找出「小休」對多大幅度的減重有好處以及「小休」和卡路里赤字的最佳比例。

如何實踐休息週或日？

一般來說若客人才剛開始減重數個星期，我很少會建議加入休息週，因為他們通常在減重初期都是精力充沛，沒有出現太多的代謝下降，不需要休息。同時一開始的時候通常動力最高，減重進度良好，如果突然加入休息週反而會打亂了他們的進度。我會開始考慮讓客人加入一到兩星期的休息週有幾個原因：首先是他們的體重到了平台期，這時候一兩星期的休息週可讓身體回到卡路里充足的狀態，隨後的卡路里赤字遵從度會更高，能夠順利突破平台期。另外，客人難以維持肌肉量或其下降的幅度較大也是加入休息週的原因之一。我會鼓勵他們爭取在這段時間專注於提升重訓的表現，盡量減慢肌肉量的跌幅。最後，如果客人去旅行或有很多聚餐要出席例如處於聖誕或農曆新年期間，一到兩星期的休息週讓他們可以有空間去多吃一點，心理壓力會相對較少，從而不會因於這些日子達不到卡路里赤字而感沮喪，繼而想要放棄。不過要注意加入了休息週代表要更長時間才達到減重目標，所以休息週與卡路里赤字的比例要在目標和需求兩者中間拿到恰當的平衡。

至於休息日，說實話我會比較少用到。通常會用到的情況是如果客人星期五晚或週末比較多聚餐，可以加入休息日來減少那幾天的心理壓力。但是這個方法風險比較高，因為原本有計劃的卡路里增加會很容易變成暴飲暴

食，尤其當其餘日子已經吃得較少。同時這樣會慫恿暴飲暴食之後過度節食的心態，造成不良的飲食習慣。所以一般來說會建議已經減重一段時間而且建立了穩固而成熟的飲食模式和遵從度的客人使用休息日，他們通常有明確的目標和方向，會妥當地執行休息日並於心理上體驗到帶來的好處。在執行方面，跟休息週有一點不同的是休息日可以不導致減重進度上的延誤。通常我們會把非休息日的卡路里赤字加大，令一週的平均卡路里攝取不變，從而達到減重效果。另外一個做法也可以是維持非休息日的卡路里赤字，但一週的平均卡路里赤字可能變得太少，有可能令減重進度變得緩慢。

	星期一	星期二	星期三	星期四	星期五	星期六	星期日	一週平均卡路里攝取
沒有休息日	1,400 千卡	1,400 千卡	1,400 千卡	1,400 千卡	1,400 千卡	1,400 千卡	1,400 千卡	平均 1,400 千卡
一天休息日 (做法一)	1,200 千卡	1,200 千卡	1,200 千卡	1,200 千卡	1,200 千卡	1,200 千卡	2,500 千卡	平均約 1,400 千卡
一天休息日 (做法二)	1,400 千卡	1,400 千卡	1,400 千卡	1,400 千卡	1,400 千卡	1,400 千卡	2,500 千卡	平均約 1,550 千卡

在減重期加入「小休」有機會減少代謝適應，甚至帶來更佳的減重效果。同時「小休」於心理上提供幫助，從而增加遵從度並更能維持卡路里赤字以達到減重的目的。因此，可以在衡量減重期時長、心理因素及運動表現等各方面因素後，再考慮是否適合在減重途中加入休息週或日。

參考資料

Byrne, N. M., Sainsbury, A., King, N. A., Hills, A. P., Wood, R. E. (2018). Intermittent energy restriction improves weight loss efficiency in obese men: The matador study. *International Journal of Obesity*, *42*(2), 129–138.

Campbell, B. I., Aguilar, D., Colenso-Semple, L. M., Hartke, K., Fleming, A. R., Fox, C. D., Longstrom, J. M., Rogers, G. E., Mathas, D. B., Wong, V., Ford, S., Gorman, J. (2020). Intermittent energy restriction attenuates the loss of Fat Free Mass in resistance trained individuals. A randomized controlled trial. *Journal of Functional Morphology and Kinesiology*, *5*(1), 19.

Escalante, G., Campbell, B. I., & Norton, L. (2020). Effectiveness of diet refeeds and diet breaks as a precontest strategy. *Strength and Conditioning Journal*, *42*(5), 102–107.

Peos, J. J., Helms, E. R., Fournier, P. A., Krieger, J., Sainsbury, A. (2021). A 1-week diet break improves muscle endurance during an intermittent dieting regime in adult athletes: A pre-specified secondary analysis of the ICECAP trial. *PLOS ONE*, *16*(2).

Peos, J. J., Helms, E. R., Fournier, P. A., Ong, J., Hall, C., Krieger, J., Sainsbury, A. (2021). Continuous versus intermittent dieting for fat loss and fat-free mass retention in resistance-trained adults: The ICECAP trial. *Medicine & Science in Sports & Exercise*, *53*(8), 1685–1698.

Poon, E. T., Tsang, J. H., Sun, F., Zheng, C., & Wong, S. H. (2024). Effects of intermittent dieting with break periods on body composition and metabolic adaptation: a systematic review and meta-analysis. *Nutrition reviews*, nuad168. Advance online publication. https://doi.org/10.1093/nutrit/nuad168

3.15

如何不讓體重反彈？

我常常跟客人說：「減重嗎？不太難。最困難的是達到減重目標後如何維持體重而不反彈呢！」他們的眼神往往告訴我「減完再算」。若你在減重開始前已經設定了完成日期，比如說三個月後，那麼整個減重的過程當中你就在想忍住不吃些什麼，然後三個月後便大爆發，減去的體重必然反彈。如果減重是為了結婚或一些特別原因而不介意之後會反彈的話當然沒有問題，但很多人的目標其實是追求減去的體重不反彈，那麼開始前就要有正確的減重概念。不是說減重要減一輩子，而是減重當中培養的均衡飲食和運動習慣是伴你一輩子的。減重時不過度節食而減完又不暴飲暴食。通常一開始已經有了這個概念，減重後就不那麼容易反彈。

減重後應如何維持體重？

重新計算持平卡路里

由於減重的時候體重會下降並會出現代謝適應，維持體重所需要的卡路里在減重途中會隨之而下降，所以減重後的持平卡路里會比減重前低，需要重新計算。若只以公式計算每天總卡路里消耗，很可能高估了減重後真實的持平卡路里，因此我通常會以減重最後階段的每天卡路里攝取為計算準則，再對比這個卡路里攝取帶來的減重速度作估算。例如每天攝取 1,500 卡帶來

每星期平均1磅的體重下降，即卡路里赤字約為500卡（因500卡的赤字能帶來每星期約1至2磅的體重下降），新的持平卡路里大約為2,000卡。設定持平卡路里的多與少需要跟客人之後的目標和實踐能力一致，例如比較保守的話可以稍微下調至1,800卡為持平卡路里攝取，體重稍微回升也沒所謂的話我一般會建議在減重後的持平卡路里增加最少10%，約2,200卡的攝取使實行更容易並能長久維持。

計劃長久生活習慣的改變

在減重的同時一直在學習的是均衡的飲食方式、食物的營養價值、外出的食物選擇等。這些在減重完畢之後同樣適用，因為這是維持身體健康的基本飲食控制。減重有完成的一天，保持健康的體魄是永遠的功課。除了飲食控制以外，恆常運動也是重要的一環。減重期間的訓練量可能頗高，減重過後可適量減少至維持健康的頻率及強度，即美國運動醫學會建議一般健康成年人每週150分鐘中等強度的帶氧運動及兩節重量訓練。有客人問我：「減完就可以不用再做運動了嗎？」當然不是，維持健康也需要做運動呢！減重的時候就是希望能夠培養恆常運動的習慣。所以我常常告訴正在減重的客人，不要覺得減重時的運動像交功課一樣，可慢慢尋找運動的樂趣，例如嘗試不同的運動，或者到健身室重訓也可以交到一些志同道合的朋友，互相給對方動力，甚至鼓勵身邊的家人和朋友一起運動等，這樣才能找到自己喜愛和能長久維持的運動模式。

可考慮反向節食法

有些人大幅度減重後出現代謝適應令維持體重的卡路里變得很低而難以長久維持。反向節食法（reverse dieting）的原理是在達到減重目標後逐步增加卡路里攝取，讓身體荷爾蒙有時間去逐漸恢復代謝，若卡路里攝取的增

幅與代謝以同一幅度恢復,便可在提升持平卡路里的情況下維持減重後的體重。這個方法目前並沒有確實的科學論證去證實它的原理及效用,但不少健身人士包括健美運動員都有採取過類似的方法並達到一定效用。

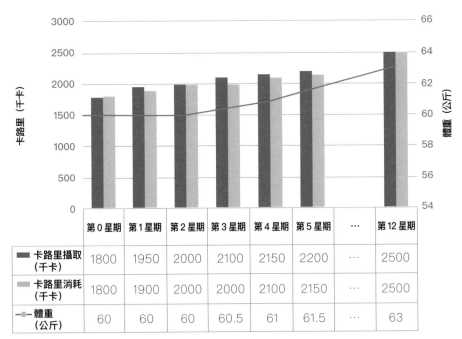

	第0星期	第1星期	第2星期	第3星期	第4星期	第5星期	…	第12星期
■ 卡路里攝取 (千卡)	1800	1950	2000	2100	2150	2200	…	2500
■ 卡路里消耗 (千卡)	1800	1900	2000	2000	2100	2150	…	2500
─■─ 體重 (公斤)	60	60	60	60.5	61	61.5	…	63

圖 3.15.1 借反向飲食法回復代謝（概念圖）

反向節食法的常見做法

達到減重目標後可以持平卡路里作為起點,於每星期逐漸增加卡路里攝取,並因應體重變化調整增幅,當卡路里攝取上升到原來沒有代謝適應的水平或較容易長久維持的攝取量便完成。學者 Layne Norton 及營養師 Holly Baxter 於 2020 年寫了一本關於反向節食法的著作,並提出了一些可供參考的做法。他們建議每星期逐漸增加的卡路里攝取幅度可因應不同人的目標分成以下三類:

	適合人士	每星期卡路里攝取增幅	期間的目標體重增幅	需注意地方
一般做法	讓代謝恢復同時接受有小量脂肪增加。	3% 至 6%	不超過 0.5%	/
保守做法	希望盡量減少脂肪增加的人。	1% 至 3%	不超過 0.2%	需要較長的時間以增加攝取量。
進取做法	適合體脂非常低的人，協助其盡快把代謝恢復到較高的水平。	6% 至 9%	不超過 0.8%	脂肪量可能增加得較快。

（資料參考：Norton and Baxter, 2020）

至於卡路里的增加以碳水為主，因減重後增加較多的碳水或可以在短時間內恢復瘦素的分泌並使代謝恢復。恆常重訓以及充足的蛋白質攝取對維持肌肉量也是非常重要。至於時長方面，進行反向節食法的時長與減重期的時長相若，例如 12 週的減重期便需要約 12 週的反向節食法。

反向節食法的爭議

反向節食法的理論與成效現時並沒有科學實證的支持，而且當中的理論一直被質疑。有學者認為反向節食法之所以成功，並不是因為身體代謝能隨著卡路里攝取增加而上升，而可能是在執行上所帶來的錯覺。

首先，反向節食法間接提升了飲食遵從度。很多時候我們在追蹤每天食物卡路里攝取時都會偏向低估攝取量，例如是忘記追蹤一些餐與餐之間的小吃、低估外出飲食的油分等。研究顯示卡路里攝取一般被低估約 20%，不只是一般人甚至是營養師也可能有著錯估的問題。而反向節食法當中每星期的卡路里增幅只有約 50 至 150 卡。試想一下一顆巧克力已經含約 80 卡，低估對實際情況的影響可以很大。因此這個方法需要極為精準的卡路里攝取計算並嚴格地遵從計劃，相比起平時的飲食追蹤會更小心和精準，故可能改

善了卡路里長期被低估的問題。當我們以為正在增加卡路里攝取，實際上是間接地減少了卡路里攝取，因此成功在反向節食期間維持體重。

另外，我們亦可能於執行上錯誤估計持平卡路里。一些微少的卡路里攝取變化未必會帶來即時的體重改變。比如說一個人的真實持平卡路里為每天 1,800 卡，但低估為 1,700 卡時，低估帶來的卡路里赤字很少使體重立刻下降，而是需要數個月的時間才會在體重反映出來。同時這麼少的體重改變很可能會被體重每日的浮動蓋過，所以在計劃初期難以被察覺，並誤以為自己正在攝取持平卡路里。所以在反向節食一開始便已低估持平卡路里的情況下，在反向節食初期逐漸加上卡路里攝取其實是縮小了卡路里赤字，直到後段真的達到卡路里盈餘的時候也就剛好蓋過了之前赤字帶來的體重下降，令一直以來的體重都持平。

以上只是一些反駁反向節食法的理論與假設，我們能以此從多方面去分析反向節食法背後的科學理論，而未來仍需要更多的研究來驗證各方面理論的對與錯。

誰適合進行反向節食法？

反向節食法適合一些減重後持平卡路里非常低的人士去提升卡路里攝取，令體重變得更容易長久維持。同時也適合多年溜溜球式節食致代謝損耗的人士，讓他們在往後的減重開始前先提升代謝，使減重期的卡路里攝取變得沒那麼苛刻。有一些健美人士於賽後希望避免體重快速上升而進行反向節食法，但這個做法現時仍有頗多的爭議，反對人士認為健美人士應於賽後盡快增加卡路里攝取令身體得以恢復，不然可能對身體健康造成更多負面影響。上文提到進行反向節食法涉及複雜而精準的計算及需嚴格執行，所以執行的人需對食物營養有一定認識及具恆常的飲食追蹤習慣。我會說真正能執

行反向節食法的人不多，在我的客人裡也沒有多於十個可以嘗試這個方法。通常使用這方法的大前提是客人的飲食追蹤在減重期已經變得非常穩定和成熟，還有就是在進行反向節食的那段時間裡最好沒有安排外遊或太多外食和聚餐，以減少不必要的不穩定性。

　　減重後維持體重的方法有簡單的攝取持平卡路里，也有複雜的反向節食法，可以根據自己減重後的目標、飲食遵從度、飲食追蹤的熟練程度去衡量哪個方法較適合自己，沒有絕對的對與錯。

參考資料

Champagne, C. M., Han, H., Bajpeyi, S., Rood, J., Johnson, W. D., Lammi-Keefe, C. J., Flatt, J.-P., Bray, G. A. (2013). Day-to-day variation in food intake and energy expenditure in healthy women: The Dietitian II Study. *Journal of the Academy of Nutrition and Dietetics*, *113*(11), 1532–1538.

Dirlewanger, M., Di Vetta, V., Guenat, E., Battilana, P., Seematter, G., Schneiter, P., ... & Tappy, L. (2000). Effects of short-term carbohydrate or fat overfeeding on energy expenditure and plasma leptin concentrations in healthy female subjects. *International Journal of Obesity*, *24*(11), 1413–1418.

Norton, L., Baxter, H. (2020). *The Complete Reverse Dieting Guide*.

Trexler, E. (2022, September 12). Reverse dieting: Hype versus evidence. MacroFactor. Retrieved December 2, 2022, from https://macrofactorapp.com/reverse-dieting/#h-does-reverse-dieting-resolve-the-effects-of-metabolic-adaptation

空腹帶氧更能減重嗎？

　　不少健身人士習慣於早上上班前到健身室做帶氧，例如一小時的太空漫步，或半小時的樓梯機，然後才回公司吃早餐。這樣做可能是因為行程上較為方便，有些人卻是因為在網上看過「空腹進行帶氧會更有效消脂」的理論而這樣做。的確一直以來坊間流傳著一個迷思，就是經過一晚空腹後身體的血糖水平變低，體內醣原亦已被消耗掉，因此在早上空腹做帶氧運動能使身體轉而消耗脂肪作為能量來源，更能燃燒脂肪並達到減重的效果。究竟這個理論有科學根據嗎？

空腹做帶氧更有效減脂？

　　在 2016 年的一篇系統性研究回顧中，綜合了 27 篇比較空腹與進食後進行帶氧運動的研究，當中有 11 篇研究的確發現空腹比進食後做帶氧會使用更多脂肪作為原料。不過這些研究其實只能解釋運動當下的能量使用狀況，也就是運動當下會使用更多脂肪為原料，但運動後的其他時間身體會有機制自動調節，減少脂肪的使用。

　　在 2014 年的一個研究中，研究人員把 20 名女士分為兩組，一組進行空腹帶氧，另一組進行飽腹帶氧。帶氧運動的模式是使用跑步機進行每星期三次，每次一小時的中等強度帶氧運動。飲食方面，兩組同樣維持 500 卡

的赤字，並在飲食中攝取每天每公斤體重 1.8 克的蛋白質。實驗結果顯示兩組的體重與脂肪量均有下降，而下降幅度相若，並沒有明顯的差別。由此可見，在卡路里赤字與運動量相若的情況下，空腹運動並沒有帶來更佳的減重效果，也就是打破了空腹帶氧能增加減脂效果的迷思。

空腹對帶氧運動表現的影響

在 2018 年的一篇系統性研究回顧中，綜合了 46 份比較空腹與飽腹進行帶氧對運動表現影響的研究。他們發現對於長時間（超過 60 分鐘）中等強度帶氧運動來說運動前進食能有效提升表現，但對於短時間（少於 60 分鐘）的帶氧運動來說空腹與否對表現沒有明顯差別。如果進行長時間高強度的帶氧運動，在醣原儲備不足的情況下會造成表現下滑之餘，亦可能會導致疲倦而增加受傷風險。帶氧表現不佳間接來說也會影響當節的卡路里消耗，降低減重效果。所以應否進行空腹帶氧很視乎於運動的強度和時長。

該怎樣安排空腹帶氧？

由於餐後馬上去做帶氧運動可能影響消化而造成腸胃不適，所以在餐後等待 1 到 2 小時再運動是較好的做法。但上文亦有提及很多人在上班前運動，要他們再早一兩小時起床吃早餐並不切實際；而且他們的帶氧一般在一小時內完成，強度普遍也不太高，所以對這類人而言空腹帶氧未必會影響表現，反而帶來省時便利的好處。當然如果是長時間高強度的訓練，還是最好先進食才運動。之前有客人喜歡練跑，長課就是半馬的距離，了解過她的作息習慣後我們嘗試改為安排在週末練長課，讓她可以不用那麼早起床也能做到先吃才練。而其他較輕鬆的跑步訓練就安排於上班前，因那些訓練空腹進行也是可以的。

進行空腹帶氧與否視乎於帶氧的強度和時長以及實際執行上的便利。減重方面加入帶氧可以增加卡路里消耗，但現時並未有科學文獻證明空腹帶氧比起進食後進行帶氧有更佳的減重放果。因此注意整日的卡路里攝取及平衡，才是有效減重的關鍵。

參考資料

Aird, T. P., Davies, R. W., Carson, B. P. (2018). Effects of fasted vs fed-state exercise on performance and post-exercise metabolism: A systematic review and meta-analysis. *Scandinavian Journal of Medicine Science in Sports*, *28*(5), 1476–1493.

Schoenfeld, B. J., Aragon, A. A., Wilborn, C. D., Krieger, J. W., Sonmez, G. T. (2014). Body composition changes associated with fasted versus non-fasted aerobic exercise. *Journal of the International Society of Sports Nutrition*, *11*(1).

Verboeket-van de Venne, W. P., & Westerterp, K. R. (1991). Influence of the feeding frequency on nutrient utilization in man: consequences for energy metabolism. *European Journal of Clinical Nutrition*, *45*(3), 161–169.

Vieira, A. F., Costa, R. R., Macedo, R. C., Coconcelli, L., Kruel, L. F. (2016). Effects of aerobic exercise performed in fasted v. fed state on fat and carbohydrate metabolism in adults: A systematic review and meta-analysis. *British Journal of Nutrition*, *116*(7), 1153–1164.

3.17

斷食法更有效減重嗎？

間歇性斷食（intermittent fasting, IF）簡稱斷食，是近幾年非常流行的減重方法。斷食的意思是指在一些日子或時間完全禁食（不攝取水以外的任何食物），或只進食非常小量食物來減重，其他日子或時間則沒有卡路里限制。不論是講座的參加者或是我的客人、朋友、親戚也會問我對斷食的看法：究竟能否帶來減重效果或身體健康的好處？這麼多的斷食方法當中詢問度最高的是 16：8 的限時進食方法，即每天只在八小時內進食，其餘 16 小時空腹。限時進食還有較極端的 20：4，即每天只在四小時內進食，其餘 20 小時空腹。除了限時進食之外還有其他斷食類別，包括隔日斷食即 24 小時進食伴隨著 24 小時節食，以及全日斷食即每週有一至兩天一整日都進行斷食，例如 5：2 斷食法是指一星期的七天有五天維持正常飲食，餘下兩天則禁食。那麼究竟斷食會帶來坊間所說的好處嗎？

實質減重效用

我們可以看一下伊斯蘭教的一個習俗「齋戒」，遵從齋戒的人們每天從日出到日落期間需要停止進食。其實這是一個限時進食的斷食法。在英國醫院工作時也遇過一些要齋戒的病人，當時齋戒的月份是夏天，日照時間較長，因此他們告訴我差不多要到深夜時間才會開始煮食，一煮就是很大的分量，然後吃飽了到接近天亮才睡覺。有科學家研究了伊斯蘭教徒在齋戒月後

的體重與體脂變化，發現過重或肥胖的受試者的體重和體脂在齋戒月後均有下降，證明了限時進食可能有助減重。但當受試者完成齋戒月後回復正常飲食，體重便上升或回復到齋戒前的狀態。「齋戒」的限時模式與16：8或20：4有一點不一樣：齋戒是於深夜進食，一般的限時進食則於日間進食。最近有研究開始對比於較早時段的限時進食（下午五時前進食）跟較晚時段的限時進食（晚上十一時前進食）的減重成效，結果較早時段的限時進食有更佳的減重效果。這可能是因為較早時段進食較接近生理時鐘，相對之下較晚進食有可能會對身體組成、氧化壓力（oxidative stress，指體內的氧化物質例如自由基超過細胞的氧化能力，影響細胞的功能和結構）、胰島素抗性等帶來負面影響，但現時還需更多的科學證據去證明這個理論。

斷食法看來能帶來減重效果，但對比起傳統的持續卡路里赤字會更加有效嗎？2015年一篇系統性研究回顧中分析了40篇歷年來有關斷食法的文獻，其中的12篇直接將斷食法與持續卡路里赤字比較。學者們發現兩種減重方式的減重效果相若，受試者的脂肪量和非脂肪量（即反映肌肉量）的下降都沒有明顯差別。另外，在2018年的一篇研究中，實驗把150名過重或肥胖的受試者分為兩組，一組使用5：2斷食法，另一組則使用持續卡路里赤字，兩組的每週平均卡路里赤字相同，攝取為總卡路里消耗的80%。結果兩組的體重下降並沒有明顯的差別。同樣在2022年的一篇研究亦顯示斷食在影響減重和食慾方面與持續卡路里赤字都沒有明顯的分別。所以與傳統的減重方式相比，斷食並沒有帶來更佳的減重效果。學者認為斷食法的減重效果可能跟傳統的減重方式同樣來自於卡路里赤字，斷食法可以透過限制進食時間從而減少總卡路里攝取，但當斷食帶來的卡路里赤字和其他減重方法相若時，減重的效果亦未必有明顯差別。

斷食法能改善健康？

　　除了減重以外，近年亦有斷食法可以幫助改善健康，更對糖尿病、心血管疾病，甚至癌症等有一定幫助的說法。一篇 2023 年的系統性研究回顧分析了 47 篇有關斷食能否改善代謝症候群（metabolic syndrome）包括二型糖尿、高血壓、高膽固醇等健康問題的研究。研究發現隔日斷食比起限時進食更能增加身體細胞自噬（autophagy）即細胞自我修復的機制，另外還有提升胰島素敏感度以及減少身體發炎的好處。學者認為這是因為隔日斷食的節食時間比起限時進食為長，所以能達到更大的卡路里赤字，進而增加減重效果並帶來以上對身體健康的好處。研究亦顯示斷食能增加高密度脂蛋白膽固醇（即好膽固醇），以及降低總膽固醇和三酸甘油酯。同時二型糖尿患者也能通過斷食降低空腹血糖。在 2020 年的一篇研究顯示血糖水平較高（糖化血紅素高過或等於 5.7%）的受試者在 12 週的斷食後空腹血糖和糖化血紅素都有明顯的下降，另外他們都有明顯的體重下降。

　　如果傳統的持續卡路里赤字也能帶來與斷食相若的減重效果，那麼在改善健康方面的效果也相若嗎？的確 2022 年的一篇系統性研究回顧發現斷食與傳統的減重方式對於改善血壓、空腹血糖、總膽固醇、三酸甘油酯都有相若的好處，兩者沒有明顯的分別。這樣看來斷食對身體帶來的好處很大程度也是因為體重下降。斷食只是控制體重的其中一種方法，而並非只有斷食才能帶來以上好處，我們可以視斷食作為其中一種有效減重並有利健康的飲食模式。

斷食對運動表現的影響

　　至於斷食會否影響運動表現，在現有的研究當中，有一些表示斷食對耐力訓練有負面影響，亦有不少研究顯示斷食與正常飲食組在睡眠時間與卡路

里攝取相若的情況下耐力運動表現並沒有明顯差別。例如在 2007 年的一個研究中，正在進行齋戒的阿爾及利亞籍足球員耐力表現下降了 16%，估計可能是齋戒導致休息不足。但在一年後的另一個研究中，並沒有發現齋戒對突尼西亞籍球員的耐力表現有影響。

重訓方面，在 2016 年的一個研究中，有重訓經驗的受試者被分為兩組，一組進行 16：8 斷食並在進食時段內的下午 4 至 6 時進行重訓，另一組則進行正常飲食與重訓，兩組都攝取體重持平卡路里，蛋白質攝取達到約每天每公斤體重 1.8 克。在八週後，兩組的肌肉量以及力量表現相若而且肌肉量沒有明顯下降。另外 2022 年的系統性研究回顧發現在蛋白質及水分攝取充足的情況下，短暫的限時進食對於有重訓習慣的人士而言肌肉量及肌力都沒有影響。

2023 年發佈的一篇系統性研究回顧發現斷食可能對高水平運動員的表現有負面影響，但對業餘運動員的表現則沒有影響。而且文獻大多顯示斷食不會或可能為運動表現帶來負面影響，卻未有研究發現斷食對表現帶來正面影響。不過學者提出了斷食帶來減重和健康的好處有可能為減少運動受傷的風險以及增加運動後的身體復原。我們需要日後更多的研究去證明斷食對運動表現長遠的影響 。

實踐斷食時需注意的地方

斷食時在進食週期內沒有卡路里攝取的限制，對一部分人來說感到心理上有相對較少的束縛，但對其他人來說斷食期間的低卡路里攝取帶來難以忍受的飢餓感。有些人進行斷食能成功減重，但有些人卻不成功，這可能是因為在節食過後的進食週期內暴飲暴食以致平均卡路里攝取未能帶來卡路里赤字，甚至造成卡路里盈餘，導致增脂而非減脂。有研究顯示斷食的空腹和

飽腹循環可能引致暴食問題，而且未必適合曾經或傾向有飲食失調問題的人士。另外，進行斷食可能難以配合身邊的朋友、同事和家人的飲食習慣並影響社交和工作，例如無法參與聚餐。曾經有在進行 5：2 斷食的客人告訴我節食日子期間非常低卡路里攝取帶來的飢餓感令她難以應付平日上班的工作，她亦因要節食而推掉跟公司客人的午飯影響了工作，反而持續卡路里赤字更容易應付。不過在十篇比較斷食與持續卡路里赤字的研究中發現，有一半的研究顯示進行斷食後中途退出實驗的受試者比例較持續卡路里赤字的低，代表斷食可能較容易遵從。因此斷食合適與否因人而異。一些本身有病患例如糖尿病人，以及一些特殊群組如孕婦、兒童及青少年等可能並不適合進行斷食，應先尋求專業人士意見。最後，如果需要在斷食期間減少肌肉流失或增肌，建議把重訓安排於進食時段內，令重訓前後有足夠的卡路里以及蛋白質去促進肌肉合成。

參考資料

Conde-Pipó, J., Mora-Fernandez, A., Martinez-Bebia, M., Gimenez-Blasi, N., Lopez-Moro, A., Latorre, J. A., ... & Mariscal-Arcas, M. (2024). Intermittent Fasting: Does It Affect Sports Performance? A Systematic Review. *Nutrients*, *16*(1), 168.

Fernando, H., Zibellini, J., Harris, R., Seimon, R., Sainsbury, A. (2019). Effect of ramadan fasting on weight and body composition in healthy Non-Athlete Adults: A systematic review and meta-analysis. *Nutrients*, *11*(2), 478.

Levy, E., Chu, T. (2019). Intermittent fasting and its effects on athletic performance. *Current Sports Medicine Reports*, *18*(7), 266–269.

Mandal, S., Simmons, N., Awan, S., Chamari, K., & Ahmed, I. (2022). Intermittent fasting: eating by the clock for health and exercise performance. *BMJ open sport & exercise medicine*, *8*(1), e001206.

Moro, T., Tinsley, G., Bianco, A., Marcolin, G., Pacelli, Q. F., Battaglia, G., Palma, A., Gentil, P., Neri, M., Paoli, A. (2016). Effects of eight weeks of time-restricted feeding (16/8) on basal metabolism, maximal strength, body composition, inflammation, and cardiovascular risk factors in resistance-trained males. *Journal of Translational Medicine*, *14*(1), 290.

Schübel, R., Nattenmüller, J., Sookthai, D., Nonnenmacher, T., Graf, M. E., Riedl, L., Schlett, C. L., von Stackelberg, O., Johnson, T., Nabers, D., Kirsten, R., Kratz, M., Kauczor, H.-U., Ulrich, C. M., Kaaks, R., Kühn, T. (2018). Effects of intermittent and continuous calorie restriction on body weight and metabolism over 50 wk: A randomized controlled trial. *The American Journal of Clinical Nutrition*, *108*(5), 933–945.

Seimon, R. V., Roekenes, J. A., Zibellini, J., Zhu, B., Gibson, A. A., Hills, A. P., Wood, R. E., King, N. A., Byrne, N. M., Sainsbury, A. (2015). Do intermittent diets provide physiological benefits over continuous diets for weight loss? A systematic review of clinical trials. *Molecular and Cellular Endocrinology*, *418 Pt2*, 153–172.

Wei, X., Cooper, A., Lee, I., Cernoch, C. A., Huntoon, G., Hodek, B., Christian, H., Chao, A. M. (2022). Intermittent energy restriction for weight loss: A systematic review of cardiometabolic, inflammatory and appetite outcomes. *Biological Research For Nursing*, *24*(3), 410–428.

Wilkinson, M. J., Manoogian, E. N. C., Zadourian, A., Lo, H., Fakhouri, S., Shoghi, A., Wang, X., Fleischer, J. G., Navlakha, S., Panda, S., & Taub, P. R. (2020). Ten-Hour Time-Restricted Eating Reduces Weight, Blood Pressure, and Atherogenic Lipids in Patients with Metabolic Syndrome. *Cell metabolism*, *31*(1), 92–104.e5. https://doi.org/10.1016/j.cmet.2019.11.004

Xie, Z., He, Z., Ye, Y., & Mao, Y. (2022). Effects of time-restricted feeding with different feeding windows on metabolic health: A systematic review of human studies. *Nutrition*, *102*, 111764.

低碳飲食也是減重方法之一？

　　某天我如常約見一個跟進了超過一年的年輕客人 H 女士。那次她一進來便一臉緊張的樣子，令我以為發生了什麼事，她問我：「Jaclyn，你還會接收新客人嗎？我媽想見你！」我鬆了一口氣，心想這有什麼好緊張的，我說：「那當然沒問題，但是她有什麼事嗎？」我還沒有說完她便打斷了我的說話，急速地說：「那太好了！我昨天晚上跟我媽爭論了很久，她說她要減重但要戒掉澱粉質，我告訴她不是這樣做的，但她就是不相信我。」我拍拍 H 的肩膀，微笑說：「你忘了自己一年前來見我的時候，我告訴你要多吃一點澱粉質的時候，你也是一臉不相信嗎？現在你多吃了澱粉卻減了 15% 體脂，就證明我說的沒錯了。這樣吧，我約你媽媽下星期六來見我，到時候我為她做一個詳細的營養諮詢！」

什麼是低碳飲食？

　　若以科學角度來解釋，一般成年人的碳水建議攝取量為總卡路里攝取的 45% 至 65%。如攝取量低於 40% 就屬低碳飲食 （low-carbohydrate diet），通常佔總卡路里攝取的 10% 至 40%，相等於約 50 至 150 克的碳水。

的確，我所接觸需要減重的客人或者是舉辦講座的問答環節中，「澱粉質戒還是不戒」這個幾乎是必然會被問到的問題。我們要先釐定究竟何謂「戒」。大部分說要「戒」澱粉質的客人，其實都只是戒掉米飯，其他粉麵或番薯卻不算進澱粉質食物。又或，「戒掉」澱粉質的時間只限於星期一至五上班帶飯的時候，假日外出吃飯時就沒有堅守「戒」澱粉質的原則。可見，絕大部分人嘗試做的其實只是「減少」，而非「戒掉」，這兩項分別是不同的概念。至於「戒掉」碳水則為另外一個飲食法，叫「生酮飲食」，生酮的碳水的攝取量比低碳更少，這個飲食法我們於下一篇會詳細探討。

低碳飲食減重效果非凡？

人云亦云的會說：「聽朋友說減碳對減肥很有效的，他們都瘦了很多呢！」常看社交平台的會說：「網上都說減碳可以降低胰島素分泌，減少血糖轉化為脂肪儲存在身體。」聽完我的營養講座的會說：「Jaclyn，我看過了些文獻說低碳飲食很可能會影響荷爾蒙分泌，從而提升身體的卡路里消耗，有利製造卡路里赤字並帶來更好的減重效果，這都是真的嗎？」

以上的理論哪些是真，哪些是假？事實上低碳飲食比其他減重方法更有效嗎？首先，不論是哪種巨量營養素，碳水、脂肪或是蛋白質，進食過量亦即有過多的卡路里攝取，也會於體內儲存為脂肪。所以反過來看，減少任何一種巨量營養素的攝取便能減少卡路里攝取，從而令體重下降，並不是減碳獨有的減重效果。在2015年的一個研究中，19名肥胖的受試者被分為兩組，在相同的卡路里赤字下，一組進行低脂飲食，另一組進行低碳飲食。結果兩組的體重均有下降，而雖然低碳組對比一開始攝取持平卡路里時期出現胰島素分泌下降以及脂肪氧化上升的現象，但對比起低脂組，低碳組的脂肪重下降幅度卻比較少。有不少研究亦指出短期的低碳飲食會使體重下降得較快，但長期的減重效果與低脂飲食基本上沒有明顯分別。這是因為低碳飲食在執

行初期會令體內的醣原儲備減少，醣原本身會連帶水分儲存於體內，低碳帶來的水分流失會令體重在短時間內下降，但實際並非有真正的脂肪下降。

另外，有研究指出在相同的卡路里攝取下，低碳組在減重後的總卡路里消耗下降幅度的確比低脂組少，即低碳組能保持較高的總卡路里消耗，而造成卡路里消耗差異的原因仍有待查證，但學者估計可能涉及以不同營養素為燃料而影響了代謝效率，以及一些荷爾蒙的改變而致。於 2022 年的一篇系統性研究回顧綜合了 11 篇比較低碳高脂飲食和低脂高碳飲食的減重研究，發現低碳高脂比起低脂高碳帶來更大幅度的體重下降，但總膽固醇和低密度脂蛋白膽固醇下降的幅度則沒有低脂高碳飲食多。不過比較兩組之間的體脂、瘦體重（即反映肌肉量）、血壓、血糖和三酸甘油酯水平的變化都沒有明顯分別，學者因此總結兩種飲食方法同樣能帶來減重效果以及降低患心血管疾病風險。看來低碳飲食的確沒有比高碳飲食優勝，在同樣的卡路里赤字下，低碳飲食並沒有帶來更佳的減重效果。低碳飲食可能只是透過減少碳水攝取來製造卡路里赤字，達到減重效果。

實踐低碳飲食的利與弊

為什麼低碳飲食這麼流行？它的一大好處是很容易在日常生活中實踐。營養師跟要減重的客人訂立低碳餐單是最容易不過。例如香港大部分餐廳的食物都有較大分量的澱粉質如白飯、意粉等，客人只要控制好澱粉質分量便可達到低碳標準，從而減少卡路里攝取。而且減少碳水攝取很可能同時令他們減少了高脂肪高糖的食物攝取，例如蛋糕和巧克力等，進一步減少整體的卡路里攝取。不過對於長期習慣攝取大量碳水的人士來說，要長時間維持低碳飲食可能有一定難度。再者，一些穀物類例如紅米、藜麥、番薯、全麥麵包等含豐富維生素、礦物質及膳食纖維，如果不食用或進食過少可能會導致營養不均，亦容易造成便秘，影響腸道健康。一些本身患有慢性疾病的病

患，以及一些特殊群組如孕婦、兒童及青少年等可能並不適合進行低碳飲食，應先尋求專業人士意見。

有一個減重客人差不多每個星期見面的時候，都跟我說害怕澱粉質吃太多，因此每餐不吃澱粉但吃大量餸菜。其實低碳可能意味著蛋白質和脂肪的攝取會提高，同樣是每克 4 卡的蛋白質，甚至是每克 9 卡的脂肪更可能增加卡路里攝取，無助減重。攝取尤其是高脂肉類或會增加血液膽固醇，不利於心血管健康。我建議他每餐吃足一碗澱粉質，選低脂的肉類，這客人聽過解釋並遵從後，他的蛋白質和脂肪攝取沒有過多，飲食變均衡了，體重也下降。

低碳飲食不應被神化，它或只是一個容易達到卡路里赤字從而減重的工具。我們應清楚理解背後的減重科學理論，考慮它的利與弊後，最後覺得適合自己才去進行。

參考資料

Aragon, A. A., Schoenfeld, B. J., Wildman, R., Kleiner, S., VanDusseldorp, T., Taylor, L., Earnest, C. P., Arciero, P. J., Wilborn, C., Kalman, D. S., Stout, J. R., Willoughby, D. S., Campbell, B., Arent, S. M., Bannock, L., Smith-Ryan, A. E., & Antonio, J. (2017). International Society of Sports Nutrition Position Stand: Diets and body composition. *Journal of the International Society of Sports Nutrition, 14*, 16.

Barber, T. M., Hanson, P., Kabisch, S., Pfeiffer, A. F., & Weickert, M. O. (2021). The low-carbohydrate diet: Short-term metabolic efficacy versus longer-term limitations. *Nutrients, 13*(4), 1187.

Ebbeling, C. B., Swain, J. F., Feldman, H. A., Wong, W. W., Hachey, D. L., Garcia-Lago, E., & Ludwig, D. S. (2012). Effects of dietary composition on energy expenditure during weight-loss maintenance. *Jama, 307*(24), 2627-2634.

Hall, K. D., Bemis, T., Brychta, R., Chen, K. Y., Courville, A., Crayner, E. J., Goodwin, S., Guo, J., Howard, L., Knuth, N. D., Miller, B. V., Prado, C. M., Siervo, M., Skarulis, M. C., Walter, M., Walter, P. J., & Yannai, L. (2015). Calorie for calorie, dietary fat restriction results in more body fat loss than carbohydrate restriction in people with obesity. *Cell Metabolism, 22*(3), 427–436.

Johnston, B. C., Kanters, S., Bandayrel, K., Wu, P., Naji, F., Siemieniuk, R. A., Ball, G. D., Busse, J. W., Thorlund, K., Guyatt, G., Jansen, J. P., & Mills, E. J. (2014). Comparison of weight loss among named diet programs in overweight and obese adults. *JAMA, 312*(9), 923–933.

Oh, R., Gilani , B., & Uppaluri, K. R. (2021). Low Carbohydrate Diet . In Statpearls. essay, Treasure Island (FL): StatPearls Publishing. Retrieved from https://www.ncbi.nlm.nih.gov/books/NBK537084/.

Yang, Q., Lang, X., Li, W., & Liang, Y. (2022). The effects of low-fat, high-carbohydrate diets vs. low-carbohydrate, high-fat diets on weight, blood pressure, serum liquids and blood glucose: a systematic review and meta-analysis. *European Journal of Clinical Nutrition, 76*(1), 16–27.

低碳飲食會影響運動表現嗎？

　　記得曾經有個客人看著自己的低碳餐單問我：「你不是跟我說過做運動都會需要碳水來為身體提供能源嗎？如果碳水一直不夠，肌肉醣原下降，不是會影響了運動表現嗎？」我說：「答案是對還是不對，要看的是做些什麼類型的運動，通常強度愈高，時長愈久的運動我們會比較需要碳水。但是在某些情況下就算是馬拉松選手也會進行低碳訓練以提升運動表現呢！」客人一臉困惑地看著我說：「低碳怎麼還能提升運動表現？」以下讓我們一起探討低碳對於不同運動是有怎樣的影響吧！

低碳會影響重訓表現？

　　重訓前吃不吃碳水是對訓練表現即時的影響，這點在之前的文章已有提及。如果是長期進行低碳飲食，即為期數星期甚至數月，會對訓練產生影響嗎？於 2022 年的一篇系統性研究回顧綜合了 17 篇關於長期低碳對重訓表現影響的研究，當中有 16 篇都顯示低碳飲食沒有對重訓表現帶來明顯的負面影響。這可能與身體恢復醣原儲備的能力有關，當攝取的碳水不足時，身體仍可以以脂肪或蛋白質轉化為醣原供肌肉使用，這反映長期的低碳飲食未必會對重訓表現造成影響。另外，有 15 篇比較長時間進行低碳與高碳飲食對於非脂肪重或肌肉厚度影響的研究，當中大部分研究發現兩組的飲食方式對

肌肉量的影響沒有明顯分別，跟對表現也沒有明顯分別的結果一致。但其中五篇卻發現高碳飲食比起低碳傾向能較好地保留肌肉量。不過要注意的是這五篇研究的高碳組同時也比低碳組攝取更多的卡路里，可能因此而對保留肌肉量有利。

那麼對耐力訓練的表現又有影響嗎？

低碳飲食或對重訓的影響比較少，但對於碳需求較高的耐力訓練可能有負面影響。過去有一個研究以單車運動員為對象，在卡路里攝取不變的情況下，分成低碳組（13% 碳水攝取）、正常攝取組（54% 碳水攝取）以及高碳組（72% 碳水攝取）。結果低碳組在運動時較快感到疲倦，與其餘兩組有明顯分別。雖然看來有碳水攝取愈高運動員會較慢才感到疲倦的趨勢，但正常攝取組與高碳組在實驗結果上並沒有明顯差異。實驗證明低碳飲食能對耐力訓練的表現造成明顯的負面影響。耐力訓練與重量訓練的主要差異在於兩者的運動持續時間不一，重量訓練不需要大量的碳水化合物作能量來源，而耐力訓練，例如馬拉松、公路單車等則需要大量的碳水和醣原去支持長時間的運動消耗。所以在選擇低碳飲食前，可以先考慮是否適合自己的運動模式，以免影響運動表現。

在耐力運動表現的應用

看過一個職業三項鐵人運動員的訓練及飲食課表，他基本上每天最少有兩課訓練。可能你會覺得他每節訓練都需要大量的碳水，但細看他的飲食規劃當中，一些強度低的訓練如早上 90 分鐘輕鬆跑、40 分鐘輕鬆單車訓練等之前都只喝一杯咖啡，這些訓練前一天的晚上也不吃碳水，這是出錯了嗎？近年有研究指出如在進行低強度訓練前減少碳水攝取能夠加強訓練效果，那便是現今流行的「低碳訓練策略」（train low strategy）。其原理是透過

低碳訓練可以刺激更多的線粒體生成（mitochondrial biogenesis），而線粒體主要負責為身體產生可以提供能量的物質——三磷酸腺苷（adenosine triphosphate），因此線粒體的數量上升代表運動員產生能量的效率提升。所以於低強度訓練時進行低碳攝取，並將得到的能量好處留在高強度運動時發揮，表現或會因此而進步。

減重時的碳循環策略

在減重期間，卡路里以及碳水攝取不足可能影響運動表現。這時候我們可以考慮使用碳循環策略，每天因應不同的訓練來編排碳水攝取的高低，使訓練日有足夠的碳水作訓練的能量來源，減低對訓練質素的影響。

那麼碳循環該如何編排呢？我普遍會根據訓練課表內每課訓練的強度高低、訓練項目及目標，以及休息日的分佈來編排飲食。高強度訓練配合高碳高卡路里日，休息日配合低碳低卡路里日，蛋白質和脂肪的攝取量維持不變，整個星期的平均卡路里攝取也不變，仍然維持卡路里赤字以達到減重效果。這樣的編排避免了繁複的巨量營養素計算，比較容易執行。但需注意有些人一不小心誤把高碳日當作欺騙日（cheat day），那便功虧一簣了。至於碳水及卡路里攝取的高和低實際上該如何計算是因人而異。一般來說我會先向客人了解在低碳日可接受的最低卡路里攝取需求，因為即使當天不用訓練，編排也要關顧到客人日常工作上的能量需要。找到卡路里後就能計算出在蛋白質和脂肪攝取盡量維持不變的情況下碳水的攝取量。要做到整個星期的平均卡路里攝取不變，只要計算了低碳日的卡路里攝取後就能順利找出高碳日的碳水及卡路里攝取。通常我會讓客人試驗這樣的碳水分佈一到兩星期，再根據高卡日的訓練表現和低卡日的耐受度微調高和低卡日的碳水差距，讓碳循環得以運用得宜。以下是一個配合運動安排的碳調配例子：

	星期一	星期二	星期三	星期四	星期五	星期六	星期日
重訓	高強度	/	高強度	/	低強度	高強度	/
帶氧	低強度	低強度	/	高強度	/	低強度	/
碳水攝取	高	低	高	高	低	高	低
卡路里攝取	高	低	高	高	低	高	低

　　當低碳飲食應用到運動層面，我們會有不少考慮，什麼運動需要多少碳水、什麼時候能用低碳而什麼時候不能、本身有沒有減重目標等。身為營養師，我們都要了解清楚每個客人的各方面，之後才可訂立一個最能配合運動訓練的飲食方案。

參考資料

Burke, L. M., Hawley, J. A. (2018). Swifter, higher, stronger: What's on the menu? *Science*, *362*(6416), 781–787.

Henselmans, M., Bjørnsen, T., Hedderman, R., & Vårvik, F. T. (2022). The Effect of Carbohydrate Intake on Strength and Resistance Training Performance: A Systematic Review. *Nutrients*, *14*(4), 856.

O'Keeffe, K. A., Keith, R. E., Wilson, G. D., & Blessing, D. L. (1989). Dietary carbohydrate intake and endurance exercise performance of trained female cyclists. *Nutrition Research*, *9*(8), 819–830.

Slater, G., & Phillips, S. M. (2011). Nutrition guidelines for strength sports: sprinting, weightlifting, throwing events, and bodybuilding. *Journal of Sports Sciences*, *29*(S1), S67–S77.

生酮飲食能有效減重嗎？

近年來生酮飲食愈趨普遍，坊間不少人用以作減肥用途，亦有一些運動員會使用生酮飲食，聲稱能提升運動表現。事實上這個飲食方法不是近幾年才出現，由二十世紀初開始生酮飲食是用來治療兒童癲癇症，直到現在醫院的兒科營養師仍然有使用在病人身上作治療用途。那為什麼生酮飲食突然之間會用作減肥？

生酮飲食是什麼？

生酮飲食（ketogenic diet）是一個極低碳水攝取的飲食方法，每天進食 20 至 50 克碳水，佔總卡路里攝約 5% 至 10%，這個攝取量有如「戒掉」所有高碳水食物。脂肪攝取則提高至總卡路里攝取的 70% 至 80%，而蛋白質攝取維持於中等水平，佔總卡路里攝取約 10% 至 20%。身體本身以碳水為主要能量燃料，但在極低碳水化合物攝取情況下迫使身體進入「生存模式」改以脂肪為燃料，產生代謝物「酮體」（ketones）提供能量。可能你會覺得這就代表生酮飲食能增加脂肪消耗，但有研究顯示在相同卡路里赤字下的非生酮飲食與生酮飲食相比，生酮飲食並沒有帶來更多的脂肪消耗。

背後的減重原理

　　身邊的朋友、同事和親友等都有提及過以生酮的方式飲食，很快就瘦了一兩個碼，究竟為什麼會有這麼多成功的減重例子？首先，剛開始生酮飲食的首兩星期可能會帶來極速體重下降，甚至多達 10 磅，這是源於體內醣原大幅減少令身體排出大量水分，很多人誤以為這樣的體重下降是由於脂肪減少，事實上卻是身體水分的流失。再者，生酮飲食有著非常嚴格的飲食要求。為達到極低的碳水化合物攝取，可以想像一般高碳高糖食物如飯、粉麵、麵包、蛋糕、巧克力、薯片等都不能進食。本來去茶餐廳吃的切雞飯加凍檸茶，實行生酮飲食後就要「走飯」，凍檸茶「走甜」，去戲院看電影不能再吃爆谷，同事在日本買回來的餅乾手信也要拒絕了。繼而跟朋友到外面聚餐選擇食物及餐廳亦變得困難，平常吃的比薩、意粉等都不符合生酮標準，反而會選一些主打生酮菜式的餐廳——現在生酮普及到生酮火鍋或生酮甜品都有。另外，蔬菜及水果的選擇和分量也受限制，只能選一些較低碳密度的水果如小量士多啤梨、紅莓、檸檬等。以上的種種食物限制很可能間接造成了卡路里赤字並達到減重效果。不過有個別研究指出生酮飲食或有助抑制食慾從而減少卡路里攝取，亦有研究顯示生酮飲食有效提升靜態代謝消耗而達至減重效果，但至今減重原理仍受爭議。

這是一個安全的飲食模式嗎？

　　不少人會質疑的是生酮的安全性，可能是聽過身邊進行生酮的朋友會吃掉一整塊雞皮或在咖啡加入牛油（又名防彈咖啡，bulletproof coffee）等，不禁會想：「這麼高脂肪的攝取不會增加出現心血管問題的風險嗎？」

　　曾有研究指出生酮飲食用於兒童癲癇症治療會增加兒童的總膽固醇以及三酸甘油酯水平長達 24 個月。一篇 2023 年發佈的研究亦發現體重適中

的成年人進行生酮飲食後血液的總膽固醇及低密度脂蛋白膽固醇（即壞膽固醇）有明顯的上升，但同時高密度脂蛋白膽固醇（即好膽固醇）亦有明顯增加，三酸甘油酯水平則與對照組沒有顯著分別。於是學者建議進行生酮飲食時的確應注意可能帶來的高膽固醇風險。如果膽固醇指數變差，可選一些好脂肪來源如橄欖油來代替牛油去達到每天脂肪需求。除了心血管的影響以外，穀物類食物以及蔬菜水果的嚴格限制可致營養不均以及微量營養素如維生素 B 雜、維生素 C、鎂、磷等的不足，同時減少了膳食纖維的攝取可能導致便秘。另外，剛開始生酮飲食時出現的「酮症感冒」（keto flu）是由於身體需要適應以酮體為能量來源，或會出現頭痛、頭暈、噁心、腦霧、疲態等症狀。亦有個別研究指出生酮飲食帶來的營養不均或有可能增加患有腎石、尿酸過高等的健康風險。因此進行生酮飲食可能有一定健康風險，開始之前應先衡量自己的身體狀況，需要時可先諮詢專業人士的意見。

對於增肌而言又是否合適？

至於不少健身人士會關注到生酮飲食會否影響增肌效果。2023 年的一篇關於以生酮飲食與增肌減脂的系統性研究回顧發現有重訓習慣人士進行生酮飲食比起非生酮飲食能更有效減重及減脂，但同時亦流失較多的非脂肪體重（即反映肌肉量）。有人認為生酮飲食影響增肌是因為極低碳水化合物攝取可能減少胰島素及胰島素樣生長因子 –1(IGF–1) 的分泌，不利肌肉合成。另一邊廂卻有研究顯示體內酮體上升有抗氧化及抗炎作用，或減少肌肉流失。真正影響增肌的原因還有待證實，但我們要知道的是要有效增肌便要配合重訓攝取足夠蛋白質。進行生酮飲食時卻不能攝取很多的蛋白質，因蛋白質分解成碳水化合物或會減少體內酮體。所以這也可能是生酮飲食未能有效防止肌肉流失的原因之一。

那麼生酮飲食會影響運動表現嗎？於2021年發表的一篇系統性研究回顧發現實踐生酮飲食對於用作判斷肌力及爆發力運動表現的16個指標中的11個沒有影響，包括最大肌力測試亦沒有明顯下降。2023年的一篇系統性研究回顧綜合了18篇對比生酮飲食與非生酮飲食對於運動表現的影響的研究，學者們則發現非生酮飲食組於單車計時測試及最大肌力測試中表現較佳，他們並總結生酮飲食不適合用以提升高強度單車運動表現和最大肌力。看來生酮飲食有效減重減脂卻未必有效增肌；對比起非生酮飲食，生酮飲食對於運動表現的提升尤其是帶氧運動都未必理想。

實踐生酮飲食需注意的地方

曾經有客人找我的時候告訴我她正在進行生酮飲食減重，當我問到她的飲食習慣時發現她平日中午帶飯的時候會加入藜麥，而藜麥是碳水豐富的食物。她驚訝地問：「藜麥不是蛋白質來源嗎？」因此很大可能她一直以來只是進行低碳飲食而根本沒有進入酮症狀態。她也不是唯一出現這個問題的客人，之前亦有客人進行生酮飲食時誤以為番薯和燕麥這些高碳食物是可以進食的。實踐生酮飲食時必須遵從它的極低碳水及高脂進食比例，建議可買一些酮體試紙來測試自己有否進入酮症狀態。另外，在開始生酮飲食之前，可先問一下自己這個嚴格的飲食方式能維持多久？如果不能長久的話，減重後回到原本的飲食方式，體重豈不又反彈？的確生酮飲食可能帶來快速的減重效果，但不是每個人都能夠持續進行這種較極端的飲食方式，對於社交方面或帶來困難。同時長期進行的話可能有一定健康風險，開始前應多加考慮及尋求專業人士意見。

參考資料

Ashtary-Larky, D., Bagheri, R., Asbaghi, O., Tinsley, G. M., Kooti, W., Abbasnezhad, A., ... & Wong, A. (2021). Effects of resistance training combined with a ketogenic diet on body composition: a systematic review and meta-analysis. *Critical Reviews in Food Science and Nutrition*, *62*(21), 5717–5732.

Bostock, E. C. S., Kirkby, K. C., Taylor, B. V., & Hawrelak, J. A. (2020). Consumer Reports of "Keto Flu" Associated With the Ketogenic Diet. *Frontiers in nutrition*, *7*, 20. https://doi.org/10.3389/fnut.2020.00020

Hall, K. D., Chen, K. Y., Guo, J., Lam, Y. Y., Leibel, R. L., Mayer, L. E., ... & Ravussin, E. (2016). Energy expenditure and body composition changes after an isocaloric ketogenic diet in overweight and obese men. *The American Journal of Clinical Nutrition*, *104*(2), 324–333.

Joo, M., Moon, S., Lee, Y. S., & Kim, M. G. (2023). Effects of very low-carbohydrate ketogenic diets on lipid profiles in normal-weight (body mass index < 25 kg/m2) adults: a meta-analysis. *Nutrition Reviews*, *81*(11), 1393–1401. https://doi.org/10.1093/nutrit/nuad017

Koerich, A. C. C., Borszcz, F. K., Thives Mello, A., de Lucas, R. D., & Hansen, F. (2023). Effects of the ketogenic diet on performance and body composition in athletes and trained adults: A systematic review and Bayesian multivariate multilevel meta-analysis and meta-regression. *Critical Reviews in Food Science and Nutrition*, *63*(32), 11399–11424.

Crosby, L., Davis, B., Joshi, S., Jardine, M., Paul, J., Neola, M., & Barnard, N. D. (2021). Ketogenic Diets and Chronic Disease: Weighing the Benefits Against the Risks. *Frontiers in nutrition*, *8*, 702802. https://doi.org/10.3389/fnut.2021.702802

Murphy, N. E., Carrigan, C. T., & Margolis, L. M. (2021). High-fat ketogenic diets and physical performance: A systematic review. *Advances in Nutrition*, *12*(1), 223–233

Paoli, A., Cenci, L., Pompei, P., Sahin, N., Bianco, A., Neri, M., ... & Moro, T. (2021). Effects of two months of very low carbohydrate ketogenic diet on body composition, muscle strength, muscle area, and blood parameters in competitive natural body builders. *Nutrients*, *13*(2), 374.

Sumithran, P., Prendergast, L. A., Delbridge, E., Purcell, K., Shulkes, A., Kriketos, A., & Proietto, J. (2013). Ketosis and appetite-mediating nutrients and hormones after weight loss. *European Journal of Clinical Nutrition*, *67*(7), 759–764.

Yang, M. U., & Van Itallie, T. B. (1976). Composition of weight lost during short-term weight reduction. Metabolic responses of obese subjects to starvation and low-calorie ketogenic and nonketogenic diets. *The Journal of clinical investigation*, *58*(3), 722–730.

Yılmaz, Ü., Edizer, S., Köse, M., Akışin, Z., Güzin, Y., Pekuz, S., Kırkgöz, H. H., Yavuz, M., & Ünalp, A. (2021). The effect of ketogenic diet on serum lipid concentrations in children with medication resistant epilepsy. *Seizure*, *91*, 99–107.

明明要減重，但為何需要先停止節食？

有些客人來找我就是為了要減重，可能他們之前已經減重很多遍但是都不成功，而長期處於減重的思維及飲食模式。多年減重令他們跟食物的關係變差，並不懂得聆聽身體發出的訊號和需求來進食，有些甚至出現飲食失調的症狀。比如說之前有客人長時間在嘗試減重但仍沒法成功減重，她告訴我她平日只吃一餐正餐，其餘時間吃大量的蔬菜，然後到週末就會大吃大喝，吃整桶炸雞、整個比薩、一桶家庭裝雪糕等，之後感到非常內疚。聽到這樣的飲食習慣，我不是要她繼續減重，而是先讓她改變不健康的飲食習慣，並開始與食物建立良好的關係。這個方法就是直覺性飲食 (Intuitive Eating)，是一個早於上世紀七十年代已被提出的飲食概念，並於 1995 年由兩位營養師 Evelyn Tribole 及 Elyse Resch 正式命名，說的就是讓身體聆聽自己的信號，建立良好的飲食習慣。

為什麼身體失去飲食直覺？

直覺性飲食是我們與生俱來擁有的能力。比如嬰兒餓了會哭，吃飽了會推掉食物，這就是我們身體自我調節的能力。但是當我們長大後很多不同因素會蓋過本來的身體信號。以下是一些導致我們愈來愈沒有憑直覺去進食的能力的常見因素：

未對進食行為產生意識

　　有些人會無意識地吃很多。比如說一些工作繁忙的人士，可能因過於專注於工作並難以察覺飢餓感而導致長時間沒有進食。當他們進食的時候通常都會選擇方便或能快速進食的食物，並一邊吃一邊工作，沒有注意食物的營養價值，例如進食杯麵、快餐等。這樣便難以享受食物並忽略了自己的身體信號而容易吃過多。

將進食行為與情緒掛鉤

　　有些人會以食物來處理情緒，例如在感到壓力大、不開心或感到孤獨時，會透過進食來排解當下的負面情緒，通常選擇的都是一些高脂高糖食物。這樣把負面情緒跟進食掛鉤可能導致過量進食。

易受環境影響

　　一些容易被環境影響的人，無論是感到飢餓或已經有飽足感，看見家裡的櫥櫃有食物就會拿來吃，或看見新開張的甜品店就會光顧一下。有些人為了不要浪費食物，即使已經感到飽足還是把已購或餐盤上的食物清空，因此容易導致過量進食。

營養規劃導致飲食失控

　　可能你會認為對食物營養及卡路里計算有一定認識的人就不會出現以上情況，這倒也不是，這些有營養規劃的人一樣會有失控的情況。他們可能會在節食計劃開始之前放縱進食，或在節食計劃後暴飲暴食，暴食後又再次節食而不斷惡性循環。同樣也有一些注重健康飲食的人平日會用不少時間計劃

一天的飲食並避開不健康的食物。平日可能看似很健康，但到週末或聚餐就自我放縱，這樣與食物的關係也不健康。

十點助你重拾直覺性飲食

　　直覺性進食即能夠選擇自己想吃的食物而不會有罪咎感，飽肚後便會停止進食並感到滿足，不受一些節食的規則限制，與食物有良好的關係。以下是一些直覺飲食的基本原則，能幫助一些長期在減重的人士擺脫不斷節食的飲食觀念並一步一步重新建立原來擁有的直覺。

第一點：停止節食

　　首先必須要做到的是放棄所有節食計劃，停止計算卡路里。說到這裡有些人便會覺得很慌張，停止了節食，體重不就會上升嗎？事實上若開始實行直覺性飲食，聽從身體的信號，便能根據自己的需要調節飲食。這樣不再因節食而感到過於飢餓，也能減少暴食以及過於飽滯的情況，令飲食變得均衡。

第二點：感到飢餓便進食

　　長期節食會令我們忽視肚餓的感覺。為了讓身體從飲食得到足夠能量，應多留意身體在肚餓時會有的感覺，例如胃部發出的聲音、身體是否感乏力等。若感到飢餓就騰出時間來進食，讓身體習慣進食時間並準時發出肚餓的訊號。

第三點：感受飽肚感

　　進食時可以嘗試把注意力集中在身體的感覺上，留意自己是否已經有飽的感覺，在六至七分飽的時候已可停止進食。這在一開始並非容易做到，應避免在進食時分散注意力，而專注於食物的味道更能令自己感到滿足。另外，不需要把餐枱上的食物都清空，感到飽時就可停止進食，若感到浪費可以準備食物盒打包食物留待下一餐進食。遇到好吃的食物但已感飽肚可留待下次再品嘗，毋須在一餐裡放縱地吃而感過飽。

第四點：與食物和平共處

　　有些人在節食的時候會為某些食物畫上一條不能碰的界線，因為怕一旦吃了一口就會控制不了吃太多。比如說有客人說自己不能碰薯片，因為開了一包之後就會忍不住把整包吃完，然後感到非常有罪咎感。事實上我們應拋棄「某種食物不能碰」的思想並停止與食物爭鬥，這會令我們在無法再忍耐的時候暴吃被禁止的食物。我們可以嘗試容許自己吃想吃的食物而不責備自己和感內疚。

第五點：挑戰「食物警察」心理

　　節食久了很容易會建立了自己的食物警察，長期在評估不同食物應該吃還是不應該吃。進食蔬菜和水果時會感到滿意，進食炸雞和巧克力時則會責備自己。我們應避免非黑即白的思想，例如炸雞一定不健康，菜一定是健康等。事實上炸雞去皮也可以是不錯的蛋白質來源，而每餐只吃菜亦會導致營養不均。只要適量及均衡進食，食物並沒有好壞之分。

第六點：享受食物帶來的滿足

有客人曾經跟我說吃了一餐飯好像吃了空氣一樣，沒有真正地享受食物。其實我們進食時可嘗試仔細品嚐食物的每一口所含的味道、口感、香味、溫度等，這樣比起快速進食並吞嚥更能增加食物帶來的享受和滿足感。同時選擇在舒適及輕鬆的環境下進食，例如找個舒服的位置坐下來並給予自己足夠的時間進食亦能從中感到滿足。

第七點：不要以食物來安撫情緒

不餓但就是耐不住想找東西吃，究竟是為什麼？當這個情況出現的時候，可以先嘗試找出情緒出現的根源，再找方法來處理當下的情緒。比如說突然想吃零食並不是因為身體能量不足而是因工作壓力大。我們可嘗試以其他的方法去抒發情緒，例如找朋友傾訴、寫日記、做運動、聽音樂等。進食並無助解決負面情緒，甚至可能因為過度進食而產生罪咎感，使情況更差。

第八點：不追求完美飲食

飲食不是要完美才稱得上對身體最好，不需要每餐都是低油低鹽的食物。我們選擇能滿足身體營養需求的食物，同時也可以偶爾選擇一些營養價值沒那麼高而能令自己滿足的食物，適量而不過量也是均衡飲食重要的一環。

第九點：感受運動帶來的快感

我常常告訴客人不要覺得運動是減重工具而以「交功課」心態做運動，找到自己喜歡的運動除了能令身體健康，也是可以為自己帶來更多的快樂和享受。可以跟朋友一起去健身室、週末跟家人去行山等。專注運動為身體帶來的感受，例如身體變得更強壯、帶來心靈上的快樂、更好的睡眠等，這樣更能從中感受樂趣並由心而發地恆常運動。有良好運動觀念，能減輕進食時的心理壓力。

第十點：尊重自己擁有的體形

有些人為自己訂下了身型目標，達到了目標後卻還是對自己的身型不滿而訂下更多的目標，事實上他們永遠不會有滿意的一天。如果一直專注自己的不完美，可能會導致長期的身材焦慮。世上有很多不同體形的人，可以嘗試欣賞不同體態的美並接受自己的身體是獨一無二的，不需要強迫自己跟其他人一樣。多點欣賞自己的美，令自己活得更有自信及開心。

長期節食可能令自己逐漸失去直覺進食的能力，並破壞自己和食物的關係。當情況變差我們應該先停止節食，並可以嘗試直覺性飲食來讓身體恢復更好的身心靈狀態，避免出現更嚴重的飲食失調例如厭食症和暴食症等。聆聽身體需要對健康來說才是最好的。

參考資料

Tribole, E., & Resch, E. (2012). *Intuitive eating*. St. Martin's Griffin.

3.22

長期能量不足會怎麼樣？

很久以前我讀高中的時候有一名女同學為了減肥而瘋狂運動，每天都去跑步或游泳兩小時以上；她亦吃很少，基本上每天中午只見她吃一些青菜。之後她頻頻生病，月經也沒有來，有一天天氣很冷，她在學校走回宿舍的路途上暈倒而被送進醫院。這是一個過度減肥的實例，為了減重而過分節食以及過量運動導致身體能量不足而對身體造成傷害。事實上這個能量不足的情況不只會出現在一般減肥人士身上，一些運動員或運動愛好者亦可能會出現類似的情況。比如說一些長跑運動員每星期可能訓練超過一百公里而消耗很多能量，如果他們同時為保持身型而不敢在飲食上補充足夠能量，可能導致運動表現下降以及一連串的健康問題。

運動相對能量不足

我們稱在經常運動的人士身上出現的能量不足為運動相對能量不足（relative energy deficiency in sports, RED-S），意思就是指由於身體能量不足導致生理功能受損，為代謝率、月經功能、骨骼健康、免疫力、蛋白質合成、心血管健康等帶來負面影響。而運動相對能量不足的概念源於女性運動員三聯症（The female athlete triad），症狀包括無月經症、骨質疏鬆症及飲食失調。但在經過多年的研究後，學者們發現運動相對能量不足不只出現在女性身上，男性亦可能同樣受影響，同時對健康造成的損害比女性運

動員三聯症提到的更廣泛。因此國際奧林匹克委員會在 2014 年以運動相對能量不足來取代女性運動員三聯症來描述以上的情況。

身體的「能量可用性」

運動相對能量不足的成因與低能量可用性（low energy availability，LEA）有關，即指身體的能量攝取不足以應付運動與維持身體機能正常運作所需的能量。能量可用性是指把每天的總能量攝取扣除運動所消耗的能量，便得出可供身體日常使用的能量。

能量可用性計算公式

> （飲食中攝取的能量（千卡）− 運動消耗能量（千卡））÷
> 非脂肪重（公斤 / 天）= 每公斤非脂肪重每天所需要的能量

現今仍未有一個確實的標準來定義能量可用性的高與低，不過有以女性為受試者的研究指出能量可用性若大於每天每公斤非脂肪體重 45 卡便可以維持健康的生理機能，而低於 30 卡則大概等於基礎代謝率，可能會造成多個身體系統的失衡。以下我們會詳細探討低能量可用性對於生理及心理各方面的影響。

低能量可用性對健康的影響

1. 內分泌系統

低能量可用性可能影響女性的內分泌系統，導致甲狀腺功能及食慾調節荷爾蒙的改變，例如瘦素減少、飢餓素增加等。這些荷爾蒙的改變會傾向令

身體在能量不足的情況下攝取更多食物來補充能量，並儲存能量用以維持身體機能正常運作。另外亦有研究顯示在進行耐力運動的男性運動員身上亦發現睾酮的下降，這可能造成肌肉合成受抑制及骨質密度下降等影響。

2. 月經功能

不少女士也曾經因過度節食及過度運動導致月經失調，這與低能量可用性影響下視丘（hypothalamus）的功能有關，導致一些女性荷爾蒙的異常，引發無月經症。至於是否能量可用性低於 30 卡就會沒有月經，這則是因人而異的，亦視乎低能量可用性持續的時長。這點至今也沒有明確的標準，未來仍需更多的研究去探討。

3. 骨骼健康

一些研究發現低能量可用性可能導致骨質密度下降，而且骨頭的結構和骨骼的代謝轉換都可能有改變，令骨頭硬度下降，容易導致骨質疲勞性損傷，增加在運動期間受傷的風險。低體重指標（BMI）即過瘦亦是增加骨質密度下降的指標之一。

4. 代謝率

在低能量可用性的情況下，身體會為了避免體重下降得太快而降低身體消耗的能量，造成一些代謝荷爾蒙的改變以及靜態代謝率下降。在一份 2017 年的研究中，當體重適中的受試者透過運動及節食來製造卡路里赤字時，中等程度卡路里赤字（平均每日 633 卡赤字）的受試者測得靜態代謝率有明顯下降，而只有大幅度卡路里赤字的受試者（平均每日 1,062 卡赤字）有明顯代謝荷爾蒙的改變，包括瘦素、三碘甲狀腺氨酸

(triiodothyronine, T3）和胰島素樣生長因子–1的下降以及飢餓素的上升。

5. 缺乏鐵質

由於節食時食量減少，一些維生素及礦物質包括鐵質的攝取可能不足，同時女性經期期間的失血也可能導致鐵質流失。研究顯示大約24%至47%的女性運動員會出現缺鐵的問題。鐵質的主要功用是幫助紅血球運送氧氣到身體各個部位。因此在缺鐵的情況下可能影響甲狀腺功能、生育能力及骨骼健康。缺鐵還可能造成缺鐵性貧血，並帶來頭暈、虛弱、感到疲憊等症狀，這些症狀可能影響運動表現。

6. 心理影響

長期節食的人士對維持身型給予自己較大的壓力，並對體重增加有恐懼，可能容易造成抑鬱及飲食失調。2013年的研究中顯示運動員可能比一般人較容易患上飲食失調，包括厭食症、暴食症及狂食症。一些運動員對於自身體重以及身型感到較大的壓力，尤其身邊的人或大眾對於運動員應擁有健碩身型的成見更會增加運動員維持體重的心理壓力。同時運動員長期面對的競賽壓力、高訓練量及傷患等都可以對心理造成壓力並引致飲食失調等心理問題。

7. 生長與發育

患有飲食失調的青少年，不論是男或女性，在營養攝取不足的情況下都可能增加生長荷爾蒙抗性，影響生長及發育，並導致生長遲緩的問題。在經過治療後他們盡可能跟上正常的生長進度，但最後亦有可能無法完全跟上。

8. 心血管健康

有研究顯示患有無月經症的青少年運動員可能出現早期的動脈粥狀硬化以及不理想的心血管變化。同時亦發現比起月經正常的運動員，他們的心率及血壓較低。嚴重的厭食患者甚至可能有較明顯的心血管變化，包括心瓣膜異常、低血壓和心律不正等症狀。

9. 消化系統

患有厭食以及嚴重低能量可用性的人士可能會出現腸胃問題，包括影響胃部蠕動以及出現延遲胃排空的情況，增加便秘和減慢食物在小腸內的移動速度等問題。

10. 免疫力

一些過度節食及過量運動的人士可能發現自己經常病倒。的確低能量可用性可能降低免疫力，令人較容易生病。有研究發現無月經症的運動員與月經正常的運動員比較，他們出現更多上呼吸道感染的症狀，免疫球蛋白的分泌亦較少。

低能量可用性與運動人士

運動員或運動愛好者較容易出現低能量可用性的情況，尤其是某些有指定體重級別的運動項目如健力、拳擊、柔道等的運動員。由於他們需要在比賽前達到指定體重，因而可能需要反覆減重，容易造成能量長期攝取不足。另外亦有一些運動項目如溜冰、體操、跳水等對運動員的體態也有一定要求，令運動員不敢攝取過多能量。而於一些大量能量消耗的耐力運動如公

路單車、馬拉松等都可能增加運動相對能量不足的風險。這可能與運動員有意控制體重或運動後沒有補回消耗的能量有關。曾經有一位長跑運動員來找我，說想要減肥，希望能藉此進一步提升個人最佳時間，同時帶來身型外觀上的好處。她本身的訓練量很大，基本上每天練兩課之餘亦要教跑步班，但為了減重她進食的卡路里變得很低，甚至把正餐的米飯改為椰菜花飯。長期進行這個程度的節食根本完全跟不上身體消耗的能量，可能會為運動表現帶來反效果，同時影響身體健康。

研究指出如果出現低能量可用性，可能降低運動表現並增加受傷風險，導致運動協調性、專注力及判斷力下降。同時情緒可能變得不穩定，會易怒、憂鬱等。在一份直接比較有無月經症及月經正常的運動員研究中，兩者的最大攝氧量測試結果（即反映心肺功能）並沒有明顯的分別，但有無月經症的運動員的肌肉神經表現較差，反應時間亦有所下降。由此可見，低能量可用性很可能會影響運動表現。

如何解決運動相對能量不足？

很多人對運動相對能量不足的症狀和帶來的負面影響認知不足。甚至乎不少人以為只有女生才會出現這樣的問題，男生不會。有些人亦認為女生在減重期間還有經期就代表身體健康沒有出現任何問題。以上都是一些常有的誤解，我們尤其應在節食以及運動量高的人士身上多加留意運動相對能量不足可能帶來的生理及心理問題。一旦出現問題，可以先透過增加飲食的卡路里攝取以及減少或停止訓練來提高身體能量供應。當然能量攝取視乎個人需求及訓練量而定，運動員或有恆常運動的人士的卡路里需求可能比一般人高很多，比如說一天攝取 2,000 卡對於一般女生來說一點也不少，但對一些高運動量人士來說卻可能非常不足。另外，出現骨質流失症狀的人士亦應注意維生素 D 及鈣質的攝取，足夠的維生素 D 有助鈣質吸收。而有飲食失調症狀

的人士應尋求專業人士的協助，因不妥善處理飲食失調可帶來的更嚴重的後果，絕對不能夠輕視。

　　飲食控制和恆常運動要得宜而不要過度，否則可能令身心出現毛病，弄巧成拙。我們亦應多加注意一旦出現能量不足可能帶來的症狀，並盡快解決，避免對運動表現以及身體健康帶來負面影響。

參考資料

Bomba, M., Corbetta, F., Bonini, L., Gambera, A., Tremolizzo, L., Neri, F., & Nacinovich, R. (2014). Psychopathological traits of adolescents with functional hypothalamic amenorrhea: a comparison with anorexia nervosa. Eating and weight disorders : *EWD*, *19*(1), 41–48. https://doi.org/10.1007/s40519-013-0056-5

Fazeli, P. K., & Klibanski, A. (2014). Determinants of GH resistance in malnutrition. *The Journal of endocrinology*, *220*(3), R57–R65. https://doi.org/10.1530/JOE-13-0477

Hackney, A. C., Sinning, W. E., & Bruot, B. C. (1988). Reproductive hormonal profiles of endurance-trained and untrained males. *Medicine and science in sports and exercise*, *20*(1), 60–65. https://doi.org/10.1249/00005768-198802000-00009

Koehler, K., De Souza, M. J., & Williams, N. I. (2017). Less-than-expected weight loss in normal-weight women undergoing caloric restriction and exercise is accompanied by preservation of fat-free mass and metabolic adaptations. *European Journal of Clinical Nutrition*, *71*(3), 365–371. https://doi.org/10.1038/ejcn.2016.203

Loucks, A. B. (2007). Low energy availability in the marathon and other Endurance Sports. *Sports Medicine*, *37*(4–5), 348–352.

Martinsen, M., & Sundgot-Borgen, J. (2013). Higher prevalence of eating disorders among adolescent elite athletes than controls. *Medicine & Science in Sports & Exercise*, *45*(6), 1188–1197.

Mountjoy, M., Sundgot-Borgen, J. K., Burke, L. M., Ackerman, K. E., Blauwet, C., Constantini, N., Lebrun, C., Lundy, B., Melin, A. K., Meyer, N. L., Sherman, R. T., Tenforde, A. S., Klungland Torstveit, M., Budgett, R. (2018). IOC consensus statement on Relative Energy Deficiency in sport (red-S): 2018 update. *British Journal of Sports Medicine*, *52*(11), 687–697.

Papageorgiou, M., Elliott-Sale, K. J., Parsons, A., Tang, J. C. Y., Greeves, J. P., Fraser, W. D., & Sale, C. (2017). Effects of Reduced Energy Availability on Bone Metabolism in Women and Men. *Bone*, *105*, 191–199.

Petkus, D. L., Murray-Kolb, L. E., & De Souza, M. J. (2017). The unexplored crossroads of the female athlete triad and iron deficiency: a narrative review. *Sports Medicine*, *47*, 1721–1737.

Shimizu, K., Suzuki, N., Nakamura, M., Aizawa, K., Imai, T., Suzuki, S., Eda, N., Hanaoka, Y., Nakao, K., Suzuki, N., Mesaki, N., Kono, I., Akama, T. (2012). Mucosal immune function comparison between amenorrheic and eumenorrheic distance runners. *Journal of Strength and Conditioning Research*, *26*(5), 1402–1406.

Tornberg, Å., Melin, A., Koivula, F., Johansson, A., Skouby, S., Faber, J., & Sjödin, A. (2017). Reduced neuromuscular performance in amenorrheic Elite Endurance Athletes. *Medicine & Science in Sports & Exercise*, *49*(12), 2478–2485.

第四章

日常飲食以外：
補充劑篇

哪些運動補充劑具有科學實證？

　　不少剛接觸健身的人士希望快速增肌，買了健身會籍之餘還會想要買一些健身補充劑。於是走進一間賣補充劑的專門店，在林林總總、五顏六色、大罐小罐的補充劑當中選了一大桶蛋白粉。然後在售貨員的推薦下，也買了一些聲稱可以提升健身表現或增加減脂速度的藥丸。究竟這麼多不同種類的補充劑應如何選擇？哪款對自己有用，哪些沒有用？每個牌子的補充劑都聲稱非常有效，選擇時有什麼應該注意的地方？

　　還記得我們在本書第一章提及的健身營養倒金字塔嗎？補充劑屬於倒金字塔的最底部，亦即是它的重要性不高，應先注意本身的飲食是否已做好才去考慮使用補充劑。例如我們增肌需要更多的蛋白質，但只要於本身飲食上稍微調整很大機會已能夠達到增肌所需的蛋白質量，未必需要蛋白補充劑。又例如某些用以提升運動表現的補充劑或能提升表現約 5% 至 10%，一些奧運水平的運動員基本上都有用上，因為他們的輸贏就在那一瞬間，例如游泳比賽的決賽裡排名第一和第二的選手很多時候只差十分之一甚至百分之一秒，但對於健身新手來說可能連動作都還未掌握好，補充劑的實際作用也就不大。不過如果已經進行訓練一段時間，本身飲食也有做好的話，使用合適的補充劑就可能更進一步提升表現和達致增肌效果。

補充劑的評級分類

　　市面上補充劑的種類多不勝數，但不是每一種都具科學實證支持其聲稱的作用。澳洲體育學院（Australian Institute of Sport, AIS）是澳洲官方認可的體育機構，他們發佈的運動補充劑框架（The AIS Sports Supplement Framework）是根據科學實證、安全性、有效性及合法性來把補充劑分成A、B、C、D四類（The ABCD Classification System），並定期更新分類。

A 類（Group A）補充劑

　　A類的補充劑代表有充分的科學實證去支持其功效，當中包括運動食品，例如電解質補充劑、能量啫喱、分離蛋白（如蛋白粉、蛋白條）等；具醫療用途的補充劑如綜合維生素、益生菌（probiotics）、鈣質等；有助提升運動表現的補充劑如 β- 丙氨酸（beta-alanine）、硝酸鹽（nitrate）等。

B 類（Group B）補充劑

　　B類的補充劑則代表仍需進一步的研究來證明其功效，當中包括或有效抗炎及減少細胞傷害的食物多酚（food polyphenols）如水果多酚（fruit derived polyphenols）；可防止自由基傷害的抗氧化劑；有效刺激口腔或腸道中的受體從而激活中樞神經系統的促味劑如薄荷醇（menthol）、泡菜汁（pickle juice），它們分別能增加炎熱天氣下運動的耐受度和減少抽筋的出現；有可能對身體功能及肌肉復原帶來好處的物質如左旋肉鹼（L-carnitine）和薑黃素（curcumin）等。

C 類（Group C）補充劑

　　歸到 C 類的補充劑為研究證據不支持其功效或沒有對其進行研究因此沒辦法得出結論，屬於 C 類的補充劑有 β– 羥基 –β– 甲基丁酸（β–hydroxy β–methylbutyrate, HMB）、支鏈氨基酸（branched–chain amino acids，BCAA）、鎂（magnesium）以及益生元（prebiotics）等。

D 類（Group D）補充劑

　　D 類的補充劑屬於違禁品或具有高風險導致藥檢呈陽性的物質污染，例如一些興奮劑（stimulants）、荷爾蒙前驅物（prohormones）和荷爾蒙增強劑（hormone boosters）等。

　　接下來會簡介這些類別之中十種比較常用或具爭議性的補充劑。

十種常用或受爭議性的補充劑

A 類補充劑

• 碳酸氫鈉（sodium bicarbonate）

　　碳酸氫鈉，或稱梳打粉，是用以維持血液的酸鹼平衡。在進行高強度運動時肌肉會製造過多的酸性氫離子，這會引致代謝紊亂並造成肌肉疲勞。這時候鹼性的碳酸氫鈉可以中和氫離子，從而降低運動後的疲勞感並促進運動表現。碳酸氫鈉適用於一至七分鐘內的高強度運動例如游泳、划船和中距離跑步等，以及搏擊運動如跆拳道、摔角等。

至於重訓方面，2023 年的一篇研究找來了 19 名有重訓習慣的受試者並分為兩組，一組在重訓前攝取每公斤體重 0.3 克碳酸氫鈉，另外一組則為對照組。研究人員發現攝取碳酸氫鈉的一組比起對照組在臥推舉肌耐力、力量和速度都有明顯提升，二頭彎舉則沒有明顯的表現提升。因此碳酸氫鈉有可能對重訓表現帶來正面的影響，但目前為止我們需要更多的研究去證實在重訓上的效用。

使用方法

直接使用梳打粉加水或以碳酸氫鈉膠囊攝取。建議可於運動前的 120 至 150 分鐘進食每公斤體重 0.2 至 0.4 克碳酸氫鈉。由於碳酸氫鈉的常見副作用為腸胃不適、腹瀉、作嘔等，建議與高碳水食物及大量流質一同攝取並緩慢地進食幫助吸收。

• β- 丙氨酸（β-alanine）

β- 丙氨酸同樣是酸鹼緩衝劑，能提升肌肉中的肌肽（carnosine）含量，幫助緩衝酸性物質，因此有助延遲肌肉疲累及提升運動表現。β- 丙氨酸適用於一些短速高強度運動（約 30 秒至 10 分鐘）如球拍類運動、游泳、單車、中距離跑步等。

至於重訓方面，2023 年的一篇研究找來了 19 名有重訓習慣的受試者並分為兩組，一組攝取每公斤體重 6.4 克 β- 丙氨酸，另外一組則為對照組，一共進行八星期的重訓。研究人員發現兩組的肌力及肌肉厚度的上升並沒有明顯分別，因此 β- 丙氨酸未必對重訓表現及增肌帶來正面的影響。

使用方法

需至少四週的負載期，負載期即以高劑量的 β– 丙氨酸瞬速提高肌肉中的肌肽水平。負載期期間每天攝取四次每次 1.6 克的 β– 丙氨酸。負載期過後進入維持期。維持期即以較低劑量的 β– 丙氨酸去維持高肌肽水平，每天攝取 1.2 克，可透過粉劑或膠囊攝取。β– 丙氨酸可能導致皮膚感覺異常（paraesthesia），即出現刺痛感的副作用。建議可與三餐及最大分量的小食一同進食以增加 β– 丙氨酸的吸收及減少副作用的出現。

• 硝酸鹽（dietary nitrate）

進食硝酸鹽後可以被身體轉化為一氧化氮（nitric oxide），一氧化氮可以促進血管擴張，降低血壓並增加氧氣運輸到肌肉，幫助肌肉收縮並提升運動表現。而紅菜頭是硝酸鹽含量較高的天然食材，因此可透過紅菜頭汁攝取硝酸鹽。硝酸鹽能有效提升 4 至 30 分鐘內的耐力運動如跑步、單車等，高強度間歇運動如球類運動以及高原訓練等的表現。

至於重訓方面，2023 年的一篇系統性研究回顧綜合了六篇對比攝取硝酸鹽與對照組對重訓表現的影響，發現硝酸鹽的攝取增加了深蹲和臥推舉的平均功率、速度，和訓練至力竭（repetitions-to-failure）的下數，但在峰值功率和速度方面則沒有明顯分別。因此學者們總結硝酸鹽或對重訓表現有微少的好處，我們還需更多的研究去證實。

使用方法

可透過紅菜頭濃縮液、果汁、啫喱等攝取。建議在訓練前的 2 至 3 小時攝取 350 至 600 毫克硝酸鹽，即約一至兩小支紅菜頭汁補充劑。一些高水平運動員可於比賽前三天開始每天攝取與上述同等劑量的紅菜頭汁。高劑量紅菜頭汁可能容易造成腸胃不適，因此應先於日常訓練中試用。另外紅菜頭汁可能導致尿液或大便變紅，但這是無害的副作用。最後，漱口水或口香糖可能影響其功效，因此應避免與硝酸鹽同時使用。

● **甘油（glycerol）**

甘油是近年才被納入 A 類的補充劑。攝取甘油能令腎臟的濃度梯度（concentration gradient）變大，從而減少尿液排出，這樣可以幫助保留身體攝取的水分長達四小時，並減低運動期間脫水對表現的影響。口服甘油有利於炎熱環境下進行長時間高強度運動，以及適用於一些水分攝取可能受限的情況，如連續進行多場比賽未能充分補水。

重訓一般在室內有冷氣地方進行，同時可於組與組之間的休息時間充分補水，因此甘油未必適用於重訓。但一些參加健力比賽的運動員若需達到體重級別而脫水，甘油或能幫助過磅後快速補水。

使用方法

可於運動前的 90 至 180 分鐘將每公斤體重 1.2 至 1.4 克的液體甘油加入每公斤體重 25 毫升的流質中攝取。流質可選一些含鈉的飲料如含電解質的運動飲料以加強身體儲水的效果。甘油亦可用於運動後快速補回身體水分，並根據運動後體重下降的幅度來決定補充分量。可於每公斤體重下降補回 1.5 升已加入每公斤體重 1 克甘油的流質。不過甘油可能會帶來腸胃不適、腹瀉及體重增加（因身體儲水）等副作用。所以尤其一些表現可能受體重影響的運動如馬拉松，建議可在衡量或測試甘油對表現的利弊後再考慮使用。

● 肌酸（creatine）

肌酸是一種存於肌肉的天然物質，能夠支持身體的其中一個能量系統磷酸原系統（phosphagen system）令身體能快速製造能量供應給 8 至 10 秒的運動。水合型肌酸（monohydrate creatine）補充劑能增加肌肉的肌酸含量，可以提升少於 30 秒的高強度運動表現，如短跑、重訓和足球等重複衝刺運動。同時肌酸亦有促進腦部健康的效用，能增強大腦的認知處理，並可能促進輕度腦損傷的恢復。

使用方法

肌酸需要負載，負載期一般建議為期五至七天，每天攝取約 20 克，並可以把該 20 克分成四次攝取，每次約 5 克。之後的維持期每天攝取單劑量 3 至 5 克肌酸，並可透過粉劑或藥丸攝取。肌酸可能帶來腸胃不適和身體儲水而導致體重上升的副作用。

• 咖啡因（caffeine）

咖啡因可以刺激人體的中樞神經系統，減低身體對疲累的感知，並降低運動時的自覺竭力程度以及提升爆發力量表現。咖啡因對於多種不同的運動都能帶來表現的提升，包括耐力運動、間歇性高強度運動和重訓等。

> **使用方法**
>
> 可以透過咖啡、茶、含咖啡因的能量飲品或補充劑如粉劑、膠囊、啫喱、口香糖等攝取。建議可於運動前或中攝取每公斤體重 1 至 3 毫克咖啡因。攝取劑量過高可能影響睡眠質素，並出現噁心、心跳加速、焦慮等副作用。

B 類補充劑

• 左旋肉鹼（L-carnitine）

左旋肉鹼是一種身體能夠自行製造的氨基酸，其中一個作用是負責運送脂肪酸到肌肉中作為燃料並提供能量，因此能增加脂肪代謝，並常為減重補充品的成分之一。與此同時於耐力運動中有助保持碳水作為燃料的運送，並於高強度運動中減少乳酸積聚。另外，左旋肉鹼亦有抗氧化功效，有助於肌肉恢復並減少肌肉蛋白分解。左旋肉鹼或適用於 30 分鐘以上的耐力運動和長時間高強度的球類運動的表現提升。

至於重訓方面，2018 年的一篇研究找來了 23 名有重訓經驗的受試者並分為兩組，一組攝取每天 2 克左旋肉鹼，另一組為對照組，共進行九星期的重訓。研究發現攝取左旋肉鹼的一組比起對照組的臥推舉和腿部伸展表現都

有明顯提升，而且運動後的血液乳酸水平較低，總抗氧化能力亦有向好的變化。因此學者認為左旋肉鹼或可能有助提升重訓表現以及促進肌肉復原。不過，一些研究顯示攝取左旋肉鹼補充劑未必能有效提升肌肉中的肉鹼水平，而且不同研究的實驗結果顯示左旋肉鹼對於運動表現的提升並不一致。

在減重效果方面，2020 年的一篇系統性研究回顧顯示左旋肉鹼或能有效帶來減重效果，但學者們認為單純的健康飲食已經可以達到類似效果，甚至可減去更多的體重。

使用方法

可透過粉劑或膠囊攝取每天 1.4 至 3 克左旋肉鹼，可分成兩次攝取並與高碳水餐一同進食以增加吸收。建議進食最少 12 週才能有效提升肌肉的肉鹼水平。不過左旋肉鹼有可能增加體內空腹氧化三甲胺（Trimethylamine N-oxide, TMAO）的水平，TMAO 或與增加患動脈粥樣硬化的風險有關。另外左旋肉鹼亦有可能導致腸胃不適的副作用，同時每日攝取 3 克以上的左旋肉鹼可能導致身體散發異常氣味。

● 薑黃素（curcumin）

薑黃素是薑黃（turmeric）的一個主要成分，具有抗氧化及抗炎的作用，並且一直沿用於傳統中醫藥材。近年開始有研究發現薑黃素對運動復原的幫助，或能減低遲發性肌肉酸痛，減少關節痛楚和降低肌腱的僵硬程度，並有助降低血液發炎指標。2020 年的一篇系統性研究回顧涵蓋 11 篇有關薑黃素對於運動表現的影響的研究，大部分攝取薑黃素的受試者都有減少疼痛和肌肉損傷，以及增加運動後復原和肌肉表現提升的現象。因此薑黃素尤其

適用於一些本身有關節痛的恆常運動人士，或進行高強度訓練而沒有充足時間恢復人士。關於薑黃素的研究正在逐漸增加中，目前仍缺少高質素的文獻去證實薑黃素對於運動表現的成效。

使用方法

一般可透過膠囊攝取，每天攝取 200 至 1,000 毫克薑黃素。若每天攝取量高於 2 克的話安全性則存在不確定性。

C 類補充劑

• β– 羥基 –β– 甲基丁酸（HMB）

HMB 是必需氨基酸中亮氨酸的代謝物，或能刺激肌肉合成和減少肌肉分解，並促進肌肉復原和減少肌肉受損。亦有研究指 HMB 可幫助老年人預防肌肉萎縮。不過 HMB 帶來的肌肉合成反應明顯比起直接攝取亮氨酸或高質素蛋白質為低，因此與其攝取 HMB 補充劑，進食足夠高質素蛋白質及亮氨酸更有效刺激肌肉生長。

使用方法

可透過粉劑或膠囊攝取，一般可於運動前兩週開始攝取每天 3 克 HMB，分別於早午晚各攝取 1 克。以每公斤體重來計算的話每天攝取劑量為每公斤體重 38 毫克。

● 支鏈氨基酸（BCAA）

支鏈氨基酸是必需氨基酸的其中三種同樣具有支鏈結構的氨基酸，包括亮氨酸（leucine）、異亮氨酸（isoleucine）及纈氨酸（valine），它們一般的比例為 2：1：1。BCAA 參與了肌肉蛋白合成的路徑，因此補充 BCAA 可能有效刺激肌肉合成並增加肌肉量，同時亦能減低疲累感並提升肌肉受損後的修復。不過研究指出單獨攝取 BCAA 與完整的乳清蛋白攝取比較，肌肉合成反應的上升只有完整乳清蛋白的 22%，因此只攝取 BCAA 未必能最大程度地提升肌肉合成反應，仍需配合其他蛋白質食物中的完整必需氨基酸才能發揮最大功用。再者完整蛋白質當中已包含 BCAA，建議可先考慮從高質素蛋白來源中攝取蛋白質來促進肌肉合成，若本身飲食中的高質素蛋白質攝取充足，並不需要單獨補充 BCAA。

有了以上的評分等級，我們已經知道市面上哪些補充劑是真的能夠提升運動表現，哪些的科學實證不足。就算是屬於 A 類的補充劑，當中也要考慮到補充劑是否適用於自己的運動項目。以健身人士為例，屬 A 類的補充劑只有肌酸和咖啡因對於重訓表現的提升有效，其他 A 類的補充劑如紅菜頭汁暫時也沒有充分的科學證據去證明對於重訓表現的正面效用。因此我們應當小心選擇，不要盲目地相信補充劑包裝上聲稱的眾多好處。

參考資料

AIS Sports Supplement Framework Branched−chain amino acids (BCAA) . Australian Institute of Sport. (n.d.). https://www.ais.gov.au/__data/assets/pdf_file/0013/1000417/36182_Supplements−fact−sheets_BCAA−v4.pdf

AIS Sports Supplement Framework Caffeine. The Australian Institute of Sport. (2021, March). https://www.ais.gov.au/__data/assets/pdf_file/0004/1000498/36194_Sport−supplement−fact−sheets−Caffeine−v6.pdf

AIS Sports Supplement Framework Carnitine. The Australian Institute of Sport. (2021, March). https://www.ais.gov.au/__data/assets/pdf_file/0010/1000072/36194_Sport−supplement−fact−sheets−Carnitine−v2.pdf

AIS Sports Supplement Framework Creatine Monohydrate. The Australian Institute of Sport. (2021, March). https://www.ais.gov.au/__data/assets/pdf_file/0007/1000501/Sport−supplement−fact−sheets−Creatine−v4.pdf

AIS Sports Supplement Framework Curcumin . Australian Institute of Sport. (n.d.). https://www.ais.gov.au/__data/assets/pdf_file/0009/1048338/Curcumin−Infographic_FINAL.pdf

AIS Sports Supplement Framework Dietary nitrate/Beetroot Juice. The Australian Institute of Sport. (2021, March). https://www.ais.gov.au/__data/assets/pdf_file/0013/1000552/36194_Sport−supplement−fact−sheets−Beetroot−Juice−Nitrate−v3.pdf

AIS Sports Supplement Framework Glycerol. The Australian Institute of Sport. (2021, March). https://www.ais.gov.au/__data/assets/pdf_file/0008/1000502/Sport−supplement−fact−sheets−Glycerol−v4.pdf

AIS Sports Supplement framework HMB. Australian Institute of Sport. (n.d.). https://www.ais.gov.au/__data/assets/pdf_file/0012/1000416/36182_Supplements−fact−sheets_HMB−v3.pdf

AIS Sports Supplement Framework Sodium Bicarbonate. The Australian Institute of Sport. (2021, March). https://www.ais.gov.au/__data/assets/pdf_file/0006/1000500/Sport−supplement−fact−sheets−Sodium−bicarbonate−v4.pdf

AIS Sports Supplement Framework ß−Alanine. The Australian Institute of Sport. (2021, March). https://www.ais.gov.au/__data/assets/pdf_file/0005/1000499/Sport−supplement−fact−sheets−B−Alanine−v4.pdf

de Camargo, J. B. B., Brigatto, F. A., Zaroni, R. S., Germano, M. D., Souza, D., Bacurau, R. F., Koozehchian, M. S., Daneshfar, A., Fallah, E., Agha−Alinejad, H., Samadi, M., Kaviani, M., Kaveh B, M., Jung, Y. P., Sablouei, M. H., Moradi, N., Earnest, C. P., Chandler, T. J., & Kreider, R. B. (2018). Effects of nine weeks L−Carnitine supplementation on exercise performance, anaerobic power, and exercise−induced oxidative stress in resistance−trained males. *Journal of Exercise Nutrition & Biochemistry, 22*(4), 7−19. https://doi.org/10.20463/jenb.2018.0026

Marchetti, P. H., Braz, T. V., Aoki, M. S., & Lopes, C. R. (2023). Does beta−alanine supplementation enhance adaptations to resistance training? A randomized, placebo−controlled, double−blind study. *Biology of sport, 40*(1), 217−224. https://doi.org/10.5114/biolsport.2023.112967

McCubbin, A. J., Allanson, B. A., Caldwell Odgers, J. N., Cort, M. M., Costa, R. J. S., Cox, G. R., Crawshay, S. T., Desbrow, B., Freney, E. G., Gaskell, S. K., Hughes, D., Irwin, C., Jay, O., Lalor, B. J., Ross, M. L. R., Shaw, G., Périard, J. D., & Burke, L. M. (2020). Sports Dietitians Australia Position Statement: Nutrition for Exercise in Hot Environments. *International Journal of Sport Nutrition and Exercise Metabolism, 30*(1), 83−98. https://doi.org/10.1123/ijsnem.2019−0300

Suhett, L. G., de Miranda Monteiro Santos, R., Silveira, B. K. S., Leal, A. C. G., de Brito, A. D. M., de Novaes, J. F., & Lucia, C. M. D. (2021). Effects of curcumin supplementation on sport and physical exercise: a systematic review. *Critical reviews in food science and nutrition*, *61*(6), 946—958. https://doi.org/10.1080/10408398.2020.1749025

Talenezhad, N., Mohammadi, M., Ramezani-Jolfaie, N., Mozaffari-Khosravi, H., & Salehi-Abargouei, A. (2020). Effects of l-carnitine supplementation on weight loss and body composition: A systematic review and meta-analysis of 37 randomized controlled clinical trials with dose-response analysis. *Clinical nutrition ESPEN*, *37*, 9—23. https://doi.org/10.1016/j.clnesp.2020.03.008

Tan, R., Pennell, A., Karl, S. T., Cass, J. K., Go, K., Clifford, T., Bailey, S. J., & Perkins Storm, C. (2023). Effects of Dietary Nitrate Supplementation on Back Squat and Bench Press Performance: A Systematic Review and Meta-Analysis. *Nutrients*, *15*(11), 2493.

Varovic, D., Grgic, J., Schoenfeld, B. J., & Vuk, S. (2023). Ergogenic Effects of Sodium Bicarbonate on Resistance Exercise: A Randomized, Double-Blind, Placebo-Controlled Study. *Journal of Strength and Conditioning Research*, *37*(8), 1600—1608. https://doi.org/10.1519/JSC.0000000000004443

Wilson, J. M., Fitschen, P. J., Campbell, B., Wilson, G. J., Zanchi, N., Taylor, L., Wilborn, C., Kalman, D. S., Stout, J. R., Hoffman, J. R., Ziegenfuss, T. N., Lopez, H. L., Kreider, R. B., Smith-Ryan, A. E., & Antonio, J. (2013). International Society of Sports Nutrition Position Stand: Beta-hydroxy-beta-methylbutyrate (HMB). *Journal of the International Society of Sports Nutrition*, *10*(6). https://doi.org/10.1186/1550-2783-10-6

4.2

哪種蛋白粉適合我？

上文提及過蛋白粉為運動食品的其中一種，屬於評分等級 A 類的補充劑。不過，蛋白粉事實上也只是提供蛋白質的食物來源之一，如果平常飲食中已經攝入足夠的蛋白質，我們其實並不需要蛋白粉。那麼為什麼我們不應該以蛋白粉取代一般食物呢？在我恆常的健身營養講座裡我會問參加者：「三隻蛋含 21 克蛋白質，一匙蛋白粉含 21 克蛋白質，它們都一樣嗎？」大部分人都點頭，兩種食物都含相同的蛋白質含量，怎麼會不一樣呢？的確三隻蛋和蛋白粉都含相同分量的高質素蛋白質，但是蛋還有維持身體機能正常運作的維生素 A、維生素 B 雜、硒和幫助神經系統正常運作的膽鹼，這些都是蛋白粉沒有的營養素，所以蛋白粉的營養價值一定不及一般食物高。不過蛋白粉只加入水或奶搖勻就做好了，比起雞蛋要花時間烹煮更簡單方便。而且蛋白粉亦較一般食物便宜，一匙蛋白粉約港幣 6 元而已，而一件雞胸肉則可能 20 多元。因此蛋白粉還是有實際執行上的好處。那麼市面上這麼多的蛋白粉有分別嗎？我們又該選哪一種呢？

蛋白粉的分類

普遍蛋白粉一般分為酪蛋白（casein）及乳清蛋白（whey protein）兩種。兩種均從牛奶提煉而成，在製作過程當中，牛奶中的酪蛋白會凝結成固體，剩下的液體部分則為乳清蛋白。常見的酪蛋白蛋白粉為膠束酪蛋白

(micellar casein)，它的蛋白質含量約有 80% 至 90%，只含小量脂肪量和乳糖。

至於常見的三種乳清蛋白粉為濃縮乳清蛋白（whey protein concentrate）、分離乳清蛋白（whey protein isolate）及水解乳清蛋白（whey protein hydrolysate）。濃縮乳清蛋白的蛋白質含量約有 70% 至 80%，同時亦含小量脂肪和乳糖。分離乳清蛋白則為將濃縮乳清蛋白再加工來去除當中的脂肪和乳糖，達至蛋白質含量 90% 或以上。沒有脂肪和乳糖的分離乳清蛋白所含的卡路里較低，而且較適合有乳糖不耐症人士食用，減少導致乳糖所致的肚瀉和腸胃不適，因此分離乳清蛋白是市面上比較受歡迎的蛋白粉。不過大部分分離乳清蛋白同時亦加入了代糖，過量飲用也可能會導致胃氣和其他腸胃問題，建議要根據自己身體的耐受度去選擇合適的蛋白粉。

至於水解乳清蛋白，水解是指利用一些蛋白酶把蛋白質分解成較小的分子，這樣或能夠加快蛋白質在人體中的消化和吸收，但價格也會因為加工程序較複雜而比濃縮和分離乳清蛋白為高。有些人認為水解乳清蛋白更能增加氨基酸的吸收以促進肌肉合成，同時耐受度最高，較不容易導致腸胃不適等問題。事實上分離乳清蛋白已經非常能夠刺激肌肉合成，耐受度也非常高，沒有必要花更多金錢在水解乳清蛋白上。

乳清蛋白與酪蛋白的比較

酪蛋白和乳清蛋白同是來自牛奶，不過兩者的營養成分有點不一樣。它們都含有完整的必需氨基酸，但乳清蛋白的支鏈氨基酸含量較高，特別是亮氨酸。比如說要攝取 3 克亮氨酸，需要攝取 26 克乳清蛋白，而酪蛋白則需要 35 克。另外，由於酪蛋白在胃部酸性環境下會凝結，所以消化與吸收速

度會較慢，而乳清蛋白的消化速度則比較快。進食乳清蛋白的一小時後，血液中的必需氨基酸，包括亮氨酸，明顯比進食酪蛋白高，但在約三小時後回落至與原來水平。而酪蛋白造成的血液氨基酸升幅一開始雖然比乳清少，但經過 7.5 小時後血液的氨基酸水平比乳清高。現實角度來說，市面上的乳清一般比酪蛋白便宜，而且有更多的味道例如奶茶味、拿鐵味等供選擇。

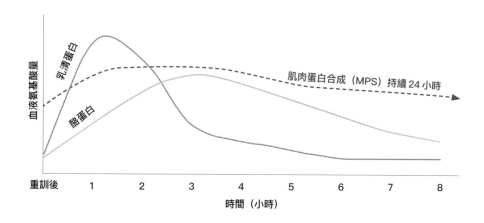

圖 4.2.1 攝取酪蛋白與乳清蛋白對於血液氨基酸含量的比較

以下整合了乳清蛋白及酪蛋白各自的特性，可在購買及攝取前思考哪一種較適合自己的需要：

	乳清蛋白	酪蛋白
來源	牛奶	牛奶
氨基酸組成	約 50% 為必需氨基酸，25% 為支鏈氨基酸（BCAA）。	含完整必需氨基酸。
亮氨酸	● 較高 ● 3 克亮氨酸需 26 克乳清蛋白	● 較低 ● 3 克亮氨酸需 35 克酪蛋白
消化及使用率	● 極佳 ● DIAAS 評分為 1 至 1.07	● 極佳 ● DIAAS 評分為 1.09
消化速度	● 較快 ● 於一小時內增加血液氨基酸含量，維持約三小時	● 較慢 ● 於三小時內增加血液氨基酸含量，維持約八小時
價錢	● 較便宜 ● 每磅約港幣 70 元至 110 元	● 較昂貴 ● 每磅約港幣 120 元至 150 元
味道及選擇	多款味道及種類如奶昔、蛋白條、蛋白曲奇等。	以奶昔為主，味道選擇較少。

睡前的蛋白質補充

近年不少研究開始提及睡前進食蛋白質的概念，令身體在睡眠期間能有原料刺激肌肉修復和合成，並減少肌肉分解，達至整夜的淨蛋白質正平衡。同時有些人認為酪蛋白的特質為較慢的消化速度，因此只有睡前進食酪蛋白才能刺激整夜的肌肉合成。在 2021 年的一篇系統性研究回顧綜合了過往相關的研究，顯示在睡前 30 分鐘攝取 20 至 40 克酪蛋白能有助重訓後的肌肉修復，提升睡眠時的肌肉蛋白合成並有利於肌肉量與肌力的提升。不過在 2023 年的一篇文獻中，實驗找來 36 名健康男性在晚間進行單次的耐力訓練，並在睡前 30 分鐘分別攝取 45 克酪蛋白、45 克乳清蛋白或不含能量的

安慰劑。結果顯示有進食蛋白質的兩組受試者的肌肉合成率都比進食安慰劑高，而無論是進食酪蛋白或乳清肌肉合成上升的幅度都沒有明顯差別，反映睡前補充的蛋白質不一定是酪蛋白，就算是乳清也能有效刺激肌肉生長。

其他蛋白質補充劑原料來源

不少素食人士不能以乳清或酪蛋白這些動物性的蛋白來源作蛋白質補充，市面上亦有其他植物性蛋白質補充劑供選擇。常見的植物性蛋白補充劑有大豆蛋白、豌豆蛋白和混合型植物蛋白。混合型蛋白可以由大豆、豌豆、蠶豆、糙米等各種植物蛋白混合而成。由於植物性蛋白是不完全蛋白，即單一蛋白來源有可能會缺乏某種或多種必需氨基酸，因此混合型植物蛋白可以彌補單一植物性蛋白的不足，有助素食人士獲得完整的蛋白質補充，有效促進肌肉合成。

近年亦有學者提出未來或可以昆蟲蛋白代替其他動物蛋白，這可以減低畜牧業對環境的影響，例如溫室氣體排放和減少水資源的使用等。這與昆蟲的飼料轉化效率較高有關，即對比其他動物，昆蟲只需較少的飼料便可以得到較多的可食用部分，因此可能對環境保護帶來好處。而且昆蟲蛋白可以滿足人體的必需氨基酸所需，在增肌的功效亦與動物蛋白相若。2021年的一篇研究當中找來了24名健康成年人在進行重訓後進食30克牛奶蛋白或黃粉蟲蛋白（mealworm protein），實驗結果發現兩者帶來的血液氨基酸上升幅度和肌肉合成速度並沒有明顯分別。因此昆蟲蛋白可能將成為未來流行的蛋白質補充劑。

我們在考慮買哪種或哪一個牌子的蛋白粉之前應先衡量自己在日常飲食中是否已經能攝取足夠蛋白質，食物中含有的各種身體所需的維生素、礦物質等營養素為蛋白粉不能完全取替的。如果決定要購買，建議先了解清楚自己需要的產品特性再選擇適合自己的蛋白粉。

參考資料

Early, R. (2012). Dairy products and milk-based food ingredients. *Natural Food Additives, Ingredients and Flavourings*, 417–445.

Hermans, W. J. H., Senden, J. M., Churchward-Venne, T. A., Paulussen, K. J. M., Fuchs, C. J., Smeets, J. S. J., van Loon, J. J. A., Verdijk, L. B., & van Loon, L. J. C. (2021). Insects are a viable protein source for human consumption: from insect protein digestion to postprandial muscle protein synthesis in vivo in humans: a double-blind randomized trial. *The American Journal of Clinical Nutrition, 114*(3), 934–944.

Queiroz, L. S., Nogueira Silva, N. F., Jessen, F., Mohammadifar, M. A., Stephani, R., Fernandes de Carvalho, A., Perrone, Í. T., & Casanova, F. (2023). Edible insect as an alternative protein source: A review on the chemistry and functionalities of proteins under different processing methods. *Heliyon, 9*(4).

Rasmussen, C. J. (2008). Nutritional supplements for endurance athletes. *Nutritional Supplements in Sports and Exercise*, 369–407.

Reis, C. E. G., Loureiro, L. M. R., Roschel, H., & da Costa, T. H. M. (2021). Effects of pre-sleep protein consumption on muscle-related outcomes – A systematic review. *Journal of Science and Medicine in Sport, 24*(2), 177–182.

Trommelen, J., van Lieshout, G. A., Pabla, P., Nyakayiru, J., Hendriks, F. K., Senden, J. M., Goessens, J. P., van Kranenburg, J. M., Gijsen, A. P., Verdijk, L. B., de Groot, L. C., & van Loon, L. J. (2023). Pre-sleep protein ingestion increases mitochondrial protein synthesis rates during overnight recovery from endurance exercise: A randomized controlled trial. *Sports Medicine, 53*(7), 1445–1455.

肌酸能增強重訓表現？

　　肌酸屬於評分等級 A 類的補充劑，即它有充分的科學根據去支持其效用。不少運動員和健身人士都會攝取肌酸以提升訓練和競賽表現。肌酸的角色是製造及儲存肌肉收縮所需的能量，適用於重訓但不適用於所有運動類型，主要供短時間的運動使用。那為什麼只適用於短時間的運動而非長時間的耐力運動？

肌酸提升表現的原理

　　我們要先了解人體的三個能量供應系統：磷酸原系統（phosphagen system）、乳酸系統（lactate system）及有氧系統（oxidative system）。磷酸原系統使用肌肉中的磷酸肌酸（phosphocreatine）來幫忙製造細胞內的主要能量傳遞分子三磷酸腺苷（adenosine triphosphate, ATP），能為肌肉提供八至十秒的能量；乳酸系統則不需要氧氣便可將葡萄糖轉化為三磷酸腺苷來提供能量，並產生代謝物乳酸，可為 30 秒至 3 分鐘內的運動提供能量；有氧系統顧名思義需要氧氣來進行化學反應從而把身體中的碳水及脂肪轉化為三磷酸腺苷。有氧系統的供能速度較慢，因此身體在進行長時間運動時，會使用有氧系統作為主要的能量來源。

由於肌酸能夠支持的能量系統是磷酸原系統，並有效增加體內的磷酸肌酸，因此能夠協助身體於短時間內製造能量去提升一些 30 秒內高強度運動的能力，如重訓、短跑、游泳等。肌酸對於耐力運動則沒有同樣的好處，甚至可能因為肌酸導致的體重上升而影響表現。

對於重訓而言，在 2003 年一篇文獻回顧綜合過往研究指出重訓配合肌酸補充的受試者的肌力比重訓配合安慰劑的受試者上升 8%，舉重表現上升 14%。但每位受試者表現提升的幅度相差較大，如臥推舉的表現提升由只上升 3% 至上升 45% 都有，反映肌酸對重訓的好處可能因人而異。這可能是因為一些人本身的肌酸儲備較高，所以再補充肌酸所帶來的好處變得較不顯著。另外 2015 及 2016 年的系統性研究回顧亦分別指出肌酸的補充有助增加上半身與下半身的肌肉力量。曾經有客人問我，我讓他補充肌酸，但為什麼重訓表現卻沒有進步？之後我再問清楚他的訓練詳情，才發現他可以較輕鬆地完成之前訂下的訓練量，而且訓練後不似以前那麼疲累，但他卻一直沒有因此而再增加訓練量。的確，肌酸使身體能夠承受更大的訓練量，所以下一步就要再增加訓練量，否則不會帶來肌力及肌肉量的增長。

由身體自行製造或經食物攝取

肌酸是支持磷酸原系統的物質。身體本身能自行製造肌酸，同時亦可透過飲食攝取。肌酸在肉類食物中含量較高，例如牛肉、豬肉、魚類等，因此一般人會從飲食每天攝取到約 1 至 2 克肌酸，令肌肉肌酸的飽和度大概維持在 60% 至 80%。素食者的肌肉肌酸水平則可能比肉食者低。如果我們額外攝取肌酸補充劑，肌肉肌酸水平將大大提升約 20% 至 40%，更能促進磷酸原系統提供能量的能力。此外，一些研究指出若同時進食肌酸與具碳水（或再加上蛋白質）的餐點或有助增加肌酸的吸收，進一步提升肌肉肌酸水平。

每公斤瘦體重的肌肉肌酸水平 （mmol/kg）

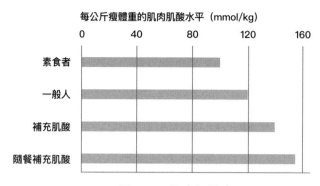

圖 4.3.1 肌肉肌酸水平
（資料參考：Kreiger et al., 2017）

　　現今肌酸補充劑有很多不同的種類，最常見及最多文獻支持的肌酸種類為水合型肌酸 （creatine monohydrate），它的吸收率大於 99%。市面上其他不同形式的肌酸如乙酸乙酯肌酸 （creatine ethyl ester）、緩衝型肌酸 （buffered forms of creatine）、硝酸肌酸 （creatine nitrate） 等，聲稱比起水合型肌酸能達到更高的肌肉吸收率，目前仍有待進一步研究查證。

使用方法及安全性

　　肌酸的攝取可以分為負載期及維持期兩階段進行。負載期為期五至七天，每天攝取約 20 克肌酸，並可以分成四次攝取，每次約 5 克。在負載期結束後便進入維持期，每天攝取單劑量 3 至 5 克。分階段攝取的原因是負載期的高攝取量能夠較快地把肌酸儲備填滿，然後每日補充適量的肌酸即可。但是負載期並不是必需，直接攝取維持期劑量亦可以在約四星期後令肌肉肌酸達至飽和水平，只是耗時會比有負載期長，肌酸較遲才能發揮功效。

　　在安全性方面，若遵從建議分量適當地攝取肌酸，現時沒有證據顯示健康人士長期服用肌酸達四年會對健康帶來負面影響。不過如本身有腎功能問

題人士則不建議使用肌酸，應先諮詢專業人士的建議。至於副作用方面，肌酸可能導致輕微的腸胃不適，可選擇跳過高劑量攝取的負載期、進餐同時補充肌酸，或避免同時攝取高纖食物等減低對腸道刺激的方法。另外，肌酸會令身體儲存更多水分，可能造成一至兩公斤的體重上升，並在停止肌酸補充後的四至六星期體重才會逐漸回落。有需要達到特定體重級別的運動員需衡量是否應補充肌酸，因肌酸儲水而令體重上升會令「造磅」變得更困難。曾經有茹素的女客人因本身的肌肉肌酸水平較低，希望開始進食肌酸增肌。如突然大量攝入肌酸，體重可能大幅上升而令她難以接受身型變得腫脹，因此我建議她跳過肌酸負載期。

除此以外，有客人在開始進食肌酸之前一臉擔心地說他之前在網上看過關於肌酸可能導致脫髮的說法，想諮詢我的意見。坊間的一些報道指肌酸可能使體內荷爾蒙二氫睪酮（dihydrotestosterone, DHT）水平上升，而二氫睪酮會導致脫髮，因此得出肌酸會導致脫髮的結論。但在 12 篇相關的研究當中，其中十篇未有顯示肌酸會導致睪酮的上升，而體內的二氫睪酮由睪酮轉化而成，亦即肌酸未必導致二氫睪酮上升。即使睪酮水平可能有輕微上升但仍屬正常範圍，未必導致脫髮。所以未有足夠證據顯示肌酸會帶來脫髮問題的副作用，不用過分擔心。

肌酸是有充分研究支持可以有效提升重訓表現的補充劑。它的安全性亦是非常高。不過建議可先衡量自己的訓練目標以及身體狀況再考慮是否需要補充肌酸。購買肌酸產品時也應先看清楚成分和攝取分量，適當地補充肌酸。

參考資料

AIS Sports Supplement Framework Creatine Monohydrate. The Australian Institute of Sport. (2021, March). https://www.ais.gov.au/__data/assets/pdf_file/0007/1000501/Sport-supplement-fact-sheets-Creatine-v4.pdf

Hultman, E., Soderlund, K., Timmons, J. A., Cederblad, G., & Greenhaff, P. L. (1996). Muscle creatine loading in men. *Journal of Applied Physiology*, *81*(1), 232–237.

Kreider, R. B., Kalman, D. S., Antonio, J., Ziegenfuss, T. N., Wildman, R., Collins, R., Candow, D. G., Kleiner, S. M., Almada, A. L., & Lopez, H. L. (2017). International Society of Sports Nutrition Position Stand: Safety and efficacy of creatine supplementation in exercise, sport, and medicine. *Journal of the International Society of Sports Nutrition*, *14*(1).

Lanhers, C., Pereira, B., Naughton, G., Trousselard, M., Lesage, F.–X., & Dutheil, F. (2015). Creatine supplementation and Lower Limb Strength Performance: A systematic review and meta–analyses. *Sports Medicine*, *45*(9), 1285–1294.

Lanhers, C., Pereira, B., Naughton, G., Trousselard, M., Lesage, F.–X., & Dutheil, F. (2016). Creatine supplementation and Upper Limb Strength Performance: A systematic review and meta-analysis. *Sports Medicine*, *47*(1), 163–173.

Nuckols, G. (2023, August 9). No, creatine (probably) doesn't cause hair loss • stronger by science. Stronger by Science. https://www.strongerbyscience.com/creatine-hair-loss/

Peeling, P., Binnie, M. J., Goods, P. S. R., Sim, M., & Burke, L. M. (2018). Evidence-based supplements for the enhancement of athletic performance. *International Journal of Sport Nutrition and Exercise Metabolism*, *28*(2), 178–187.

Rawson, E. S., & Volek, J. S. (2003). Effects of creatine supplementation and resistance training on muscle strength and weightlifting performance. *The Journal of Strength and Conditioning Research*, *17*(4), 822–831.

Swerdloff, R. S., Dudley, R. E., Page, S. T., Wang, C., & Salameh, W. A. (2017). Dihydrotestosterone: Biochemistry, physiology, and clinical implications of elevated blood levels. *Endocrine Reviews*, *38*(3), 220–254.

喝咖啡也能提升重訓表現？

　　平時覺得很累，喝了杯咖啡後會比較精神是為什麼呢？因為咖啡含有咖啡因，咖啡因是天然的物質，可在多種植物的果實、葉片和種子中找到，約九成的成年人有恆常攝取咖啡因的習慣。咖啡因能透過對抗體內的腺苷（adenosine），一種神經遞質，與腺苷受體（adenosine receptor）的結合，減低腺苷抑制中樞神經系統的作用，從而有效刺激中樞神經系統，增加警覺性和專注力，並減低身體對疲累的感知；同時亦能增加安多酚（endorphin）的分泌，降低運動時的自覺竭力程度，改善神經肌肉功能，提升爆發力量表現。咖啡因亦有加速代謝率的功用，輕微地增加脂肪氧化以及身體能量消耗。換言之咖啡因不只是對日常工作有幫助，對於運動表現也有提升的效果。的確，咖啡因對運動表現提升已有超過一個世紀的科研證據支持，並且屬評分等級 A 類的補充劑。

對運動表現的正面影響

　　在重訓方面，2016 年的一篇研究找來了 15 名男性健美運動員並分為兩組，一組攝取每公斤體重 6 毫克的咖啡因，另一組則攝取安慰劑，共進行兩次重訓，訓練包括臥推舉及腿部推舉。實驗結果反映攝取咖啡因的一組上和下半身的訓練表現比安慰劑組有明顯的上升。另外，2018 年的一篇系統性研究回顧中亦顯示在過往十篇相關的研究中，咖啡因的攝取能有效提升上肢

的肌肉力量。至於耐力運動方面，有文獻指出在運動前攝取每公斤體重 3 至 6 毫克咖啡因可以提升耐力訓練的表現約 2% 至 7%。而在 2022 年的一篇系統性研究回顧中，回顧了 21 篇關於咖啡因與耐力訓練表現的研究，當中包括 254 名長跑受試者得出的數據亦顯示咖啡因有助延遲疲累感的出現，並且可以使受試者較快地完成同樣距離的訓練。

使用方法及副作用

　　無論在運動前、中途或到後段攝取咖啡因都有表現提升的效果。一般建議可於運動前約 60 分鐘攝取咖啡因，因為血液中的咖啡因濃度會在攝取後 60 分鐘內達到頂峰，若運動時間較長也可以在中途再次補充。至於攝取量方面，在過往 15 年的研究發現攝取每天每公斤體重 3 至 6 毫克或單次攝取 200 毫克咖啡因，能有效提升運動表現，而出現副作用的機率也較低。亦有近年的研究指出不用攝取那麼多的咖啡因，每公斤體重 1 至 3 毫克的咖啡因已足以有表現提升的功效。至於當咖啡因劑量達到每公斤體重 9 毫克，或全日攝取量超過 400 毫克時，可能會帶來心跳加速、噁心、焦慮、煩躁不安或過度興奮等副作用。咖啡因攝取過量非但不能促進運動表現，甚至會帶來不良副作用，並導致咖啡因上癮。

　　可能你會覺得一般沒怎麼可能攝取達到 400 毫克咖啡因。一杯市面上約 240 毫升的咖啡含約 100 毫克咖啡因，但大杯約 500 至 600 毫升的咖啡已經可含約 300 至 400 毫克咖啡因。還有不只是咖啡有咖啡因，日常的其他食物或飲料當中例如茶、可樂、能量飲品、巧克力等亦含有咖啡因，如果本來已經每天喝兩杯咖啡或奶茶，再於重訓前進食咖啡因補充劑，例如咖啡因膠囊、咖啡因粉、咖啡因口香糖、含咖啡因的運動啫喱等，上述食品每劑量的咖啡因由 40 到 400 毫克不等，加起來不難超過最高建議攝取量。所以我常告訴客人不用每次訓練也補充咖啡因，例如五天的訓練課表當中總有一

些日子是較輕鬆，一兩課是較長和訓練量較大的，只在訓練量大或在訓練前已經覺得疲累的時候用上，這樣較不會因為長期攝取大量咖啡因而導致產生副作用。

含咖啡因的食品（其分量）	咖啡因含量（毫克）
咖啡（一中杯）	95–160
茶（一中杯）	13–80
港式奶茶（一中杯）	95
能量飲品（一罐）	80–130
可樂（一罐）	40
含咖啡因運動啫喱（一小包）	20–50
健身前補充劑（一匙）	150–350
咖啡因膠囊（一顆）	100–200
咖啡因口香糖（一顆）	40–100

常見食品及補充劑的咖啡因含量

另外，咖啡因具有輕微利尿的作用，有些人因此會擔心攝取咖啡因會令身體脫水，但其實小量至中等的咖啡因攝取量對於有慣常攝取咖啡因的人士來說很少出現脫水的情況，因他們產生了對咖啡因利尿效應的耐受性。再者飲用含咖啡因的飲料事實上亦補充了不少流質。不過若是透過藥丸或口香糖等形式攝取，便需要注意水分的補充。雖然咖啡因對大部分人而言都能有效提升運動表現，一部分人亦有可能對咖啡因完全沒有產生反應，有些人只能耐受很小量的咖啡因否則會出現副作用，所以建議可以先嘗試低劑量咖啡因並留意身體的反應，再慢慢提升攝取量至最有效提升表現的水平。

另外，咖啡因的半衰期約為五小時，即五小時後還有一半的劑量仍然存於血液當中，所以在過於接近睡眠時間攝入可能影響睡眠質素。睡眠是身體進行修復的重要時機，因此睡眠質素變差很可能影響運動後的肌肉修復，

間接影響翌日的運動表現。一篇 2023 年的系統性研究回顧綜合了 24 篇研究，顯示咖啡因的攝取可能減少總睡眠時間 45 分鐘及令睡眠效率下降 7%，並增加入睡時間以及入睡後醒來的總時數。攝入的咖啡因劑量愈大，攝取時間愈接近睡眠時間，總睡眠時間便減少得愈多，因此，為避免咖啡因的攝取影響睡眠質素，建議較低的咖啡因劑量（約 100 毫克）應在睡前九小時攝取，較高劑量（約 200 毫克）應在睡前 13 小時攝取。換言之如果打算午夜睡覺的話，最好下午約三時後就不要攝取含咖啡因的食物或飲料。若晚上進行訓練的話，為了盡量避免影響睡眠，只使用非常低劑量或不使用咖啡因。

咖啡因漱口法

近年有學者提出若只以漱口的方式而不真正攝取咖啡因，亦可能帶來運動表現提升的效果，這樣便可避免攝取過量咖啡因。這個理論的原理為利用咖啡因溶液來刺激口腔中的腺苷受體和苦味感受器（bitter taste receptors），增加神經傳導物質的釋放，傳遞訊息予中樞神經系統並刺激腦部和肌肉反應，從而在減低大腦疲累感的同時避免大量攝取咖啡因而產生副作用。在 2021 年的一篇研究中，找來 14 名有重訓經驗的男士以 3% 的高濃度咖啡因（即 25 毫升溶液中含 750 毫克咖啡因）漱口五秒後吐出。雖然未能提升臥推舉的單次最大力量，但能有效增加肌耐力和降低自覺竭力程度。而另一個研究找來 12 名受試者進行三次 30 分鐘的單車測試，每次分別以清水、麥芽糊精和咖啡溶液（125 毫升水中含 32 毫克咖啡因）漱口。比起以清水或麥芽糊精漱口，使用咖啡溶液漱口後單車測試的踏頻、功率和速度都明顯較高，但自覺竭力程度和心率則沒有明顯分別。由此可見，使用咖啡因漱口可能可以提升運動表現並減少咖啡因的副作用，但現今還需要更多的研究去釐清用於漱口的有效劑量以及漱口時長。

咖啡因容易在日常的飲食中和補充劑攝取，只要注意劑量，適當地使用便可以避免副作用的出現及影響睡眠質素，同時能夠有效提升訓練效果。

參考資料

AIS Sports Supplement Framework Caffeine. The Australian Institute of Sport. (2021, March). https://www.ais.gov.au/__data/assets/pdf_file/0004/1000498/36194_Sport-supplement-fact-sheets-Caffeine-v6.pdf

Arazi, H., Dehlavinejad, N., Gholizadeh, R.. (2016). The acute effect of caffeine supplementation on strength, repetition sustainability and work volume of novice bodybuilders. *Turkish Journal of Kinesiology*, *2*(3), 43–48.

Bottoms, L., Hurst, H., Scriven, A., Lynch, F., Bolton, J., Vercoe, L., Shone, Z., Barry, G., & Sinclair, J. (2014). The effect of caffeine mouth rinse on self-paced cycling performance. *Comparative Exercise Physiology*, *10*(4), 239–245. https://doi.org/10.3920/cep140015

Gardiner, C., Weakley, J., Burke, L. M., Roach, G. D., Sargent, C., Maniar, N., Townshend, A., & Halson, S. L. (2023). The effect of caffeine on subsequent sleep: A systematic review and meta-analysis. *Sleep Medicine Reviews*, *69*, 101764.

Grgic, J., Trexler, E. T., Lazinica, B., & Pedisic, Z. (2018). Effects of caffeine intake on muscle strength and power: A systematic review and meta-analysis. *Journal of the International Society of Sports Nutrition*, *15*(1).

Karayigit, R., Koz, M., Sánchez-Gómez, A., Naderi, A., Yildirim, U. C., Domínguez, R., & Gur, F. (2021). High dose of caffeine mouth rinse increases resistance training performance in men. *Nutrients*, *13*(11), 3800.

Maughan, R. J., & Griffin, J. (2003). Caffeine ingestion and fluid balance: a review. *Journal of Human Nutrition and Dietetics* : the official journal of the British Dietetic Association, *16*(6), 411–420. https://doi.org/10.1046/j.1365-277x.2003.00477.x

Peeling, P., Binnie, M. J., Goods, P. S. R., Sim, M., & Burke, L. M. (2018). Evidence-based supplements for the enhancement of athletic performance. *International Journal of Sport Nutrition and Exercise Metabolism*, *28*(2), 178–187.

Stear, S. J., Castell, L., Burke, L., & Spriet, L. L. (2010). BJSM Reviews: A–Z of nutritional supplements: Dietary supplements, sports nutrition foods and ergogenic AIDS for Health and Performance Part 6. *British Journal of Sports Medicine*, *44*(4), 297–298.

Wang, Z., Qiu, B., Gao, J., & Del Coso, J. (2022). Effects of caffeine intake on endurance running performance and time to exhaustion: A systematic review and meta-analysis. *Nutrients*, *15*(1), 148.

如何分辨補充劑是否安全？

當我們在網店或市面上的補充劑店鋪隨手拿起一罐補充劑都可能看見長長的成分表，好像愈多成分就愈有效一樣。不過當中的那麼多成分都對我們的重訓表現有幫助嗎？那些成分究竟有沒有充分的科學實證？罐面寫上的成分和劑量是真確的嗎？會不會還含有其他沒有寫上的成分例如污染物甚至禁藥呢？這些疑問是我們選購補充劑時必需要有的。以下我會以一種很多健身人士會用到的補充劑——健身前補充劑（pre-workout）為例，去拆解它的成分功效。

健身前補充劑成分拆解

健身前補充劑非常受健身人士歡迎，他們一般會於重訓前攝取。普遍 pre-workout 產品都是粉劑，視乎建議攝取分量把約一至兩匙加入清水並攪勻後沖調至一整杯飲用。而根據過去一份研究，各款市售健身前補充劑所含的成分普遍度及含量如下：

成分	普遍度	一般含量
β- 丙氨酸	87%	2.0±0.8g
咖啡因	86%	254±79.5mg
瓜氨酸	71%	4.0±2.5g
酪氨酸	63%	348±305.7mg
牛磺酸	51%	1.3±0.6g
肌酸	49%	2.1±1.0g
維生素 B3	48%	25.8±15.2mg
精氨酸	46%	1.3±0.7g
維生素 B12	45%	121.7±227.2µg
支鏈氨基酸	22%	3.2±1.9g

(資料參考：Jagim et al., 2019)

　　健身前補充劑一般於重訓前使用，聲稱包含這麼多的成分能有提神和提升重訓表現的功效。2019 年的一篇研究找來美國市面上一百款健身前補充劑的樣本，發現樣本平均含有 18 種成分，不同樣本都有約接近一半的成分為混合物而沒有詳列各成分的劑量。當中最為普遍，約有接近八九成樣本都含有的成分為 β- 丙氨酸和咖啡因。前文提及過 β- 丙氨酸屬於評分等級 A 類的補充劑，但現今對於重訓表現提升的效果還成疑，而且補充劑所含的劑量較低，不足以帶來表現提升的效果。不過有健身人士覺得 β- 丙氨酸帶來皮膚麻痺的副作用是代表健身前補充劑已經帶來效用的感覺。另外補充劑的咖啡因劑量普遍非常高，單次劑量已經超過 200 毫克，有些樣本甚至含高達 350 毫克。因此尤其對於體重較輕的人士，比如說 50 公斤的女士來說會容易攝取過高劑量的咖啡因，建議下調補充劑分量至半匙或大半匙較為合適。

　　再者，肌酸也是當中非常普遍的成分，但產品一般所含約 2 克的劑量未達表現提升的標準 3 至 5 克分量。同時肌酸需要負載期，只在重訓前單次補充肌酸亦未能有效提高肌肉肌酸水平。如果本身有恆常攝取肌酸補充劑的人士也要注意健身前補充劑的肌酸含量以免過量攝取。

至於支鏈氨基酸也包含在健身前補充劑產品當中，如果本身從日常飲食當中經已攝取足夠高質素蛋白質，額外攝取支鏈氨基酸並沒有增加肌肉合成的效果。若是素食者，本身飲食當中的必需氨基酸攝取量較低，支鏈氨基酸的補充或可能幫助肌肉合成。同樣減重人士若卡路里攝取非常苛刻，未必有太多的卡路里限額可以給予充足的蛋白質攝取，低卡路里的支鏈氨基酸（3克支鏈氨基酸約含 12 卡路里）可以用於彌補一部分蛋白質攝取的不足。

最後，有一半以上樣本含有的是瓜氨酸、酪氨酸等，這些成分有效提升重訓的表現嗎？這些成分暫時沒有充分科學根據支持其聲稱的效用，而且劑量也未必為安全的使用量。因此我們應當小心選購補充劑，並不要以為包含愈多的成分就愈有效或性價比愈高。

	聲稱原理及效用	應該使用嗎？
β- 丙氨酸 (beta-alanine)	• 屬評分等級 A 類補充劑 • 幫助緩衝酸性物質，因此有助延遲肌肉疲累及提升運動表現	• 適用於短速高強度運動（約 30 秒至 10 分鐘），未必能提升重訓表現 • 一般 pre-workout 產品的劑量未必足夠，個別單次訓練前攝取未必有效
咖啡因 (caffeine)	• 屬評分等級 A 類補充劑 • 刺激中樞神經增加爆發力及降低重訓時的自覺力竭程度	• pre-workout 的咖啡因劑量普遍非常高，容易導致過量攝取 • 很多其他飲料如咖啡、茶等亦含咖啡因，不一定要從 pre-workout 攝取
瓜氨酸 (citrulline)	• 在體內轉化成精氨酸 (arginine) 有助血管放鬆及增加氧輸送	• 現時訓練效用成疑，缺乏科學根據
酪氨酸 (tyrosine)	• 屬評分等級 C 類補充劑 • 用以產生多巴胺 (dopamine)，提升專注度	• 現時訓練效用成疑，缺乏科學根據

	聲稱原理及效用	應該使用嗎？
牛磺酸 (taurine)	• 具抗氧化功效，或能減少運動後的遲發性肌肉酸痛 • 改善脂肪代謝，減少肌肉醣原的耗竭	• 一般食物如肉及海鮮類亦含牛磺酸，未必需要額外補充 • 現時效用成疑，缺乏科學根據
肌酸 (creatine)	• 屬評分等級 A 類補充劑 • 提升肌肉肌酸儲備，增強短時間高強度運動的能力效果	• 肌酸有負載期，個別單次訓練前攝取 pre-workout 所含的 2 克未必有效 • 本身有攝取肌酸習慣人士需留意 pre-workout 的肌酸含量以避免攝取過量
維生素 B3 (niacin)	• 製造新陳代謝輔酵素，有助氧輸送	• 維生素 B3 從食物一般已達到每天所需，除非本身缺乏，額外的補充未必需要
精氨酸 (arginine)	• 在體內轉化為一氧化氮（NO），有助血管放鬆及增加氧輸送	• 現今有一些研究顯示精氨酸或能提升運動表現，但還需更多科學根據支持其效用
維生素 B12 (vitamin B12)	• 形成血紅蛋白的重要部分，增加氧輸送	• 維生素 B12 可從食物攝取，素食者可能會較容易缺乏；但除非本身缺乏，否則未必需要額外的補充
支鏈氨基酸 (BCAA)	• 屬評分等級 C 類補充劑 • 防止肌肉流失，促進蛋白質合成，及舒緩運動疲勞	• 即使 BCAA 對修補肌肉有效，仍需配合其他蛋白質食物中的完整必需氨基酸才能發揮最大功用 • 但完整蛋白質當中已包含 BCAA，不需要額外攝取

營養成分及效用總表
(資料參考：AIS Sports Supplement Framework, 2021; Viribay et al., 2020; Viribay et al., 2022)

補充劑會受「污染」嗎？

補充劑上的成分標籤列明了產品所含有的成分和劑量就一定安全嗎？不是的，產品的安全性亦視乎於產品的原材料來源以及製作過程中是否受到污染。一些原材料可能來自缺乏良好食品品質管制的國家，因此受污染的風險可能上升。製作廠商亦可能同時有生產禁藥，所以製作過程的產品處理和儲存程序可能會受禁藥污染。另外，生產商的品質管理參差，產品成分的劑量可能缺乏監管。一個澳洲的研究顯示 15 款健身前補充劑的咖啡因實際含量是包裝上聲稱的 59% 至 176%，有 9 款未有標示咖啡因含量。另外一篇研究分析了 103 種網上購買的補充劑，分別為肌酸、荷爾蒙前驅物、腦力增強劑（cognitive enhancers）和支鏈氨基酸，發現其中七款產品含有禁藥成分或含有一些未有在包裝上標示的荷爾蒙。還有一篇研究分析了 48 款蛋白質和肌酸補充劑，當中 3 款含有禁藥成分。因此就算是標明了成分和劑量，劑量也有可能不真確，還可能含有列出的成分以外的其他物質和污染物，甚至是禁藥。

一般人攝取了受污染的補充劑可能對身體健康有未知的影響，如果是運動員的話則可能會有誤攝禁藥的風險而被禁賽。運動員可能會被隨時隨地抽樣檢驗，我也曾數次被突擊家訪要求驗尿，測試體內有沒有被世界運動禁藥機構（World Anti-Doping Agency, WADA）禁用的物質，因此建議可以參考 WADA 的運動禁用物質清單或購買通過禁藥檢驗並印有認證印章的補充劑。例如英國政府的化學實驗室（Laboratory of the Government Chemist, LGC）的「Informed Sport」標誌代表每一批次的產品已經通過檢驗測試，禁用物質的偵測範圍在每克補充劑分量的 10 至 100 納克以內，通過檢驗測試的批次編號可在它們的官網找到。另一個同樣由 LGC 批出的標誌為「Informed Choice」標誌，這個標誌代表每月他們至少會抽樣檢查其中一個批次的產品，但並不是每個批次都有受過檢查。另外還有澳洲的

Human and Supplement Testing Australia (HASTA)、美國的National Sanitation Foundation (NSF) 's Certified for Sport 等官方機構所推出的第三方測試認證印章。我們亦需注意一些產品會寫上「Third Party Tested」即已通過第三方測試的字句,但卻沒有印上任何官方認證的標誌,即這些產品未曾通過官方的檢驗測試。一些世界級水平運動員甚至會把他們自己的補充劑送到實驗室檢驗來確定沒有禁用物質,排除被禁賽的風險。當然我們可能不是世界級水平運動員,但亦可透過該些官方認證印章來選擇較安全的補充劑以保障自己的安全與健康。相關官方認證可於網上搜尋得到。

我們要小心選購補充劑,不然很容易會墮入補充劑的銷售陷阱而購買了一些根本對重訓表現沒有幫助的補充劑,除了浪費金錢,更可能攝取不恰當的劑量或禁藥而對身體帶來負面影響。

參考資料

AIS Sports Supplement Framework Caffeine. The Australian Institute of Sport. (2021, March). https:// www.ais.gov.au/__data/assets/pdf_file/0004/1000498/36194_Sport-supplement-fact-sheetsCaffeine-v6.pdf

AIS Sports Supplement Framework Creatine Monohydrate. The Australian Institute of Sport. (2021, March). https://www.ais.gov.au/__data/assets/pdf_file/0007/1000501/Sport-supplement-factsheets-Creatine-v4.pdf

AIS Sports Supplement Framework Tyrosine. The Australian Institute of Sport. (2021, March). https:// www.ais.gov.au/__data/assets/pdf_file/0007/1000420/36182_Supplements-fact-sheets_Tyrosine-v3.pdf

AIS Sports Supplement Framework Branched-chain amino acids (BCAA) . Australian Institute of Sport. (n.d.). https://www.ais.gov.au/__data/assets/pdf_file/0013/1000417/36182_Supplements-factsheets_BCAA-v4.pdf

AIS Sports Supplement Framework ß-Alanine. The Australian Institute of Sport. (2021, March). https:// www.ais.gov.au/__data/assets/pdf_file/0005/1000499/Sport-supplement-fact-sheets-BAlanine-v4.pdf

Baume, N., Mahler, N., Kamber, M., Mangin, P., & Saugy, M. (2006). Research of stimulants and anabolic steroids in dietary supplements. *Scandinavian Journal of Medicine & Science in Sports*, *16*(1), 41-48.

Desbrow, B., Hall, S., O'Connor, H., Slater, G., Barnes, K., & Grant, G. (2019). Caffeine content of pre-workout supplements commonly used by Australian consumers. *Drug Testing and Analysis*, *11*(3), 523-529.

Jagim, A. R., Harty, P. S., & Camic, C. L. (2019). Common ingredient profiles of multi-ingredient pre-workout supplements. *Nutrients*, *11*(2), 254.

Stepan, R., Cuhra, P., & Barsova, S. (2008). Comprehensive two-dimensional gas chromatography with time-of-flight mass spectrometric detection for the determination of anabolic steroids and related compounds in nutritional supplements. *Food additives and contaminants*, *25*(5), 557-565.

Viribay, A., Burgos, J., Fernández-Landa, J., Seco-Calvo, J., & Mielgo-Ayuso, J. (2020). Effects of Arginine Supplementation on Athletic Performance Based on Energy Metabolism: A Systematic Review and Meta-Analysis. *Nutrients*, *12*(5), 1300. https://doi.org/10.3390/nu12051300

Viribay, A., Fernández-Landa, J., Castañeda-Babarro, A., Collado, P. S., Fernández-Lázaro, D., & Mielgo-Ayuso, J. (2022). Effects of Citrulline Supplementation on Different Aerobic Exercise Performance Outcomes: A Systematic Review and Meta-Analysis. *Nutrients*, *14*(17), 3479. https:// doi.org/10.3390/nu14173479

附錄

常見外出飲食
卡路里及巨量營養素表

港式					
	分量	卡路里 （千卡）	碳水化合物 （克）	蛋白質 （克）	脂肪 （克）
粥粉麵					
雲吞麵	1 碗	419	62	21	10
水餃湯麵	1 碗	552	80	22	17
魚蛋湯米粉	1 碗	400	63	19	7
魚片頭湯河粉	1 碗	488	67	22	14
牛丸湯米粉	1 碗	429	64	22	9
墨魚丸湯米粉	1 碗	445	67	18	11
牛腩湯河粉	1 碗	692	58	33	35
牛筋湯麵	1 碗	460	63	34	8
豉油皇炒麵	1 碗	688	99	23	23
炒米粉	1 碗	670	105	23	18
皮蛋瘦肉粥	1 碗	317	35	17	13
及第粥	1 碗	372	35	26	14
艇仔粥	1 碗	330	34	15	15
白粥	1 碗	138	30	3	1
茶餐廳常餐					
沙嗲牛肉麵	1 碗	621	72	25	26
餐蛋麵	1 碗	716	59	23	42
五香肉丁麵	1 碗	686	68	29	33
火腿通粉	1 碗	304	46	15	7

	分量	卡路里 （千卡）	碳水化合物 （克）	蛋白質 （克）	脂肪 （克）
雪菜肉絲米粉	1 碗	407	58	12	14
叉燒湯意粉	1 碗	448	56	23	15
牛奶麥皮	1 碗	288	44	9	9
吉列魚柳	1 塊	232	16	15	12
煎雞扒	1 塊	217	0	21	15
黑椒牛扒	1 塊	207	4	18	13
炒蛋	1 份	218	3	15	16
煎蛋	1 隻	92	0	6	8
烚蛋	1 隻	72	0	6	5
火腿奄列	1 份	198	3	18	13
牛油多士	1 塊	112	14	3	5
丹麥多士	1 塊	156	17	3	9
火腿蛋三文治	1 份	343	30	16	17
餐肉蛋三文治	1 份	520	32	22	34
煎火腿	1 片	43	1	3	3
煎腸仔	1 條	112	2	5	10
煎午餐肉	1 片	93	0	3	9
西多士	1 份	522	39	8	37
碟頭飯／麵					
焗豬扒飯	1 碟	1235	137	48	52
枝竹火腩飯	1 碟	1245	130	53	57
咖喱牛腩飯	1 碟	1200	135	58	47
魚香茄子飯	1 碟	1050	133	25	45
粟米肉粒飯	1 碟	949	141	32	28
滑蛋蝦仁飯	1 碟	980	137	27	35
時菜牛肉飯	1 碟	840	140	32	16
揚州炒飯	1 碟	1140	150	42	43
福建炒飯	1 碟	1120	156	45	35
冬菇蒸雞飯	1 碟	704	112	30	15
鳳爪排骨飯	1 碟	740	122	21	19
鹹蛋蒸肉餅飯	1 碟	952	133	40	30

	分量	卡路里 （千卡）	碳水化合物 （克）	蛋白質 （克）	脂肪 （克）
白切雞飯	1 碟	1020	139	42	33
叉燒飯	1 碟	1083	143	40	39
燒肉飯	1 碟	1084	137	35	44
燒鵝飯	1 碟	1150	143	43	45
乾炒牛河	1 碟	955	145	24	31
星洲炒米	1 碟	1026	143	29	37
豬扒炒即食麵	1 碟	1268	106	49	72
乾燒伊麵	1 碟	1168	118	30	66
小菜					
魚香茄子煲	1 煲	714	22	17	66
蝦仁炒蛋	1 碟	1012	11	57	79
菠蘿咕嚕肉	1 碟	984	74	29	62
粟米魚塊	1 碟	765	60	34	45
鹹蛋蒸肉餅	1 碟	800	14	45	64
中式牛柳	1 碟	612	33	40	36
欖菜肉鬆四季豆	1 碟	390	16	16	29
西芹炒雞柳	1 碟	291	8	24	19
西蘭花炒魚塊	1 碟	517	13	45	31
車仔麵（淨麵類）					
蝦子麵	1 包	322	62	14	2
即食麵	1 包	451	58	11	20
非油炸拉麵	1 包	335	56	12	7
辛辣麵	1 包	509	79	11	17
米粉	1 包	229	46	5	3
米線	1 包	264	62	3	2
通心粉	1 包	283	56	10	3
烏冬	1 包	248	52	7	0
上海麵	1 包	302	61	10	2
印尼撈麵	1 包	384	51	9	19
拌麵	1 包	329	51	10	9
炒麵王	1 盒	500	63	11	23

	分量	卡路里 （千卡）	碳水化合物 （克）	蛋白質 （克）	脂肪 （克）
車仔麵（配料）					
雞肉	1片	16	0	2	1
牛肉	1片	17	0	2	1
豬肉	1片	15	0	2	1
豬膶	1片	14	0	2	1
豬紅	1件	11	0	2	0
牛肚	1片	17	0	2	1
魷魚	1條	17	0	4	0
雞腳	1隻	73	0	7	5
豬大腸	1件	39	0	1	4
滷雞翼	1隻	75	1	7	4
豆卜	1件	30	1	2	2
冬菇	1粒	10	2	1	0
生菜	1份	20	1	1	2
白魚蛋	1粒	7	0	1	0
炸魚蛋	1粒	11	1	1	0
墨魚丸	1粒	23	2	2	1
牛丸	1粒	18	1	2	1
街邊小食					
咖喱魚蛋	6粒	76	9	5	2
牛雜	1碗	345	4	39	20
茶葉蛋	1隻	73	0	7	5
生菜魚肉	1碗	118	18	6	3
煎釀三寶	3件	112	7	7	6
臭豆腐	1件	174	3	17	11
碗仔翅	1碗	123	20	4	3
燒賣	6粒	294	15	16	19
豬大腸	1串	160	0	6	15
咖喱角	1隻	99	9	3	6
腸粉（連醬）	1份	410	51	7	20
雞蛋仔	1底	390	60	9	14

	分量	卡路里（千卡）	碳水化合物（克）	蛋白質（克）	脂肪（克）
格仔餅	1 底	504	62	9	24
火鍋（配料）					
貢丸	1 粒	42	0	2	4
包心蟹子丸	1 粒	40	2	2	3
芝士腸	1 條	36	1	2	3
魚皮餃	1 粒	64	5	3	4
肥牛	1 片	110	0	6	9
鯇魚片	3 薄片	42	0	6	2
響鈴	1 件	100	1	2	10
生筋	1 件	68	3	2	5
豆腐	1 片	22	0	2	2
芋絲	5 件	15	3	0	0
燒烤（配料）					
雞扒（連皮）	1 塊	232	0	25	14
豬扒	1 塊	234	0	29	13
廚師腸	1 條	90	0	4	8
獅子狗卷	1 小條	20	2	2	0
雞翼	1 隻	75	0	7	5
棉花糖	1 粒	25	6	0	0
粟米	1/3 條	48	9	2	1
金菇	1 包	37	8	3	0
番薯	1 條	128	30	2	0
白麵包	1 片	110	20	3	2
蟹（每隻約 5 兩重）					
大閘蟹	1 隻	103	2	18	3
海蟹	1 隻	95	5	14	2
花蟹	1 隻	102	0	20	2
阿拉斯加長腳蟹	1 隻	95	0	19	2
麵包					
菠蘿包	1 個	349	51	8	13
雞尾包	1 個	360	43	7	18

	分量	卡路里 (千卡)	碳水化合物 (克)	蛋白質 (克)	脂肪 (克)
豬仔包	1個	215	33	7	6
提子麥包	1個	211	33	6	6
丹麥條	1個	426	56	10	18
叉燒餐包	1個	319	44	11	11
吞拿魚包	1個	286	39	12	10
紅豆包	1個	363	61	10	8
肉鬆包	1個	294	40	12	10
腿蛋包	1個	265	33	12	10
咖喱牛肉包	1個	313	44	11	11
腸仔包	1個	278	32	11	12
餐飲					
熱奶茶（不加糖）	1杯	88	6	4	5
凍奶茶（普通甜度）	1杯	146	22	4	5
凍奶茶（少甜）	1杯	124	16	4	5
熱檸檬茶（不加糖）	1杯	5	1	0	0
凍檸檬茶（普通甜度）	1杯	124	30	0	0
凍檸檬茶（少甜）	1杯	76	18	0	0
熱檸檬水（不加糖）	1杯	5	1	0	0
凍檸檬水（普通甜度）	1杯	124	30	0	0
凍檸檬水（少甜）	1杯	76	18	0	0
熱齋啡	1杯	6	0	1	0
熱咖啡（不加糖）	1杯	88	6	4	5
凍咖啡（普通甜度）	1杯	150	23	4	5
凍咖啡（少甜）	1杯	128	17	4	5
熱檸蜜	1杯	73	17	0	0
凍檸蜜（普通甜度）	1杯	85	20	0	0
凍檸蜜（少甜）	1杯	66	15	0	0
熱巧克力	1杯	120	17	4	4
凍巧克力（普通甜度）	1杯	181	30	4	5
凍巧克力（少甜）	1杯	150	24	4	5
熱鴛鴦（不加糖）	1杯	119	12	6	5

	分量	卡路里 （千卡）	碳水化合物 （克）	蛋白質 （克）	脂肪 （克）
凍鴛鴦（普通甜度)	1杯	165	27	6	4
凍鴛鴦（少甜）	1杯	136	19	6	4
凍紅豆冰（普通甜度）	1杯	266	49	8	4
凍紅豆冰（少甜）	1杯	247	46	8	3

中式

點心					
蝦餃	1件	48	5	2	2
燒賣	1件	58	3	3	4
潮州粉果	1件	89	12	2	4
馬拉糕	1件	350	56	9	10
叉燒包	1個	130	20	4	4
奶皇包	1個	142	27	3	3
雞包仔	1個	120	18	4	3
小籠包	1隻	86	7	3	5
山竹牛肉球	1件	90	3	4	7
鮮竹卷	1件	143	3	6	12
雞扎	1件	153	4	10	10
金錢肚	1小碟	214	10	21	10
豉汁蒸排骨	1小碟	240	6	16	17
珍珠雞	1件	215	28	6	9
叉燒腸粉	1條	103	13	4	4
牛肉腸粉	1條	90	14	2	3
春卷	1件	143	13	2	10
鹹水角	1件	149	19	2	7
炸雲吞	1件	92	7	2	6
包點（注：此處所指包點，體積較點心類包點大）					
菜肉包	1個	230	33	6	9
牛肉包	1個	227	30	8	9
素菜包	1個	200	32	5	6
叉燒包	1個	260	42	7	7

	分量	卡路里 （千卡）	碳水化合物 （克）	蛋白質 （克）	脂肪 （克）
奶皇包	1個	250	44	4	6
番薯包	1個	250	43	7	6
蛋黃蓮蓉包	1個	300	52	5	8
白饅頭	1個	223	43	7	1
蔥花卷	1個	250	51	7	2
中式宴會					
乳豬（連皮及夾包）	2件	215	10	10	15
炸釀蟹鉗	1件	92	6	5	5
瑤柱珍菌伴鮮蔬	1小碟	88	7	5	5
花姿炒玉帶	1小碟	70	3	8	3
海皇燕窩羹	1小碗	83	9	7	2
原隻鮑魚（連冬菇）	1份	64	9	6	1
清蒸龍躉	1小半碗	81	1	1	4
炸子雞	2件	111	0	11	7
荷葉飯	1小碗	238	30	5	12
炆伊麵	1小碗	190	18	5	11
蓮子百合紅棗茶	1小碗	140	33	1	0
紅豆糕及合桃酥	各1件	135	23	2	4
上海菜式					
擔擔麵	1碗	800	65	26	49
雞絲粉皮	1碟	330	26	13	20
麻香拌海蜇	1碟	240	6	13	18
鎮江肴肉	1碟	240	1	42	9
花雕醉雞	1碟	440	1	36	32
蟹粉小籠包	1個	83	6	3	5
生煎包	1個	160	20	4	8
炸饅頭	1個	280	33	3	15
紅油抄手	8隻	540	39	19	36
高力豆沙	1件	182	18	6	10
上海排骨菜飯	1碟	900	115	37	30
上海炒年糕	1碟	800	125	22	22

	分量	卡路里 （千卡）	碳水化合物 （克）	蛋白質 （克）	脂肪 （克）
上海粗炒	1 碟	910	119	39	29
潮州菜式					
滷水鵝片	1 片	50	1	3	4
滷水鵝腸	1 條	38	1	3	3
滷水雞腎	1 片	23	1	3	1
凍烏頭	1 條	360	0	60	12
凍蟹	1 隻	102	0	20	2
椒鹽九肚魚	1 條	100	4	4	8
蠔仔粥	1 碗	256	32	18	5
韭菜豬紅	1 碗	410	15	40	20
蠔餅	1 碟	1153	78	39	78
糖醋伊麵	1 碟	1186	99	20	82
瑤柱蛋白炒飯	1 碟	1260	189	43	32
盆菜					
炆冬菇	1 隻	25	2	1	2
炆六頭鮑魚	1 件	32	1	3	2
炆髮菜	1 撮	37	6	2	2
燒鵝（連皮）	1 件	76	1	5	6
鮮蝦	1 隻	15	1	3	0
炆花膠	1 條	40	1	5	2
瑤柱	1 粒	13	0	3	0
炸豬皮	1 片	104	0	12	6
炆鴨掌	1 件	76	6	4	4
炆蠔豉	1 隻	45	2	4	2
炆海參	1 件	26	1	2	2
炆豬腩肉	1 小片	57	1	1	6
炸枝竹	1 片	80	1	5	7
糕點					
老婆餅	1 件	306	38	3	16
瑞士卷	1 片	180	21	4	9
合桃酥	1 件	72	10	1	3

	分量	卡路里 （千卡）	碳水化合物 （克）	蛋白質 （克）	脂肪 （克）
杏仁餅	1件	110	14	3	5
豆沙酥	1件	218	27	3	11
皮蛋酥	1件	285	30	5	17
鳳梨酥	1件	176	29	2	6
紙包蛋糕	1件	221	27	6	10
蝴蝶酥	1件	46	7	1	2
椰絲撻	1件	308	28	4	20
蛋撻	1件	217	23	4	12
薩琪瑪	1件	168	20	2	9
糖水					
紅豆沙	1碗	220	44	8	1
綠豆沙	1碗	260	53	9	1
楊枝甘露	1碗	230	42	1	6
番薯糖水	1碗	200	50	1	0
椰汁西米露	1碗	290	41	2	12
芝麻糊	1碗	280	37	5	12
合桃糊	1碗	400	37	6	27
腐竹雞蛋糖水	1碗	270	30	13	11
燉蛋	1碗	194	20	6	10
燉奶	1碗	164	20	8	6
豆腐花（連糖）	1碗	190	30	8	5
喳咋	1碗	300	53	11	5
賀年糕點					
蒸蘿蔔糕	1片	74	9	2	3
煎蘿蔔糕	1片	111	13	3	5
煎馬蹄糕	1片	128	26	0	3
煎芋頭糕	1片	136	17	3	6
煎年糕	1片	172	31	3	4
蛋煎年糕	1片	184	31	4	5
煎椰汁年糕	1片	263	42	2	10
煎黃金糕	1片	279	49	2	8

	分量	卡路里 (千卡)	碳水化合物 (克)	蛋白質 (克)	脂肪 (克)
煎紅棗糕	1 片	191	37	0	5
賀年食品					
煎堆	1 件	240	26	2	15
油角	1 件	130	14	2	8
笑口棗	1 粒	23	3	0	1
糖蓮藕	1 片	80	19	1	0
脆麻花	1 條	50	5	1	3
糖蓮子	1 粒	16	4	0	0
芝麻糖	1 件	48	5	1	3
黑 / 白瓜子	1/4 杯	45	1	3	3
杏仁糖	1 粒	67	6	1	5
金幣巧克力	1 塊	30	3	0	2
瑞士糖	1 粒	15	3	0	0
開心果	10 粒	45	2	2	4
月餅					
雙黃白蓮蓉月餅	1/4 個	187	22	3	9
綠豆蓉冰皮月餅	1/4 個	50	7	1	2
迷你低糖蛋黃月餅	1/4 個	97	11	2	5
奶黃月餅	1/4 個	46	5	1	3
五仁月餅	1/4 個	161	25	4	7
雪糕月餅	1/4 個	50	4	1	4

西式

	分量	卡路里 (千卡)	碳水化合物 (克)	蛋白質 (克)	脂肪 (克)
意大利粉 / 飯					
肉醬意粉	1 碟	972	98	55	40
卡邦尼意粉	1 碟	1026	104	40	50
肉醬千層麵	1 碟	952	89	41	48
煙三文魚白汁意粉	1 碟	1047	93	45	55
大蝦扁意粉	1 碟	669	94	31	17
肉丸肉醬意粉	1 碟	993	105	42	45
雞肉白汁長通粉	1 碟	1091	94	47	60

	分量	卡路里 （千卡）	碳水化合物 （克）	蛋白質 （克）	脂肪 （克）
吞拿魚白汁焗長通粉	1碟	978	92	58	42
蘑菇意大利飯	1碟	725	97	22	28
比薩（9吋中型比薩的六分之一）					
芝士比薩	1塊	180	13	10	11
瑪格麗特比薩	1塊	156	17	7	6
辣肉腸比薩	1塊	160	13	6	9
火腿菠蘿比薩	1塊	180	16	9	8
燒烤辣雞肉比薩	1塊	200	17	9	10
千島海鮮比薩	1塊	190	16	8	11
千島夏威夷比薩	1塊	200	15	8	11
至尊比薩	1塊	180	16	9	9
白汁燻雞煙肉比薩	1塊	165	17	8	7
雜錦蔬菜比薩	1塊	140	15	6	7
海鮮比薩	1塊	167	17	9	7
芝士煙肉比薩	1塊	210	16	8	12
漢堡包					
牛肉漢堡	1個	791	48	44	48
芝士漢堡	1個	855	49	48	53
煙肉漢堡	1個	866	49	50	53
煙肉芝士漢堡	1個	930	50	54	58
前菜					
蒜蓉包	1條	354	65	13	5
炸魷魚圈配凱撒醬	1份	678	67	17	38
檸檬香草雞翼	6隻	663	4	65	43
大芝士火腿拼盤	1份	1410	108	60	82
沙律					
雞肉凱撒沙律	1碟	711	27	50	45
雞肉煙肉牛油果沙律	1碟	680	41	60	32
尼斯沙律	1碟	566	19	41	36
香草醃三文魚沙律	1碟	309	13	19	20
水牛芝士番茄沙律	1碟	314	5	9	29

	分量	卡路里 （千卡）	碳水化合物 （克）	蛋白質 （克）	脂肪 （克）
主菜					
香烤三文魚柳伴薯蓉	1碟	684	36	36	44
焗鱸魚伴蔬菜	1碟	463	20	35	27
紐約客牛扒伴薯條	1碟	945	70	65	45
西冷牛扒伴薯蓉	1碟	771	58	65	31
燒烤豬肋骨	1碟	740	50	48	38
烤雞胸配火腿伴烤薯	1碟	690	37	70	29
湯品					
南瓜湯	1碗	61	8	2	3
洋蔥湯	1碗	60	8	2	2
忌廉番茄濃湯	1碗	205	22	5	10
周打蜆肉湯	1碗	205	19	13	8
意大利蔬菜湯	1碗	108	19	3	2
蘑菇忌廉湯	1碗	168	12	4	11
咖啡店					
火腿班尼迪蛋	1碟	573	32	31	37
菠菜班尼迪蛋	1碟	533	32	24	36
煙三文魚班尼迪蛋	1碟	661	32	32	44
煙三文魚忌廉芝士貝果	1個	469	51	19	21
全日早餐	1碟	892	71	41	49
素全日早餐	1碟	970	85	36	53
牛油果炒蛋多士	1碟	580	48	26	26
果仁麥皮水果乳酪	1杯	335	38	9	16
甜品					
心太軟	1件	543	57	7	33
蘋果金寶	1件	536	84	7	19
芝士蛋糕	1件	384	34	6	26
提拉米蘇	1件	442	36	7	30
布朗尼	1件	397	32	3	28
意式奶凍	1件	397	32	3	28
梳乎厘	1件	206	27	7	9

	分量	卡路里 （千卡）	碳水化合物 （克）	蛋白質 （克）	脂肪 （克）
梳乎厘班戟	1件	131	15	4	6
焦糖布甸	1件	287	27	6	17
檸檬撻	1件	347	39	3	19
雪糕	1球	258	30	4	13
雪葩	1球	110	27	0	0
麵包					
牛角包	1個	270	28	6	14
巧克力牛角包	1個	350	38	6	18
杏仁牛角包	1個	360	33	9	21
香蕉麵包	1片	380	53	5	17
英式士干餅	1件	351	47	7	15
藍莓士干餅	1件	390	57	5	15
芝士丹麥酥	1件	300	35	6	15
貝果	1個	221	44	9	1
巧克力奶油麵包	1個	380	42	7	20
糖衣冬甩	1個	200	28	3	8
巧克力鬆餅	1件	400	55	6	19
燕麥條	1大條	360	43	6	19
三文治 / 薄餅卷					
滑蛋火腿芝士三文治	1份	223	22	11	10
吉列雞扒生菜三文治	1份	300	30	11	17
白汁吞拿魚三文治	1份	289	24	14	15
火腿蛋沙律三文治	1份	279	25	13	14
火腿蛋三文治	1份	217	22	15	8
芝士火腿三文治	1份	196	23	10	7
芝士煙肉三文治	1份	322	25	13	19
小龍蝦火箭菜三文治	1份	183	20	8	7
蛋沙律火箭菜三文治	1份	278	19	11	17
蛋沙律番茄三文治	1份	225	22	9	11
芝士羅勒醬番茄三文治	1份	259	24	8	14
煙三文魚三文治	1份	268	19	14	15

	分量	卡路里（千卡）	碳水化合物（克）	蛋白質（克）	脂肪（克）
公司三文治	1份	644	48	35	33
火腿長法包	1份	444	58	23	13
牛油果烤松子仁墨西哥卷	1份	515	42	10	34
辣醬雞肉墨西哥卷	1份	441	55	20	15
烤鴨墨西哥卷	1份	390	49	15	14
雞肉蘑菇墨西哥卷	1份	472	41	26	22
牛肉芝士洋蔥牛角酥	1份	340	26	14	20
三文魚炒蛋牛角酥	1份	369	25	17	23
咖啡／茶（16盎士，473毫升中杯）					
美式咖啡	1杯	15	3	1	0
泡沫咖啡	1杯	120	12	8	4
鮮奶咖啡	1杯	190	19	12	7
白咖啡	1杯	170	14	9	9
巧克力咖啡	1杯	292	42	13	8
熱巧克力	1杯	325	47	14	9
抹茶鮮奶	1杯	240	34	12	7
印度香料茶鮮奶	1杯	240	45	8	5
焦糖瑪奇朵	1杯	240	34	10	7
巧克力咖啡冰沙	1杯	370	54	5	15
焦糖咖啡冰沙	1杯	380	55	4	16
可可碎片冰沙	1杯	440	64	6	19
特濃咖啡	1小杯	5	1	0	0
熱茶	1杯	0	0	0	0

日式					
壽司					
三文魚子壽司	1件	35	6	1	1
三文魚壽司	1件	48	6	3	2
三文魚沙律軍艦	1件	65	7	2	3
飛魚子軍艦	1件	33	7	2	0
牛油果三文魚壽司	1件	68	6	2	4

	分量	卡路里 （千卡）	碳水化合物 （克）	蛋白質 （克）	脂肪 （克）
腐皮壽司	1件	93	12	3	4
玉子壽司	1件	60	8	2	2
吞拿魚壽司	1件	36	6	3	0
中拖羅壽司	1件	90	6	3	6
燒鰻魚壽司	1件	90	15	3	2
赤貝壽司	1件	29	6	1	0
魷魚壽司	1件	31	6	2	0
八爪魚壽司	1件	29	6	1	0
熟蝦壽司	1件	34	6	2	0
牛油果蝦壽司	1件	56	6	3	2
帶子壽司	1件	37	6	3	0
居酒屋串燒					
蔥燒雞肉串	1串	91	3	7	6
蒜蓉醃雞串	1串	108	1	9	7
雞大腿	1串	106	2	8	7
雞全翼	1串	127	2	10	9
雞胸肉串	1串	53	1	10	1
燒烤雞肉丸串	1串	96	4	8	5
五花肉串	1串	210	3	8	18
牛扒串	1串	86	0	15	3
生薑豬肉卷	1串	126	3	7	9
蘆筍豬肉卷	1串	92	8	4	5
煙肉年糕串	1串	167	28	5	4
鵪鶉蛋串	1串	87	0	6	7
牛油薯仔串	1串	118	10	1	8
牛膈膜串	1串	119	0	18	5
釀青椒串	1串	83	4	4	6
雞皮串	1串	202	1	4	20
雞胗串	1串	40	1	7	1
雞頸串	1串	114	1	13	6
雞屁股串	1串	202	0	10	18

	分量	卡路里 （千卡）	碳水化合物 （克）	蛋白質 （克）	脂肪 （克）
雞肝串	1串	50	0	9	1
雞心串	1串	72	1	5	5
豬裙牛扒串	1串	177	6	14	10
豬臉頰肉串	1串	56	1	6	3
銀杏串	1串	22	4	1	0
茶碗蒸	1杯	108	3	10	6
枝豆	1大碗	142	10	12	6
麵豉湯	1碗	35	3	2	1
丼飯／拉麵					
親子丼	1碗	758	131	31	12
牛肉丼	1碗	619	104	23	13
豚肉丼	1碗	695	103	19	23
雞肉丼	1碗	568	107	22	6
鰻魚飯	1碗	776	104	27	28
咖喱牛肉飯	1碗	756	109	17	28
咖喱吉列豬扒丼	1碗	1212	129	39	60
咖喱蛋包飯	1碗	1039	97	39	55
叉燒拉麵	1碗	717	73	34	32
Pokebowl（主食）					
壽司飯	1碗	288	67	5	0
烏冬	1碗	277	62	5	1
糙米飯	1碗	282	60	6	2
蕎麥麵	1碗	292	60	13	0
椰菜花飯	1碗	61	9	4	1
沙律	1碗	46	9	2	0
Pokebowl（肉／魚／海鮮）					
三文魚	1份	118	0	12	8
吞拿魚	1份	62	0	14	1
雞胸	1份	60	0	13	1
熟蝦	1份	64	1	12	1
八爪魚	1份	49	1	9	1

	分量	卡路里 （千卡）	碳水化合物 （克）	蛋白質 （克）	脂肪 （克）
Pokebowl（醬汁）					
蛋黃醬	1份	238	0	1	26
韓式辣醬	1份	94	19	0	2
柚子醋	1份	34	7	1	0
黑醋	1份	31	8	0	0
日式醬油	1份	24	4	2	0
Pokebowl（配菜）					
水煮蛋	1隻	72	0	6	5
牛油果	1/4個	64	3	1	6
蟹籽	2湯匙	57	1	9	2
枝豆	3湯匙	56	4	5	3
紅腰豆	3湯匙	51	9	4	0
藜麥	3湯匙	48	9	2	1
蛋皮絲	半份	41	0	3	3
粟米	3湯匙	38	8	1	0
紫菜	2湯匙	25	2	1	1
紫洋蔥	3湯匙	18	5	0	0
紅菜頭	3湯匙	18	4	1	0
蘑菇	3湯匙	11	2	1	0
番茄	3湯匙	8	2	0	0
青瓜	3湯匙	6	2	0	0
泡菜	3湯匙	6	2	0	0
飯糰（中型）					
三文魚飯糰	1個	170	32	5	2
雞腿肉飯糰	1個	177	32	5	3
吞拿魚沙律飯糰	1個	188	34	4	4
紅蟹沙律飯糰	1個	166	33	4	2
明太子沙律飯糰	1個	180	34	4	3
流心蛋黃飯糰	1個	184	34	4	5
牛舌絲飯糰	1個	220	33	4	8
櫻花蝦帆立貝飯糰	1個	171	30	6	3

	分量	卡路里 (千卡)	碳水化合物 (克)	蛋白質 (克)	脂肪 (克)
和風雜菌飯糰	1個	156	34	3	1

韓式

	分量	卡路里	碳水化合物	蛋白質	脂肪
海鮮豆腐鍋	1鍋	256	15	18	15
部隊鍋	1/4鍋	653	51	31	35
人參雞（整隻雞）	1鍋	1123	56	83	63
韓式炒年糕	1碗	473	71	27	10
韓式石鍋拌飯	1碗	560	89	18	15
韓式牛肉石鍋拌飯	1碗	767	83	34	34
韓式牛肉炒粉絲	1碗	800	106	20	32
韓式炸雞	1份	725	41	46	42
烤牛肋骨	1碟	612	2	33	52
烤豬腩肉	1碟	736	6	28	67
泡菜煎餅	1碟	407	60	7	16
韓式飯卷	8件	401	69	18	6
辣海鮮湯麵	1碗	639	90	30	18

台式

主菜及小食					
滷肉飯	1碗	654	85	20	26
鹽酥雞	1份	488	29	32	27
蚵仔煎	1碟	370	26	14	23
豬肉餃子	1隻	45	4	2	2
煎餃子	1隻	70	6	2	4
紅燒牛肉麵	1碗	630	77	51	13
滷肉刈包	1個	360	45	12	15
蔥油餅	1份	270	31	4	15
蚵仔麵線	1碗	400	65	12	10
胡椒餅	1件	386	25	13	26
台式原味蛋餅	1份	253	29	12	10
台式芝士蛋餅	1份	344	35	16	16

	分量	卡路里 （千卡）	碳水化合物 （克）	蛋白質 （克）	脂肪 （克）
奶油厚吐司	1塊	358	61	9	8
餐飲（400毫升，中杯）					
珍珠奶茶（全糖）	1杯	524	103	1	12
珍珠奶茶（少糖）	1杯	468	89	1	12
珍珠奶茶（半糖）	1杯	428	79	1	12
珍珠奶茶（微糖）	1杯	392	70	1	12
珍珠奶茶（無糖）	1杯	332	55	1	12
珍珠鮮奶茶（全糖）	1杯	483	98	7	7
珍珠鮮奶茶（少糖）	1杯	423	83	7	7
珍珠鮮奶茶（半糖）	1杯	387	74	7	7
珍珠鮮奶茶（微糖）	1杯	347	64	7	7
珍珠鮮奶茶（無糖）	1杯	287	49	7	7
仙草奶茶（全糖）	1杯	428	79	1	12
仙草奶茶（少糖）	1杯	372	65	1	12
仙草奶茶（半糖）	1杯	332	55	1	12
仙草奶茶（微糖）	1杯	292	45	1	12
仙草奶茶（無糖）	1杯	236	31	1	12
水果茶（全糖）	1杯	196	49	0	0
水果茶（少糖）	1杯	156	39	0	0
水果茶（半糖）	1杯	128	32	0	0
水果茶（微糖）	1杯	108	27	0	0
水果茶（無糖）	1杯	80	20	0	0
奶蓋珍珠奶茶（全糖）	1杯	726	121	2	26
鮮奶茶（全糖）	1杯	327	59	7	7

東南亞菜式

越南菜式					
越式蒸粉包	1件	101	13	2	5
越式炸春卷	1條	169	15	6	10
鮮蝦米紙卷	1條	73	15	4	0
炸魚餅	1塊	125	6	6	8

	分量	卡路里 (千卡)	碳水化合物 (克)	蛋白質 (克)	脂肪 (克)
生牛肉湯河	1 碗	431	60	17	14
雞絲湯河	1 碗	483	59	21	18
雞絲撈檬	1 碗	385	67	13	8
燒豬肉撈檬	1 碗	451	67	15	14
越南扎肉法包	1 件	431	56	20	14
泰國菜式					
泰式炒金邊粉	1 碗	1140	138	33	49
黃咖喱牛肉飯	1 碟	750	107	29	22
紅咖喱雞肉飯	1 碟	720	105	31	18
泰式炸餃子	1 隻	83	2	5	7
泰式炸春卷	1 條	140	19	1	8
冬蔭功湯	1 碗	133	10	8	7
冬蔭功金邊粉	1 碗	648	104	26	15
泰式燒豬頸肉	1 碟	660	3	46	52
泰式炸蝦餅	1 件	77	4	4	5
青木瓜沙律	1 碟	241	35	8	8
雞肉沙嗲串燒	1 串	118	6	14	4
芒果糯米飯	1 份	421	72	4	13
新加坡 / 馬來西亞菜式					
海南雞飯（配雞油飯）	1 碟	607	75	25	23
肉骨茶	1 份	324	0	28	23
魚蛋湯麵	1 碗	348	57	21	4
炒福建蝦麵	1 碟	522	69	18	19
炒貴刁	1 碟	744	76	23	38
亞參喇沙	1 碗	377	71	18	2
海鮮喇沙	1 碗	700	77	28	32
蝦湯麵	1 碗	294	49	19	2
椰漿飯	1 碟	593	81	19	21
咖央多士	1 份	292	52	1	10
南洋咖啡	1 杯	143	27	2	3

	分量	卡路里 （千卡）	碳水化合物 （克）	蛋白質 （克）	脂肪 （克）
連鎖快餐店					
美式漢堡包店					
薄班戟	2 件	216	36	6	6
燒雞腿通粉	1 碗	335	43	26	7
火腿扒蛋通粉	1 碗	435	42	20	21
豬柳漢堡	1 個	361	25	15	22
豬柳蛋漢堡	1 個	427	25	21	27
脆辣雞腿包	1 個	461	42	19	24
火腿扒芝士包	1 個	346	27	13	20
漢堡包	1 個	245	29	13	9
燒雞腿包	1 個	358	33	23	15
魚柳包	1 個	337	37	15	14
芝士蛋包	1 個	302	30	14	14
雙層芝士孖堡	1 個	434	31	26	23
巨無霸	1 個	496	43	26	25
芝士安格斯漢堡	1 個	580	38	35	32
炸雞件	6 件	316	12	18	22
炸雞翼	4 件	483	16	29	33
薯條（細）	1 包	225	26	3	12
薯條（中）	1 包	313	36	5	17
薯條（大）	1 包	393	45	6	21
薯餅	1 件	138	12	1	9
粟米杯	1 杯	81	13	3	2
蘋果批	1 個	228	25	2	13
巧克力新地	1 杯	343	50	7	13
士多啤梨新地	1 杯	294	45	6	10
雪糕筒	1 杯	137	21	3	4
曲奇碎雪糕杯	1 杯	351	51	7	13
巧克力奶昔	1 杯	371	59	11	10
士多啤梨奶昔	1 杯	359	58	10	10

	分量	卡路里 （千卡）	碳水化合物 （克）	蛋白質 （克）	脂肪 （克）
美式炸雞店					
炸雞腿	1件	149	2	16	9
炸雞胸	1件	304	8	33	16
香辣脆雞腿	1件	212	8	17	13
香辣脆雞胸	1件	390	14	30	24
辣雞腿包	1個	481	56	23	19
葡撻	1件	166	15	3	11
薯蓉	1杯	62	10	1	2
潛艇堡（6吋麵包）					
燒雞胸肉潛艇堡	1個	307	41	26	4
日式甜洋蔥醬雞肉潛艇堡	1個	309	46	23	3
火腿潛艇堡	1個	278	41	18	4
火雞火腿潛艇堡	1個	267	41	17	4
火雞胸潛艇堡	1個	252	40	15	3
吞拿魚沙律潛艇堡	1個	461	39	20	25
蛋沙律潛艇堡	1個	400	39	16	20
牛肉潛艇堡	1個	278	39	22	4
牛扒芝士潛艇堡	1個	365	40	26	10
素菜潛艇堡	1個	211	39	8	2
潛艇堡（醬料）					
燒烤醬	1份	12	3	0	0
辣味西南醬	1份	38	1	0	4
蜜糖芥末	1份	17	4	0	0
蛋黃醬	1份	64	0	0	7
田園沙律醬	1份	41	1	0	4
洋蔥醬	1份	18	4	0	0
千島醬	1份	41	2	0	4
日式漢堡包店					
牛肉漢堡	1個	404	46	19	21
芝士牛肉漢堡	1個	418	37	21	24
照燒牛肉漢堡	1個	453	41	18	28

	分量	卡路里 （千卡）	碳水化合物 （克）	蛋白質 （克）	脂肪 （克）
千島醬牛肉漢堡	1個	392	37	19	20
照燒雞肉漢堡	1個	381	34	20	20
脆雞漢堡	1個	355	27	18	19
吉列蝦漢堡	1個	409	49	12	22
魚柳漢堡	1個	406	41	15	24
南瓜薯餅漢堡	1個	384	55	9	18
牛蒡飯堡	1個	280	63	6	3
海鮮飯堡	1個	340	67	10	8
烤牛肉飯堡	1個	498	56	14	25
戲院小食					
牛油爆谷（小）	1杯	315	34	5	18
牛油爆谷（中）	1杯	535	57	8	30
牛油爆谷（大）	1杯	812	87	13	46
焦糖爆谷（小）	1杯	428	78	4	13
焦糖爆谷（中）	1杯	724	132	6	21
焦糖爆谷（大）	1杯	1053	193	9	31
芝士薯條	1份	710	64	12	44
熱狗	1個	350	24	19	20
脆辣雞粒	1份	446	27	21	28
肉丸配忌廉汁及紅果子醬	5粒	379	12	18	29
蜜糖腸	3件	237	11	7	18
玉桂卷	1件	258	40	7	8
可樂（中杯）	1杯	315	78	0	0

　　以上營養資料由筆者根據自身經驗以及參考香港食物安全中心、美國農業部轄下的營養素資料實驗室、英國書籍 *Carbs & Cals*、個別餐廳提供的營養數據表和食物包裝上的營養標籤所提供的數據整合及計算而成。營養數值會受當日食材選擇、分量、烹調方法等因素影響，或與上述資料有出入，敬請留意。

參考資料

Center for Food Safety.(2024). 營養資料查詢 .https://www.cfs.gov.hk/tc_chi/nutrient/index.php

Cheyette.C., & Balolia, Y.(2013). *Carbs & Cals: Pocket Counter*. Chello Publishing.

U.S. Department of Agriculture, Agricultural Research Service. (2024). FoodData Central.

健身×營養
指南 增肌減脂的科學與實踐

作者	曾熙 JACLYN TSANG
總編輯	葉海旋
編輯	周詠茵
書籍設計	TakeEverythingEasy Design Studio
內文圖片	Shutterstock (P.18)

出版	花千樹出版有限公司
地址	九龍深水埗元州街 290–296 號 1104 室
電郵	info@arcadiapress.com.hk
網址	www.arcadiapress.com.hk

印刷	美雅印刷製本有限公司
初版	2024 年 7 月
ISBN	978–988–8789–34–4